MARGIT KRUSE
Schneeflöckchen,
Blutröckchen

WEIHNACHTSJAGD Kurz vor Heiligabend wird eine Bank ausgeraubt und ein Auszubildender erschossen. Der Räuber, im Weihnachtsmann-Outfit, mit auffälligen Budapester Schuhen, flüchtet im Weihnachtsmarktgetümmel. In sentimentaler Stimmung nimmt Margareta Felix, den Obdachlosen, am Heiligen Mittag nach Arbeitsende mit nach Hause um ihm über Weihnachten Asyl zu gewähren. Mit ihm zusammen begibt sie sich auf Gangsterjagd. Ein Katz- und Maus-Spiel durch ihren Heimatort, spannend und skurril, beginnt. Durch Felix' Beobachtungen erhärtet sich der Verdacht, um wen es sich bei dem Bankräuber handeln könnte. Um Felix zu schützen, will Margareta den Fall ohne Kripo lösen. Als sie von der Bildfläche verschwindet, machen sich am zweiten Weihnachtstag Mutter Waltraud samt ihren Freundinnen Anna und Hildchen sowie Felix auf die Suche. Haben auch Mandel-Alfred und der Kapellmeister Sepp Dreck am Stecken? Nicht nur Kommissar Zufall mischt ordentlich mit, auch Kommissar Blauländer hat da so eine Ahnung.

© Christian Fliegner –
Foto Kruk

Margit Kruse wurde 1957 in Gelsenkirchen geboren. Bekannt wurde sie vor allem durch ihre Revier-Krimis »Eisaugen«, »Zechenbrand«, »Hochzeitsglocken« und »Rosensalz«. Sie ist ein echtes Kind des Ruhrgebiets. Seit 2004 ist die Gelsenkirchenerin als freiberufliche Autorin tätig. Neben zahlreichen Beiträgen in Anthologien hat sie bislang zehn Bücher veröffentlicht, darunter ein Roman, der für den Literaturpreis Ruhr 2009 nominiert war. Labrador Enja ist stets dabei wenn Margit Kruse sich auf Recherche-Tour begibt. Besonders der Hauptfriedhof ihres Heimatortes hat es der Autorin angetan. Die Autorin ist Mitglied im Syndikat sowie im Verband deutscher Schriftsteller.

Bisherige Veröffentlichungen im Gmeiner-Verlag:
Opferstock (2017)
Rosensalz (2016)
Wer mordet schon im Hochsauerland (2015)
Hochzeitsglocken (2014)
Zechenbrand (2013)
Eisaugen (2011)

MARGIT KRUSE
Schneeflöckchen, Blutröckchen
Ein Weihnachtskrimi

Die automatisierte Analyse des Werkes, um daraus
Informationen insbesondere über Muster, Trends und
Korrelationen gemäß § 44b UrhG (»Text und Data Mining«)
zu gewinnen, ist untersagt.

Bei Fragen zur Produktsicherheit gemäß der Verordnung
über die allgemeine Produktsicherheit (GPSR) wenden Sie
sich bitte an den Verlag.

Gefällt mir!

Facebook: @Gmeiner.Verlag
Instagram: @gmeinerverlag
Twitter: @GmeinerVerlag

Besuchen Sie uns im Internet:
www.gmeiner-verlag.de

© 2017 – Gmeiner-Verlag GmbH
Im Ehnried 5, 88605 Meßkirch
Telefon 0 75 75 / 20 95 - 0
info@gmeiner-verlag.de
Alle Rechte vorbehalten

Lektorat: Claudia Senghaas, Kirchardt
Herstellung: Mirjam Hecht
Umschlaggestaltung: U.O.R.G. Lutz Eberle, Stuttgart unter
Verwendung eines Fotos von: © ohneski / photocase.de
Druck: Libri Plureos GmbH, Friedensallee 273,
22763 Hamburg
Printed in Germany
ISBN 978-3-8392-2137-2

Personen und Handlung sind frei erfunden. Ähnlichkeiten mit lebenden oder toten Personen sind rein zufällig und nicht beabsichtigt.
Übrigens: Die Deutsche Bank im Gelsenkirchener Ortsteil Buer existiert zwar, den Banküberfall mit tödlichem Ausgang gab es jedoch nicht.

PROLOG

Der Schuss kam so überraschend, knallte ihm von vorne in die Brust. Er riss die Augen auf, schaute ungläubig, torkelte einige Schritte nach vorn, sah nur sie an, brach zusammen und fiel in den frisch gefallenen Schnee.

Sie stürzte zu ihm hin, drehte ihn weinend um, rief seinen Namen, immer wieder.

Doch er brachte keinen Ton heraus, sah sie aus traurigen, fassungslosen Augen an.

Ein einziges Wort.

Nur ein einziges Wort wollte er ihr noch sagen. Doch nur ein jämmerliches Gurgeln verließ seine Kehle.

Dieser ungläubige Blick, der fragen wollte: »Warum gerade ich?«, verfolgte nur sie.

Trotz der Dunkelheit sah sie dank der Straßenlaternen die Blutstropfen im Schnee versinken. Tanzende dicke Flocken, die vom Himmel fielen, setzten sich auf die am Boden liegenden Tropfen. Sie strich ihm mit der Hand zärtlich über seine Wange, kniete neben ihm nieder und beugte sich zu ihm herunter: »Ich habe das nicht gewollt. Verzeih mir!«

Ihm wurde schwindelig, schwarze Flecken tanzten vor seinen Augen. Von irgendwoher drang eine weihnachtliche Melodie an seine Ohren: »Schneeflöckchen, Weißröckchen, wann kommst du geschneit …«

Waren es Engel, die das sangen? War er schon im Himmel? Er spürte einen wahnsinnigen Schmerz in seiner

Brust. Wieder hörte er dieses »Schneeflöckchen«-Lied, das er als kleiner Junge schon so gern gehört hatte. Dann wurde es Nacht.

Noch bevor der Notarztwagen mit lautem Martinshorn vor ihm hielt, war er nicht mehr hier. Auch das flackernde Blaulicht holte ihn nicht mehr zurück.

1.

21. Dezember. Margareta stand mit ihrem Glühweinglas dicht gedrängt zwischen den anderen Gästen vor dem Eiscafé Botticelli und fror. Direkt gegenüber, vor dem Bekleidungsgeschäft, in dem sie beschäftigt war, befand sich die kleine Bühne, eingerahmt von Imbissbuden. Darüber, in dem großen Baum, hingen Geschenkpakete in allen Farben, angeleuchtet von unzähligen Lichtersternen. Glückliche Kinder einer Kita sangen als Nikoläuse verkleidet im Bratwurst- und Pommesnebel Weihnachtslieder, angefeuert von Muttis, Vatis und jeder Menge Omis sowie gelegentlich auch mal einem Opi, wenn er mitdurfte.

Wo ist mein Kind?, fragte Margareta sich. Wieso habe ich kein kleines Mädchen oder auch einen kleinen Jungen, der dort oben auf der Bühne seinen Mund weit aufreißen und singen würde? Vor Stolz würden mir die Augen nass werden, und ein Kloß im Halse würde mich beim Sprechen hindern. Meine Mutter Waltraud stünde laut aufschluchzend vor Rührung neben mir. Doch wo sollte dieses Kind herkommen? Vom Heiligen Geist? Unbefleckte Empfängnis?

Wieder war ein Jahr vergangen, wieder hatte sie den Mann fürs Leben nicht getroffen. Die alljährliche Weihnachtsfeier in der Firma mit dem traditionellen Schrottwichteln war ätzend gewesen, und Margareta war frustrierter als je zuvor. Sie schaute auf die große Plastiktragetasche mit dem Kaufhauslabel und hätte sich schütteln können. Einen unmodernen Herrenwintermantel, groß kariert, Lagerbestand seit mindestens 20 Jahren, hatte sie erwichtelt. Ein Wink mit dem Zaunpfahl? Sollte der Mantel vielleicht für jemand ganz Bestimmten sein? Da stand er wieder, wie fast jeden Tag, seit der Weihnachtsmarkt vor vier Wochen eröffnet worden war, ihr schräg gegenüber im Eingang des Kaufhauses. Einer der »Platte machte«, ein Obdachloser, und doch unterschied er sich von den anderen Wohnungslosen, die sich gelegentlich hier auf der Hochstraße blicken ließen. Felix hieß er, war höchstens 40 Jahre alt und hatte wunderschöne braune Augen. Sie war ein paarmal mit ihm ins Gespräch gekommen, in ihrer Mittagspause, zwischen Bratwurst und Kakao. Gestern traf sie ihn an einer der Märchenhütten gegenüber der Deutschen Bank. Er starrte auf die verstaubten Plüschbewohner des Etablissements und musste grinsen. Margareta ging es nicht anders. Auch sie hätte laut loslachen können beim Anblick dieser Figuren. Wie lange gab es diese Märchenhütten in Buer jetzt schon? Sie wusste es nicht. Jedenfalls schon, so lange sie denken konnte. Die Heiligen Drei Könige waren vom Alter gezeichnet, beugten sich vor dem Jesuskind, einer uralten Schildkrötpuppe, nieder. Maria in ihrem weißen Gewand sah aus wie die Bewohnerin eines Seniorenzentrums, und Josef, na ja, so alt, wie er aussah, konnte ein normaler Mensch gar nicht werden. Die krächzende Stimme aus dem Lautsprecher, die das entsprechende Märchen herunterleierte, erinnerte sie an die Stimme ihres Chefs. Ob er die Märchen selbst aufgesprochen hatte, um Geld zu sparen? Schließlich gehörten er und die Bude zur Buerschen Werbegemeinschaft. Möglich war alles.

Ihre Blicke hatten sich getroffen, und beide lachten. Felix hatte schöne Zähne. Die letzte professionelle Zahnreinigung konnte noch nicht lange her sein.

So ein hübscher Mann in Sack und Asche und ohne ein Dach über dem Kopf? Mutig hatte sie ihn angesprochen.

»Warum ziehen Sie umher mit Ihrem Hab und Gut? Sie sind doch noch so jung?« Mein Gott, ich rede schon wie meine Mutter, hatte sie gedacht. Ihr Blick blieb an seinem riesigen Rucksack und der daran befestigten Wolldecke hängen.

»Tja, das Leben ist kein Wunschkonzert. Meinen Sie, ich hätte mir jemals träumen lassen, mal auf der Straße zu landen? Ich hatte einen festen Job, doch meine Frau hat mir alles genommen. Aber das ist eine lange Geschichte.«

Jaja, immer die bösen Frauen. »Und wahrscheinlich sind Sie zu stolz, Hilfe anzunehmen, nicht wahr?«, hatte sie ihn gefragt.

»Kann schon sein«, sagte er nur. Tränen traten in seine Augen. Seine Jack-Wolfskin-Jacke war voller Löcher und Flecken, seine Cordhose stand ebenfalls vor Dreck. Die graue Fellmütze mit den Ohrenklappen sah zum Schießen aus. Und doch wusste sie, dass in dieser erbärmlichen Schale ein Juwel stecken musste. Vielleicht das Christkind, von Gott gesandt, um sie zu prüfen? Wie war das noch mit dem Froschkönig?

Tagsüber hielt er sich viel im Weißen Haus auf, einem Asyl für Obdachlose, warm und behaglich. Dort gab es zu essen und eine Waschmöglichkeit. Zum Glück brauchte er nachts noch nicht draußen zu schlafen, kam bei einem Bekannten in dessen Gartenhaus unter.

Bei zehn Minusgraden allerdings auch kein Vergnügen. Jedoch fuhr besagter Bekannter über Weihnachten weg und wollte dann niemanden auf seinem Grundstück haben, erzählte er Margareta mit traurigem Blick.

Sie tranken Kakao, sinnierten über das Leben, bevor Margareta wieder an die Kleiderständer musste. Felix wollte seinen Nachnamen nicht preisgeben.

Warum sie Single sei, hatte er sie gefragt, so eine tolle Frau.

Tja, warum, überlegte sie, während die Rolltreppe sie in den ersten Stock des Kaufhauses, in die Herrenabteilung, gebracht hatte. Der Richtige war eben noch nicht dabei gewesen. Sie musste lachen. Hätte auch ein Spruch aus ihrer Mutter Mottenkiste sein können.

»Happy, happy star of Jerusalem«, schallte es aus dem krächzenden Lautsprecher auf der Bühne. Die Kinder waren längst verschwunden, die Musik kam jetzt vom Band und holte sie in die Wirklichkeit zurück. Auch Felix stand nicht mehr im Eingang des Kaufhauses.

Und wieder erklang der Refrain des nicht mehr taufrischen Nockalm-Quintett-Songs »Happy, happy star of Jerusalem, lass uns heute Nacht in den Himmel sehen.« Verträumt schaute Margareta in den Abendhimmel. Oh ja, sie mochte auch mal wieder mit einem Mann verliebt in den Himmel sehen.

Einen weiteren Glühwein zu trinken, kam für Margareta nicht infrage, wenn sie ihren Führerschein behalten wollte. Sie entschied sich für einen Kakao. Sie wollte einfach noch nicht nach Hause in ihre leere Wohnung. Obwohl die Geschäfte bereits schlossen, wurde es um sie herum immer enger. Das italienische Eiscafé war ein beliebter Treffpunkt der Weihnachtsmarktbesucher.

In Dreier-, Vierer- und Fünferreihen standen sie hier draußen bei der Kälte vor der Tür an rustikalen Stehtischchen, um heißen Glühwein zu schlürfen, der von dem Italiener angerührt und auf der Tafel als »Vin brûlé« angepriesen wurde. Besonders der weiße Glühwein mundete Margareta und schenkte ihr für kurze Zeit Vergessen.

In drei Tagen war Heiligabend, und sie würde ihn wieder ohne Begleitung bei ihrer Mutter Waltraud verbringen, inmitten einer Schar Buckliger. Prost Mahlzeit! Ach ja, Waltraud! Hoffentlich würde ihr der rote Pullover mit dem tiefen Ausschnitt gefallen, den sie heute für sie gekauft hatte. Ihre Mutter trug gerne zur Schau, was sie hatte, auch noch mit über 70 Jahren.

Margareta grauste es vor dem Heiligen Abend. Sie würde ihren Bruder Gisbert wiedersehen, worauf sie eigentlich keinen großen Wert legte. Lieber würde sie den Heiligen Abend mit einem netten Mann bei sich zu Hause verbringen, die Beine hochlegen, schön essen, sich beschenken und verwöhnen lassen. Hatte sie eigentlich schon einmal Weihnachten mit einem Mann verbracht? Vor zehn Jahren, als sie noch fest liiert war, hatten sie die Weihnachtsfeste bei *seinen* Eltern abgehangen. Das war fast noch schlimmer gewesen als bei Waltraud. Tannenduft und dicke Luft herrschten dort in Muttersöhnchens Heim. Die chronisch beleidigte dürre Alte begluckte ihren Sohn, dass es fast schon pervers war.

Bei Margaretas Verflossenen war alles dabei gewesen. Eine bunte Mischung aus einem Kriminalkommissar, einem Mehrfachmörder, einem Weichei, das sie bei ihren Ermittlungen auf dem Bergmannsglücker Zechengelände kennengelernt hatte, einem Polen, schön, aber untreu. Zuletzt war da ein Lehrer, der erst Sex wollte, nachdem er vor den katholischen Traualtar getreten wäre. Nein, sie wollte keinen Kater im Sack kaufen.

Ihre Gedanken gingen zu Felix. Armer Mann! Wieso war er so abgedriftet? Ob sie ihn morgen wieder auf dem Weihnachtsmarkt treffen würde? Fast freute sie sich darauf.

Gegen 20 Uhr trat sie den Heimweg an. Pünktlich um 20.15 Uhr wollte sie vor dem Fernseher sitzen, um sich den »Kleinen Lord« anzuschauen, wie in jedem Jahr. Dieser kleine Blondschopf, der Lord Fauntleroy werden sollte und beim bösen Earl of Dorincourt auf dessen Anwesen, das Kälte und Herzlosigkeit ausstrahlte, untergebracht wurde und den alten Knacker mit seiner kecken Art bald um den Finger wickelte, faszinierte sie in jedem Jahr zu Weihnachten aufs Neue.

Während sie in ihre warme Decke gehüllt vor dem Fernseher lag, Nüsse knackte und auf den winzigen Tannenbaum zu acht Euro vom Händler an der Ecke starrte, würde Felix in dem kalten Gartenhaus seines Bekannten, zusammengerollt in seinem Schlafsack, bei Minusgraden Radio hören. Am Heiligen Abend müsste er das Häuschen geräumt haben. Würde er dann auf einer Bank nächtigen? Im Berger Park oder im Stadtwald? Sie bekam eine Gänsehaut, wenn sie nur daran dachte. Es gab ein Männerübernachtungsheim im Ortsteil Schalke in der Caubstraße. Doch dort hatte es Felix nur einmal versucht, für drei Euro Schlaf zu finden. Lauter Drogenjunkies und Gewalttätige hätten ihm Angst gemacht. Nein, zu diesen Obdachlosen zählte er sich nicht. Wie sollte es bloß mit ihm weitergehen?

2.

22. Dezember. Seit einigen Wochen war Margareta in der Herrenabteilung des Kaufhauses eingesetzt, da durch Krankheit gleich mehrere Mitarbeiter ausgefallen waren. Während sie kurz vor der Mittagspause einem kernigen Mann in Jeans helfen musste, da er wegen seiner Körperfülle zu unbeweglich war, hörte sie Polizeisirenen und eine Stimme aus einem Megafon. Mehr Sirenen, Türengeschlage, Geschrei.

Sie ging zum Fenster in dem Vorraum der Umkleidekabinen und spähte hinaus. Von hier oben hatte sie einen tollen Blick über den Wochenmarkt, der parallel zur Hochstraße, der Buerschen Einkaufsmeile, lag, sowie auf die Springestraße, die von der Hochstraße zum Busbahnhof führte. Auf dieser schmalen Straße befand sich die Deutsche Bank. Margareta blickte auf einen riesigen Menschenauflauf zwischen den Weihnachtsmarktbuden und der kleinen Kindereisenbahn. Die Polizei war gerade dabei, die Menschen zurückzudrängen und den Eingang der Bank mit Flatterband abzusperren. Ein grüner Mannschaftsbus der Polizei spuckte Beamte, die zur Verstärkung geschickt worden waren, wie Kirschkerne aus. Dass es die Fahrzeuge überhaupt geschafft hatten, durch die von Menschen überfüllte Fußgängerzone bis zur Bank durchzudringen, war ein Wunder. Sie konnte auch Felix sehen. Seelenruhig stand er an der Märchenbude mit den Heiligen Drei Königen und schaute sich das Schauspiel an. Frauen- und Kinderschreie waren bis oben hinter die dicken Scheiben zu hören. Was war passiert? Ein Krankenwagen fuhr im Schneckentempo durch die Menge bis zum Eingang der Bank. Ein Überfall? Gab es Tote und Verletzte? Jetzt kam der Notarztwagen, dahinter gleich ein schwarzer BMW. Die neugierigen Menschen ließen sich nur mit Mühe an die Seite drängen. Margareta musste schmunzeln. Sie kannte das Fahrzeug. Ihm entstieg, in einen weiten Wintermantel gehüllt, der Erste Hauptkommissar des KK11 des Buerschen Polizeipräsidiums: Helmut Blauländer. Dass sie ihn so schnell wiedersehen würde, hätte sie nicht gedacht. Kein schöner Anlass, so ein Banküberfall in der Weihnachtszeit. Die Anwesenheit des Chefs der Kripo vor Ort bedeutete, dass es einen Toten gegeben haben musste. Sie schaute auf ihre Armbanduhr. Noch 15 Minuten bis zu ihrer Pause.

»Wat is denn jetz mit meine Hose hier. Helfen Se mich ma«, schrie der Dicke hinter dem Vorhang. Margareta hätte sich schütteln können, wenn sie daran dachte, nun wieder am Boden herumkriechen zu müssen, um dem Mann die Hose auszuziehen, in die er sich mit Mühe gestopft hatte. Hätte er weniger gegessen, könnte er sich alleine an- und ausziehen. Auf dem Höckerchen vor der Kabine saß seine Alte und stopfte sich eine Waffel mit Puderzucker in den zahnlosen Mund. Sie war selbst viel zu unbeweglich, um ihrem Göttergatten zu helfen. Wozu gab es schließlich Verkäuferinnen?

»Gibt es Probleme?« Ottfried Zarzke steckte den Kopf in den Vorraum und sah Margareta wütend an. »Wenn Sie hier fertig sind, Frau Sommerfeld, packen Sie bitte die neuen Jeanshosen in die Regale, statt hier Ihre Zeit mit Aus-dem-Fenster-Starren zu vergeuden.«

»Aber da draußen ist etwas passiert! Wohl ein Banküberfall. Der Notarzt ist auch da.«

»Hier passiert gleich auch was, Frau Sommerfeld«, flüsterte ihr Chef ihr, für die Kunden nicht hörbar, zu und war auch schon verschwunden.

Nur noch zwei Tage, danach neun freie Tage, sagte sie sich und kroch vor dem überdimensionalen Sandmann am Boden herum, um ihm die Hose auszuziehen, während die zahnlose Alte in ihrem dunkelblauen Wintermantel weiterhin ihre Waffel kaute.

Im nächsten Jahr suche ich mir endgültig einen neuen Job, beschloss Margareta soeben, während sie mit aller Kraft versuchte, die Hosenbeine von den dicken Stempeln des Mannes zu ziehen. Ein betäubender Geruch, ein Gemisch aus Fäkalien, Maggi-Würzmischung zwei und stinkiger Asi-Bude wehte ihr aus dem Schritt des dicken Mannes entgegen. Oh, wie entwürdigend. Sie hätte sich übergeben können. Seine mittelblaue Unterhose war ausgebeult und schmutzig. Sie wollte sich gar nicht vorstellen, was da für Flecken an dem Teil hafteten. Endlich stand sie mit der Hose, die er natürlich nicht haben wollte, vom Boden auf, um sie erst einmal wieder auf rechts zu ziehen.

»Hamse nich nowatt anderet da?«, fragte der Dicke und leckte sich über seine aufgesprungenen Lippen.

»Ich habe jetzt Pause«, presste Margareta wütend hervor und verschwand mit der Hose, während das Paar lautstark seinem Ärger Luft machte. Sollte der Kerl sich doch beschweren. Sie musste sich nicht alles bieten lassen. Was zu viel war, war zu viel. Sie warf die Jeans auf einen Ständer und hastete zu den Personalräumen, um ihren Mantel zu holen. Nach draußen, nur nach draußen. Sie musste wissen, was dort vorging, obwohl ihr bewusst war, dass Ärger auf sie warten würde, wenn dieser Stinker sich bei ihrem Chef beschwerte. Das würde der gar nicht witzig finden, dass sie den Kunden einfach hatte sitzen lassen und ihre wohlverdiente Pause antrat.

Als sie das Kaufhaus durch den Ausgang zum Markt verließ, musste sie sich durch die Menschenmenge drängen, um möglichst nah zur Bank vorzustoßen. Ein fast unmögliches Unterfangen, denn die Polizei hatte inzwischen Verstärkung angefordert und riegelte großräumig ab. Margareta drückte sich an den Schaufenstern entlang. Sie wollte zur Märchenhütte, an der sie Felix vermutete. Ein wildes Stimmengewirr drang an ihre Ohren. »Tote«, riefen einige Menschen in die Menge, »Überfall.« Hier und da blitzte eine Kamera auf. Den Presseleuten entging nichts. Sie witterten eine gute Story. Kinder weinten. Anstatt dass die Eltern mit ihrem Nachwuchs von der Bildfläche verschwanden, warteten sie sensationslüstern, ob sie vielleicht etwas Spannendes erspähen konnten. Vielleicht eine Geiselnahme wie im Fernsehen? Als Margareta die Märchenhütte erreicht hatte, war kein Felix mehr zu sehen. Gegenüber an der Pumuckl-Bude weinte eine Frau, eine gute Kundin von Margareta. Margareta hastete zu ihr, um sie aufgeregt zu befragen, was passiert war. Doch die verstörte Dame stammelte nur immer wieder: »Der arme Junge, der arme Junge, jetzt ist er tot!«

»Ja, wer denn, um Himmels willen?« Margareta schüttelte die Frau so heftig am Ärmel ihres gefütterten Wildledermantels, dass ihre goldenen Armbänder nur so klingelten.

»André, der Auszubildende der Bank, wurde erschossen.«

Margareta riss entsetzt die Augen auf. »Der André? Meine Güte, so ein netter Kerl.«

Die Frau schniefte in ihr stark parfümiertes Stofftaschentuch. Ihre verlaufene Wimperntusche verwandelte ihr Gesicht in eine Fratze.

»Haben Sie den Täter gesehen?« Erneut krallte sich Margareta in den Arm der Frau.

»Nein, ich habe nur die Leute schreien hören. Er soll Richtung Busbahnhof geflohen sein.«

Margaretas Blick suchte den Bankeingang. Helmut Blauländer stand dort und diskutierte mit einem Kollegen, einem zarten, blutarmen Mann mit Goldrandbrille. Ob sie es wagen sollte, ihn einfach anzusprechen? Irgendwie tat er ihr leid. So kurz vorm Fest noch so einen Stress für den von sämtlichen Zipperlein geplagten Mann. Seit Stefan Kornblum, seine rechte Hand und Margaretas ehemaliger Liebhaber, sich hatte versetzen lassen, hatte er es sicher nicht einfach. Stefan war schon eine Koryphäe auf seinem Gebiet gewesen. Und nicht nur dort, dachte Margareta wehmütig. Seit Stefan von Blauländers Seite gerissen worden war, musste dieser wieder richtig zupacken. Vorbei war es mit dem süßen Mittagsnickerchen in seinem Dachkämmerlein des Präsidiums. Jetzt hieß es »Ran an die Ermittlungen«. Im Sommer, bei den Untersuchungen zum Fall des Pfarrermordes, stand ihm Jenny Gehrke, mit der Stefan sie betrogen hatte, zur Seite. War auch sie schon wieder Vergangenheit?

Sie entschied sich, ihn in Ruhe zu lassen. Immer wieder sah sie sich nach Felix um. Wo war er bloß? War er etwa der Täter und mit der Beute geflohen? Saß er bereits im Gartenhaus seines Freundes und zählte das Geld?

Spinn nicht rum!, mahnte sie sich selbst. Nein, so etwas traute sie ihm nicht zu. Wer konnte den Täter gesehen haben? Sicherlich hatten Blauländer und sein Kollege schon einige Passanten befragt und wussten mehr. Es reizte sie, den Kommissar einfach anzusprechen. Sie schaute auf ihre Armbanduhr. Ihre Pause war bereits seit fünf Minuten beendet. Zarske sprang bestimmt schon wie Rumpelstilzchen zwischen den Herrenanzügen und Wintermänteln hin und her.

Egal, sie musste es riskieren. Sie bahnte sich den Weg zurück zum Markt. Der Hähnchenverkäufer Bodo Winkler, der gleich am Eingang zum Wochenmarkt mit seiner Karre stand und Brathähnchen sowie Schweinshaxen feilbot, hatte von seinem Grillwagen aus freien Blick auf den Bankeingang. Sie musste ihn sprechen. Der Geruch von verbrannten Hähnchen zog Margareta regelrecht an. Eine Menschenschlange hatte sich vor seinem Verkaufswagen gebildet. Wollten die etwa alle ein Hähnchen mitnehmen? Empörte Kunden machten ihrem Ärger Luft, fuchtelten mit den Händen in der Gegend herum. Natürlich stellte Margareta sich nicht hinten an, sondern drängelte sich ganz nach vorn durch. Weit und breit war jedoch kein Hähnchenmann zu erblicken. Die Karre war verwaist. Die Hähnchen drehten sich auf den Stangen verzweifelt in der Hitze und waren schon mehr als gar. Ebenso die Schweinshaxen, die über knusprig weit hinaus waren. Margareta fiel das Märchen von Frau Holle ein. Das arme Brot in dem Ofen, das schon längst gar war. »Hol mich hier raus, ich verbrenne, ich bin schon lange fertig gebacken«, schrie das Brot verzweifelt. Margareta überlegte kurz, dachte aber nicht ernsthaft daran, irgendwie einzugreifen. Stattdessen lauschte sie den Gesprächen der angeblichen Kunden.

»Hat sich einfach vom Acker gemacht, der Alte!«
»Wo ist der hin?«
»Wer weiß, vielleicht war er ja der Bankräuber?«
So und ähnlich erhitzten sich die Gemüter, während die Brathähnchen und auch die Haxen immer dunkler wurden.

Erst in der letzten Woche hatte Bodo ihr erzählt, dass seine Geschäfte schlecht liefen. Eine Reparatur an seinem Grillwagen wäre unbedingt nötig. Auch die beiden anderen Wagen würden bald den Geist aufgeben. Er konnte in diesem Jahr seinen Angestellten schon kein Weihnachtsgeld mehr zahlen. Wenn es so weiterginge, müsste er Konkurs anmelden. Ob er die Gelegenheit genutzt hatte? Mitten in der Hauptmarktzeit? Während er zum Geldwechseln in die Bank lief, sah er die Gunst der Stunde gekommen und schlug erbarmungslos zu? Überfall okay, einen Mord traute Margareta dem Hähnchenmann jedoch absolut nicht zu. Doch wo war er? Er ließ nicht so ohne Weiteres seinen Imbisswagen im Stich. Ich muss der Sache nachgehen, nahm Margareta sich fest vor und schlich zurück ins Warenhaus, hinauf in ihre Abteilung, wo Zarske sich schon aufgebaut hatte, um sie niederzumachen.

Er fletschte die Zähne und zischte ihr mit seiner feuchten Aussprache böse Worte entgegen. Margareta stand vor ihm wie ein bedröppeltes Huhn, den Blick nach unten gerichtet.

»Wo kommen Sie jetzt her, Frau Sommerfeld?« Seine Halsschlagader pulsierte, seine Augen glotzten ihr wütend entgegen. »Sie haben die Pause genau 20 Minuten überzogen. Und das nun schon zum dritten Mal in den letzten zwei Wochen.«

»Beim letzten Mal waren es nur sieben Minuten, Herr Zarske. Jetzt übertreiben Sie mal nicht. Ich war auf dem Markt. In der Bank wurde ein Auszubildender erschossen.«

»Ja, das mag tragisch sein, doch unser Betrieb läuft weiter. Der Kunde von vorhin hat sich über Sie beschwert. Ich habe Ihnen schon einmal gesagt, für uns ist jeder Kunde gleich, ob arm, ob reich.«

»Der hat gestunken wie ein Elch und hat sowieso nichts gekauft. Die beiden wollten sich nur aufwärmen.«

»So zu urteilen, steht Ihnen nicht zu, Frau Sommerfeld. Die Sache hat ein Nachspiel!«

Sie wich, so gut es ging, den Speicheltropfen, die jetzt wie Geschosse aus seinem Mund flogen, aus.

»Die Sache hat ein Nachspiel«, echote der völlig überdrehte Mann.

Nachspiel, Nachspiel. Nichts geht über ein schönes Nachspiel, hätte sie ihrem Chef am liebsten an seinen arg trockenen Kopf geknallt. Doch nach Spaß war ihm ganz gewiss nicht zumute.

»Ich kann es nicht ändern«, sagte sie nur und ging wieder zu dem Regal, um weiterhin Jeans einzusortieren.

Zarske gab einige Urlaute von sich, wahrscheinlich, um sich neu zu justieren und seinen Adrenalinspiegel zu senken.

Der nette Hähnchenmann war spurlos verschwunden, aber Zarske erfreute sich seiner Anwesenheit. Wie ungerecht. Gern hätte sie noch einen Blick aus dem Fenster vor den Umkleidekabinen geworfen, doch wollte sie ihren Chef nicht noch mehr reizen. Dass er den Bankraub aber auch so völlig ignorierte. Was, wenn der Bankräuber Zuflucht im Bekleidungsgeschäft gesucht hatte und sich hier irgendwo versteckte? Was, wenn Zarske ihm in die Arme lief und brutal niedergeschossen wurde? Margareta musste lächeln. Gar kein so übler Gedanke. Margareta, reiß dich zusammen, rief sie sich selbst zur Ordnung.

Morgen noch vor Arbeitsbeginn würde sie mit Mandel-Alfred vom Weihnachtsmarkt sprechen. Der wusste doch auch immer über das gesamte Stadtgeschehen Bescheid.

3.

23. Dezember. Noch am Vorabend berichtete der Lokalsender WDR ausführlich über den Banküberfall in Buer, bei dem 150.000 Euro erbeutet wurden, und ein Auszubildender der Filiale, der sich dem Bankräuber, einem großen Kerl im Weihnachtsmannkostüm, mutig in den Weg gestellt haben soll, sein Leben lassen musste.

Margareta hatte Felix gestern nicht mehr gesehen. Sie hatte einen äußert unruhigen Abend verlebt. Während Sissi sich im TV Kaiser Franz an den Hals schmiss und ihre Schwester Nene todunglücklich machte, gingen ihre Gedanken immer wieder zu Felix, zu André, dem jungen Azubi aus der Bank, und zu Bodo, dem Hähnchenmann. Ein Kopfkino vom Allerfeinsten kam in Gang.

Als sie am Abend nach Hause fuhr, war der Hähnchenwagen verschwunden gewesen. Der Marktplatz war blitzsauber und fungierte wieder als Parkplatz. Also musste Bodo noch einmal aufgetaucht sein, um sein Gefährt zu holen.

Gerade war »Sissi« Teil 1 zu Ende gewesen, da klingelte auch noch das Telefon. Um 22 Uhr. Das konnte nur ihre Mutter Waltraud sein.

»Weißt du, was?«, legte sie dann auch gleich los. Fast alle ihre gesprochenen Sätze fingen mit diesen drei Wörtern an. Waltrauds Mantra sozusagen. Margareta hatte es aufgegeben, sie auf diese Unart hinzuweisen.

»Nein, aber du wirst es mir gleich sagen«, antwortete sie genervt.

»Was?«

»Das, was ich noch nicht weiß.« Am liebsten hätte Margareta sofort aufgelegt und wäre ins Bett gegangen, um sich die Decke weit über den Kopf zu ziehen.

»Du immer mit deinen blöden Sprüchen. Ich bin deine Mutter.«

»Ja, das weiß ich.« Es gab also durchaus Dinge, die sie wusste.

Und schon legte Waltraud mit ihrem Sensationsbericht los. »Die Bank in Buer am Markt wurde ausgeraubt, und ein junger Mann, der sich dem Bankräuber in den Weg stellte, erschossen. Ist das nicht furchtbar? Anna war dabei gewesen, stand ganz in der Nähe.«

»Da hat Anna aber Glück gehabt, dass sie nicht erschossen oder als Geisel genommen wurde. Hat Anna den Räuber gesehen?« Anna war dabei gewesen. Pah! Margareta konnte sich lebhaft vorstellen, wie das ausgesehen hatte. Mindestens 500 Meter entfernt wird Anna vor Angst schlotternd gestanden haben und ihr Wissen über den Vorfall von anderen Tratschweibern haben.

»Nein, wo denkst du hin! Das war ja ein einziger Menschenauflauf gewesen. Wie sollte sie ihn da erkannt haben?«

»Ich weiß, was da abging, Mutter, ich habe es oben vom Fenster aus beobachten können. Wie du weißt, arbeite ich direkt in der Buerschen City, nur wenige Meter von der Bank entfernt.«

»Du weißt es schon und sagst mir nicht Bescheid?«, kam es vorwurfsvoll aus dem Hörer. Ihre Stimme war eine einzige Anklage.

»Ich habe bis 19 Uhr gearbeitet, hatte einen harten Tag und wollte erst einmal abschalten.«

Schweigen. Waltraud war beleidigt. Nach gefühlten 20 Minuten kam erneut ihr obligatorisches »Weißt du, was?«

»Nein, was denn?« Bleib ruhig, mahnte Margareta sich, wasche ihr nicht gleich wieder den Kopf, du böse Tochter, du!

»Ich nehme jetzt doch Dosenwürstchen von Aldi. Die sind ja immer lecker. Meinst du, dass zwei Dosen reichen? Zuerst wollte ich ja welche vom Metzger holen ...« Bla, bla, schnatter, schnatter. Themawechsel von einer Sekunde auf die andere. So schnell konnte das nur Waltraud. Jetzt war der Heilige Abend angesagt.

»Kartoffeln hatte Anna vom Markt besorgt. Sieglinde natürlich. Linda waren aus, und die Pfälzer, na ja, ich weiß nicht«, ging es weiter. Während in der Bank ein junger Mann erschossen wurde, grübelte Anna am Kartoffelstand darüber nach, welche Sorte für den Kartoffelsalat ihrer Freundin am besten geeignet wäre. Verrückte Welt!

Margareta hörte gar nicht mehr hin, zum einen Ohr rein, zum anderen Ohr raus, anders war Waltraud einfach nicht zu ertragen. Sie atmete tief ein, zählte bis fünf und atmete wieder aus.

»Du findest also auch rote Servietten mit kleinen Weihnachtsmännern besser als die weißen mit den Sternen?«

Ach, sie war schon bei der Tischdeko, die Würstchen und die Kartoffeln waren abgehakt.

»Unbedingt«, erwiderte Margareta gezwungen freundlich.

»Na, dann bis übermorgen.« Und schon hatte Waltraud das Gespräch beendet.

Vor Arbeitsbeginn Mandel-Alfred aufzusuchen, würde sie nun nicht mehr schaffen, da es schon fast halb zehn war. Dieser blöde Eierlikörpunsch aber auch. Gleich drei Gläser hatte sie sich am Abend noch einverleibt, nur um nach Waltrauds Anruf gut schlafen zu können. Nun war sie zu spät aufgewacht. Die Dusche musste ausfallen, es gab nur eine Katzenwäsche. Mandel-Alfred musste bis zur Mittagspause warten.

Ottfried Zarske belauerte Margareta bei der Arbeit aufs Übelste, war ständig um sie herum, gab ihr Tipps, wusste wieder einmal alles besser. Immerhin hatte sie an diesem Morgen zwei teure Anzüge an den Mann gebracht und einem Opi noch zwei altmodische Wintermäntel regelrecht aufgequatscht. Sie hatte den armen alten Mann so zugelabert, hatte ihn umgarnt und ihm völlig übertriebene Komplimente gemacht. Alles nur, um Zarske zufriedenzustellen, was ihr voll gelungen war.

In der Mittagspause hetzte sie zum Ausgang. Sie hatte sich fest vorgenommen, dieses Mal pünktlich zurück zu sein, weshalb Eile geboten war. Ihr Weg führte sie zu Mandel-Alfred, der seinen Stand auf dem Weihnachtsmarkt an der Hochstraße hatte. Heute war kein Wochenmarkt, der große Platz wurde zum Parken genutzt, was einen Tag vor Heiligabend ein heilloses Chaos bedeutete.

Margareta hetzte am Schmuckstand vorbei, ließ den Mützenstand hinter sich und konnte kurz nach dem Reibekuchenstand schon Mandel-Alfreds große Verkaufsbude erspähen. Der Mann sah grausam aus. Margareta erschrak, als sie ihn erblickte. Er schaute drein, als sei er vor nicht allzu langer Zeit überfallen worden. Trotz Minusgraden verschwitzt, befleckte Klamotten, mit fettigen Haaren, die ihm zu Berge standen.

Erst vor ein paar Tagen hatte er seinen Stand bejammert, an dem er außer knackigen Mandeln, die äußerlich genauso beschaffen waren wie seine grobe Gesichtshaut, noch Obst und Nüsse jeglicher Art feilbot. Doch das Hauptgeschäft bildeten die Mandeln, die er angeblich direkt aus Kalifornien bezog und die dort an herrlichen Bäumen, die zur Art der Rosengewächse zählten, wuchsen. Der Kerl war ein Riese, breitschultrig, hatte eine große Klappe und schikanierte seine einzige Angestellte, ein unscheinbares Hascherl, wo er nur konnte. Aber heute schien Mandel-Alfred wie ausgewechselt – still und irgendwie verhuscht hauchte er seinen Atem in die klirrende Winterkälte.

Margaretas Verhältnis zu Mandel-Alfred war ambivalent. Auf der einen Seite mochte sie ihn, gleichzeitig fand sie ihn ätzend. Im vorigen Jahr in der Adventszeit war sie ein paarmal mit ihm ausgegangen. Er machte ihr eindeutige Avancen. Betonte immer wieder, dass er ihr als selbstständiger Geschäftsmann einiges zu bieten hätte, nicht nur finanziell. Er hatte sie aus seinen großen blauen Augen angesehen, während er ihr sein Haus auf dem Lande beschrieb. Dass seine gebrechlichen Alten dort mit an Bord waren, beide Pflegestufe II, erwähnte er erst beim letzten Treffen. Nein, ein Eigenheim mit dem Geruch von Franzbranntwein und Urinnebel wollte sie nicht, da blieb sie lieber in ihrer Mietwohnung. Wie stark er mit Dummheit gepudert war, konnte er auch lange Zeit vor ihr verbergen. Oder vernebelte der Glühwein, den sie bei ihren beiden Dates reichlich konsumiert hatte, ihr derart das Hirn, dass sie tatsächlich in Erwägung gezogen hatte, sich mit diesem Choleriker zusammenzutun? Sie schrieb es der sentimentalen Stimmung der Weihnachtszeit zu, dass sie fast mit ihm in die Kiste gestiegen wäre. Oder lag es daran, dass sie so rattenscharf auf Mandarinen war und er ständig welche in seinen Hosentaschen mitführte? Egal, Mandel-Alfred war Vergangenheit.

Als er Margareta erblickte, lächelte er nervös. »Na, Sommerfeld, Pause?«

»Was ist mit dir passiert? Wie siehst du aus? Geht es dir nicht gut?«

»Nee, geht mir gar nicht gut. Eigentlich dürfte ich gar nicht hier sein. Muss mir wohl was weggeholt haben. Durchfall! Hab mich wahrscheinlich bei Bodo angesteckt. Dem ging es gestern ganz dreckig. Hat so eine schlimme Attacke bekommen, dass er sogar seinen Hähnchenwagen im Stich ließ und aufs Klo rannte. Da hing er dann lange Zeit fest.«

Durchfall – was für eine simple Erklärung für das mysteriöse Verschwinden des Hähnchenverkäufers.

»Ich habe vom Raubüberfall gar nicht viel mitbekommen, bin mittags auch nach Hause. Reni musste den Laden alleine schmeißen. Nicht wahr, Reni?« Er schmiss seiner Sklavin einen bösen Blick zu. Die zarte Gestalt mit den wenigen blonden Haaren, die gerade dabei war, einen Sack Walnüsse in das entsprechende Fach zu schütten, nickte total verängstigt, sprach kein Wort.

Das war doch gelogen, dachte Margareta. Wer weiß, vielleicht war er der Täter? Eine kräftige Figur hatte er ja. Und angeblich pleite war er auch. Was dieses arme Wesen mit dem schütteren Haar hier noch hielt, war Margareta ein Rätsel. Sich demütigen und verbal quälen zu lassen, war eine Sache, seit Wochen allerdings auch noch keinen Lohn zu bekommen, eine andere. Wer ließ sich so etwas gefallen? Da stimmte doch was nicht.

Mandel-Alfred ließ sich noch einige Minuten über den Banküberfall aus, gab Vermutungen ab, wer es gewesen sein könnte, schenkte Margareta zwei Mandarinen und widmete sich dann den anderen Kunden.

Margareta schlug den direkten Weg zurück zum Kaufhaus ein. Kakao oder Glühwein zu trinken, war zeitlich nicht mehr drin. Außerdem riss das ein zu großes Loch in ihre Kasse. Nach Felix würde sie Ausschau halten, wenn sie Feierabend hatte. Sie hatte ihn seit dem Überfall noch gar nicht gesprochen. Die beiden Mandarinen schenkte sie mit süßlichem Lächeln Zarske und wusch sich anschließend äußerst gründlich die Hände. Die Früchte eines Durchfallerkrankten, auch wenn sie noch so wohlschmeckend waren, wollte sie keinesfalls essen. Zarske hingegen freute sich. Hinter der Kasse stehend, pellte er die beiden Dinger sofort ab und stopfte sie sich gierig in den Mund. Margareta hoffte, dass Montezumas Rache über ihn kommen würde.

Nach Feierabend stellte sie sich mit einem Glas Glühwein vor das Eiscafé und hielt nach Felix Ausschau. Nirgendwo war er zu entdecken. War er vielleicht in den Bankraub involviert? Hatte er die ganze Sache gar mit einem Komplizen geplant? Sollte sie sich so in diesem armen Mann getäuscht haben?

Ihr Blick ging die Hochstraße hinunter. Geschäftig liefen die Leute hin und her, bepackt mit unzähligen Taschen und Tüten, in denen sie Präsente für ihre Lieben trugen, die sie morgen beschenken würden. Die Lichterbögen, die zwischen den Häuserzeilen angebracht waren, beleuchteten die Stadt auf eine romantische Weise. Kindheitserinnerungen wurden in Margareta wach. Wie aufgeregt war sie jedes Mal vor dem Fest gewesen. Der Dezember schien gar nicht zu vergehen. Sie bibberte und zitterte regelrecht, hoffte, dass all ihre Wünsche vom Christkind, oder wem auch immer, erfüllt werden würden. Irgendwann kam die Ernüchterung. Es gab gar kein Christkind. Das, was sie sich sehnlichst gewünscht und in krakeliger Kinderschrift auf ihrem Wunschzettel notiert hatte, lag auch nicht immer unter dem Weihnachtsbaum. Sie erinnerte sich an das Jahr, in dem ihr Bruder eine Eisenbahn geschenkt bekommen hatte und alle drumherum hockten. Margareta mit ihrer Barbiepuppe, die sich vorkam wie ein lästiges Waisenkind, war in Vergessenheit geraten. Dem Berg kratziger Wollklamotten, an dem ihre Oma ein ganzes Jahr lang gestrickt hatte, schenkte sie kaum Beachtung. Scheiß Weihnachten, hatte sie damals gedacht. Jahre später, als ihr Bruder Gisbert kurz hintereinander Vater wurde und zum Fest mit seinen verwöhnten Rotzblagen aufschlug, war vom Fest der Liebe wenig zu spüren gewesen. Unruhe, Dreck und inkonsequente Eltern verdarben jedes Jahr den Heiligen Abend. Da war es echt eine Wohltat gewesen, als Gisberts Holde sich mit dem gemeinsamen Nachwuchs vom Acker machte.

Margareta hätte auch gerne eine eigene Familie gehabt, einen erfolgreichen Mann, der es ihr ermöglichte, Teilzeit zu arbeiten, zwei nette Kinder, auf die sie stolz sein konnte. Warum war alles so anders gekommen? Wieso war sie ständig knapp bei Kasse? Was hatte sie sich in diesem Jahr von ihrem Weihnachtsgeld gegönnt? Eine neue Handtasche, eine warme Winterjacke, einen Frisörbesuch und ein Geschenk für ihre Mutter. Das war's auch schon. Einige besondere Lebensmittel für die Feiertage hatte sie noch besorgt. Einmal aus dem Vollen schöpfen, ja, das wäre es. Einen großen Betrag verschlang schon die Inspektion ihres Polos. Jammere nicht, sagte sie sich und trank ihren Glühwein aus. Sie lief noch einmal die Hochstraße auf und ab und ging anschließend zu ihrem Fahrzeug. Von Felix war nach wie vor keine Spur.

Zu Hause angekommen, ließ sie den Fernseher ausgeschaltet, füllte einen großen Eimer mit lauwarmem Wasser und putzte die ganze Wohnung. Das Läuten des Telefons ignorierte sie. Sie hatte keine Lust, sich anzuhören, welches Gewürz Waltraud noch für den Kartoffelsalat besorgen musste und welche Nachspeise sie zubereiten könnte. Es würde sowieso wieder nur die dämliche Rotweincreme geben, mit dem Tütchen billigsten Wein im Paket. Jedes Jahr das Gleiche. Sie wollte auch gar nicht wissen, wer morgen noch mit am Tisch sitzen würde. Mit Sicherheit Waltrauds Busenfreundin Anna, die mit ihren Sprösslingen zerstritten war, und ihre neue Nachbarin, diese komische Alte. Na, das würde ein Heiliger Abend werden!

Sei dankbar, hielt sie sich selbst vor. Du musst wenigstens nicht auf einer Parkbank übernachten wie Felix höchstwahrscheinlich. Du hast es warm, wirst sogar ein klein wenig verwöhnt, wenn auch nur mit Kartoffelsalat und Rotweincreme.

Gegen 23 Uhr suchte sie ihr Bett auf. Die Wohnung war blitzsauber. Wenigstens etwas an diesem Tag, über das sie sich freuen konnte.

4.

24. Dezember. Auch heute, am Heiligen Morgen, war der Überfall Gesprächsthema Nummer 1 im dörflichen Buer. Der tote Azubi stimmte die Menschen traurig. Margareta hatte den freundlichen jungen Mann mit den Aknenarben gut gekannt. André, 20 Jahre alt und nun nicht mehr unter den Lebenden. Für Margareta unvorstellbar, dass der Täter entkommen konnte. Sie musste unbedingt mit Felix sprechen. Vielleicht hatte er etwas bemerkt. Er musste doch gesehen haben, in welche Richtung der Täter flüchtete.

Zarske, der sich bester Gesundheit erfreute, war übertrieben freundlich und hatte sich leider mit den Mandarinen keine Diarrhö eingefangen.

Erstaunlich wenige Kunden suchten an diesem Morgen die Herrenabteilung auf. Zweimal blickte Margareta oben aus dem Fenster. Auch auf dem Wochenmarkt lief alles gesittet ab. Keine langen Kundenschlangen vor den Ständen. Ein Obst- und Gemüsestand war von einer großen Menschenansammlung umgeben. Ebenso wimmelte es am Geflügelwagen nur so vor Kunden. Fast jeder von ihnen schleppte am Ende eine Gans oder eine Pute nach Hause. Der Hähnchenwagen mit Bodo an Bord war erst gar nicht erschienen, was Margareta sehr verwunderte. Der Kerl ließ sich das Heiligabendgeschäft entgehen? War er etwa noch krank oder zählte er bereits das Geld aus dem Bankraub?

Auch heute war von Felix weit und breit nichts zu sehen. Da stimmte etwas nicht.

Als sie um 14 Uhr das Bekleidungsgeschäft verließ – es fand noch ein letzter kleiner Umtrunk unter den Kollegen statt –, waren die Verkaufsstände auf dem Wochenmarkt schon fast alle abgebaut. Ebenso die auf dem Weihnachtsmarkt. Die Märchenbuden standen schon heute Morgen nicht mehr. Das Bratwurstaroma sowie der Duft von gerösteten Mandeln fehlten. Vorbei mit der kunterbunten Weihnachtswelt. Der graue Alltag hatte die Innenstadt wieder. Vor dem Eiscafé standen noch einige Gäste und tranken Glühwein. Die Stimmung war jedoch gedrückt. Waren aus Angst nur so wenige Leute unterwegs? Wo war Felix bloß? Wo würde er heute die Nacht verbringen? Während Margareta sich den Bauch bei ihrer Mutter vollschlagen würde, fror er sich vielleicht irgendwo wer weiß was ab, nächtigte unter freiem Himmel, nachdem die Weihnachtsfeier für die Obdachlosen, die von der Kirchengemeinde veranstaltet wurde, zu Ende war. Dort wollte er hingehen, hatte er ihr erzählt. Bekäme umsonst Kartoffelsalat und Würstchen und ein kleines Geschenk, Socken oder ein Handtuch. Kinder würden singen und auf der Blockflöte spielen, um die armen und einsamen Menschen zu erfreuen. Nein, da möchte ich nicht dabei sein, dachte Margareta. Da war die Feier bei Waltraud echt das kleinere Übel.

Und da sah sie ihn, am Rande des Marktplatzes schaute er den Markthändlern beim Abbau der letzten Stände zu.

Er lächelte sie freundlich an, als er sie erblickte. »Ich wollte Ihnen noch frohe Weihnachten wünschen, bevor ich mich im Vorraum der Sparkasse aufwärme. Die schließen nämlich gleich.«

»Ist das nicht furchtbar mit dem Banküberfall? Ich habe die letzten Nächte kaum ein Auge zugetan. Der arme Junge. Haben Sie etwas davon mitbekommen?« Margareta überfiel ihn regelrecht mit ihren Fragen und schaute ihn voller Neugier an.

Er zuckte nur mit den Schultern. »Es ging alles so schnell, dieser Tumult, die schreienden Menschen …«

»Und wo waren Sie gestern? Ich habe Sie überall gesucht.«

Er schaute sie aus seinen braunen Augen lange an. »Warum?«

Sie blieb ihm eine Antwort schuldig.

Stattdessen machte sich eine völlig irrwitzige Idee in ihrem Hirn breit. Eine spontane Eingebung und schon sprach sie aus, was sie selbst kaum glauben konnte: »Los, schnappen Sie sich Ihre Sachen. Sie werden Weihnachten bei mir verbringen. Keine Widerrede!«

Erst schaute er verdutzt, nahm dann jedoch tatsächlich seinen Rucksack und ging ohne Protest mit zu ihrem Auto, was sie sehr verwunderte.

Weihnachten, Fest der Liebe, der Familie und sonstiger lieber Menschen, die man um sich scharte. Hatte sie nicht Tränen in den Augen, als sie den Weihnachtsspot von Edeka im TV anschaute, von dem verlassenen alten Mann, der seine Kinder zum Fest erst an den Tisch bekam, nachdem er ihnen eine Todesnachricht von sich geschickt hatte? War sie deshalb so rührselig?

Ja, das wird meine gute Tat für dieses Jahr sein, beschloss sie.

Doch nicht nur aus Barmherzigkeit schleppte sie Felix mit zu sich nach Hause. Nein, sie war felsenfest überzeugt, dass er etwas wusste, was den Bankraub betraf.

Und das musste sie unbedingt herausfinden. Vergnügt musterte sie Felix, der ehrfürchtig auf dem Beifahrersitz Platz genommen und dem es noch immer die Sprache verschlagen hatte, auf der Fahrt von der Seite. Er roch nicht gerade nach Veilchen.

»Natürlich sind noch einige Maßnahmen erforderlich, bevor wir zum gemütlichen Teil des Heiligen Abends übergehen.«

Nun wurde Felix hellhörig. »Maßnahmen? Was denn? Ich muss in die Kirche?«

»Nein, keine Angst. Wir gehen nur zu meiner Mutter. Habe ich jetzt *nur* gesagt? Sie wohnt ein paar Häuser von mir entfernt. Doch natürlich muss sie nicht wissen, dass du wohnungslos bist. Sie hackt so schon dauernd auf mir herum. Ach, lass dich einfach überraschen. Schlimmer als bei der Kirchenweihnachtsfeier und der anschließenden Parkübernachtung bei zehn Minusgraden wird es sicherlich nicht. Ich habe gut geheizt und meine Mutter ebenfalls.«

Wie selbstverständlich waren sie zum Du übergegangen, schließlich würden sie die Feiertage zusammen verbringen.

Neugierig schaute er sich um, als sie den Wohnturm durchfuhren und Margareta links in die Hofeinfahrt einbog, wo sie ihren Pkw-Stellplatz hatte.

»Stammst du auch aus Gelsenkirchen?«, fragte sie ihn.

»Hm«, sagte er nur.

»Und hast du auch hier gearbeitet?«, bohrte sie weiter.

»Hm.«

Na, das kann ja heiter werden. Wahrscheinlich wollte er nichts von sich preisgeben. Doch warum? Weil er etwas zu verbergen hatte?

Er trottete Margareta hinterher, die Holzstufen in den ersten Stock hinauf. Erwartungsvoll schaute er auf die Wohnungstür, während Margareta sie aufschloss. Als er seine hässliche Fellmütze, in der Margareta Leben vermutete, auf die Kommode in der Diele legte, musste sie schwer schlucken. Sie hoffte, dass die sich darin befindenden Läuse ihr Heim nicht verlassen würden.

Die erste Maßnahme war ein ausgiebiges Wannenbad, das er nicht gerade zu genießen schien. Er schloss sich dazu im Bad ein, was Margareta verwunderte. Sie hatte nicht vorgehabt, ihn zu verführen, und musste schmunzeln. So nötig hatte sie es nun auch wieder nicht. Seine Kleidungsstücke, einschließlich Mütze, warf sie in die Waschmaschine, die olle Jacke stopfte sie in einen blauen Müllsack. Sie hatte ihm Jeans, Pulli und Hemd – Kleidung, die der Kommissar bei seinem Auszug aus ihrer Wohnung hier vergessen hatte –, bereitgelegt. Unterwäsche hatte sie zufällig im Auftrag von Waltraud, die diese angeblich für einen Bekannten benötigte, im Kaufhaus per Personalkarte erstanden. Ohne Widerrede zog er alles an und begutachtete sich im Spiegel. Die Kleidung saß tadellos. Beim Anblick des Mantels, der für ihn an der Garderobe hing, setzte er sich allerdings zur Wehr. »Nein, das kannst du nicht verlangen, so ein altes Ding. Nee, geht gar nicht!«

»Stell dich nicht so an, der ist nagelneu, wenn auch ein Ladenhüter. Ist schon wieder retro. Ich werde dich bei meiner Mutter als Professor ankündigen. Die tragen so was.«

»Na, was du so alles weißt!«

Sie schob ihn in die Küche und verfrachtete ihn auf einen Stuhl. Nachdem sie Kaffee aufgesetzt hatte, legte sie Handtuch, Schere und Kamm bereit.

»Oh nein«, jammerte Felix und griff in sein schulterlanges Haar.

»Oh doch«, erwiderte Margareta erbarmungslos. Schon immer hatte sie mal jemandem die Haare schneiden wollen. Hier und jetzt hatte sie die Gelegenheit, sich mal richtig an einem Kopf auszutoben. Strähne für Strähne seines dichten mittelblonden Haars nahm sie zwischen ihre Finger und legte mutig die Haushaltsschere an. Ihr Werk konnte sich sehen lassen. Aus der schulterlangen Zuckerwatte-Filzfrisur hatte sie einen flotten Kurzhaarschnitt gezaubert. Gerade als sie ihm die Haare föhnen wollte, hielt er sie am Arm fest.

»Er trug Budapester Schuhe. Ganz außergewöhnliche Dinger von Laszlo Vass. Schwarz-weiß mit Troddeln in Weiß. Die kosten über 800 Euro. Solche hatte mein Vater mal.«

»Wer trug solche Schuhe?«

»Der Bankräuber.«

»Und das hast du gesehen?«

»Ja, sie lugten unter seinem roten Mantel hervor, als er mit seiner karierten Reisetasche Richtung Busbahnhof gerannt ist.«

Margareta wurden die Knie weich, und sie musste sich ebenfalls auf einen Stuhl setzen.

»Hast du das der Polizei erzählt?«

Er schnaubte verächtlich. »Wozu? Die hätten mir Penner doch eh nicht geglaubt. Hätten wahrscheinlich vermutet, er wäre mein Komplize, und ich hätte selbst Dreck am Stecken. Nee, nee, mit der Polizei will ich nichts zu tun haben.«

Margareta hatte es die Sprache verschlagen. Während sich ihre Gedanken überschlugen, stellte sie ihm wenig später die Schnürschuhe, die sie, als er im Bad war, für ihn organisiert hatte, hin. Wenn er wüsste, dass sie diese aus dem penibel geordneten Schuhschrank im unverschlossenen Keller ihres Nachbarn entwendet hatte, würde er sie niemals anziehen.

»Warum sagst du nichts?«, wollte Felix wissen, nachdem er die alten, jedoch gepflegten Schuhe in die Hand nahm und begutachtete. Genau seine Größe, 43.

Ganz blass war sie geworden, nahm einen kräftigen Schluck aus ihrer Kaffeetasse und dachte nach. Ohne groß zu überlegen, öffnete sie den Küchenschrank und holte ein Paket Printen heraus. Er musste hungrig sein, ihr Weihnachtsgast.

»Ich kenne auch jemanden, der solche Schuhe trägt. Genau die, die du beschrieben hast. Doch das kann auch Zufall sein. Es wird ja nicht nur ein einziges Paar ausgefallener Schuhe geben.«

»Und wer ist derjenige?« Felix war neugierig geworden.

»Der Chef des Autohauses, in das ich letzte Woche meinen Polo zur Inspektion gebracht habe. Ich dachte noch, wie blöd er damit aussieht. Die Schuhe passten so gar nicht zu ihm, zu diesem dicken Mann in seinem gesprenkelten grauen Anzug. Wie bei einer Ü-50-Party tänzelte er über den gewienerten Boden seines Verkaufsraums.«

»Ein dicker Kerl war der Bankräuber auch. Das käme hin. Vielleicht steht sein Laden kurz vor dem Ruin und er braucht eine Finanzspritze.«

Margaretas Gedankenkarussell nahm volle Fahrt auf. In der Tat wurde hinter vorgehaltener Hand getuschelt, dass das Autohaus Kluge mal Zahlungsschwierigkeiten gehabt haben soll. Doch Margareta maß dem Gerede keine Bedeutung bei. Wenn man danach ging, kam Bodo aus dem Hähnchenwagen ebenso als Bankräuber infrage. Wie hatte er letztens erst gejammert, dass er den Markt in Buer bald nicht mehr anfahren könne wegen finanzieller Schwierigkeiten und Personalmangels. Der Hähnchenverkauf wäre stark zurückgegangen. Allerdings war Bodo klein und besaß bestimmt nicht solche Schuhe. Da war sich Margarete ziemlich sicher. Einen Mord traute sie ihm außerdem nicht zu, wirkte er doch stets gütig auf sie. Doch wieso war er zur Tatzeit plötzlich verschwunden gewesen? Hatte er tatsächlich eine Durchfallerkrankung, wie er behauptet hatte? Und wieso war er heute nicht auf dem Markt gewesen? Etwa, weil er wirklich krank war?

Und was war mit Mandel-Alfred? Der bejammerte ebenfalls stets seinen Stand und war gestern total durch den Wind gewesen. Zur Tatzeit hatte auch von ihm jede Spur gefehlt.

»Über was denkst du nach?«, fragte Felix, der inzwischen mit übereinandergeschlagenen Beinen ihr gegenüber in einem Sessel im Wohnzimmer Platz genommen hatte und den TV-Bildschirm anstarrte. Der Film »Drei Nüsse für Aschenbrödel« lief gerade. Dieses Märchen hatten seine Töchter sich auch immer zu Weihnachten angeschaut.

»Ich hätte da noch zwei weitere Verdächtige im Angebot: Mandel-Alfred und Bodo aus der Hähnchenkarre.«

»Kannst du vergessen. Die waren es nicht, labern viel, haben eine große Klappe, doch zu so einer Tat wären sie nicht fähig. Aber vielleicht war *ich* es ja?«

Jetzt musste Margareta lachen. »Nein, dir traue ich weder einen Bankraub noch einen kaltblütigen Mord zu.«

»Ich bin aber auch pleite. Mit steht das Wasser bis zum Hals. Nein, eigentlich bin ich schon untergegangen und krieche in den Tiefen des dunklen Gewässers am Boden herum. Dabei war ich mal selbstständig.« Auf einer Printe kauend, schaute er aus dem Fenster.

»Was ist passiert?«, fragte Margareta voller Anteilnahme.

»Ich wollte zu spät wahrhaben, dass mein Unternehmen nicht mehr zu retten war. Meine Frau hatte sich längst einem anderen Mann zugewandt, schnappte eines Tages unsere Töchter und war weg. Vorher hatte sie noch den Rest der Konten abgeräumt und mir nichts als Schulden hinterlassen. Nur ein halbes Jahr später war ich obdachlos. Ja, so schnell geht das – vom Geschäftsmann zum Penner.«

In diesem Augenblick sah er keinesfalls mehr aus wie ein Penner, dachte Margareta. Wie sie bereits vermutet hatte, hatte in den vergammelten Klamotten ein gut aussehender Mann gesteckt.

»Kaltblütiger Mord? Der Bankräuber wird Panik bekommen haben, als der Bengel sich ihm in den Weg stellte, und wollte nur weg. Da hat er einfach abgedrückt.«

»Trotzdem war es Mord«, stand für Margareta fest.

Sie hingen einige Zeit schweigend ihren Gedanken nach. Felix bediente sich pausenlos an dem bunten Teller, der auf dem Wohnzimmertisch bereitstand, stopfte Spritzgebäck, Pfeffernüsse und Nougatteile ungehemmt in sich hinein.

Ich müsste ihm einen kleinen Mittagsimbiss servieren, sprach Margaretas schlechtes Hausfrauengewissen. So schnitt sie noch einen Christstollen auf, der Felix' Augen zum Leuchten brachte.

»Bodo vom Hähnchenwagen war zur Tatzeit spurlos verschwunden, während seine Hühner fast verbrannten. Angeblich hatte er Durchfall und saß irgendwo auf einer Toilette fest. Heute war er gar nicht auf dem Markt.« Margareta sah Felix abwartend an.

»Wieso sollte das nicht stimmen? Sein Wagen war später weg.«

»Vielleicht ist er ja gar nicht selbst mit der Karre zurückgefahren, sondern ein anderer hat sie geholt, während Bodo untergetaucht ist.«

»Das kann ich mir nicht vorstellen, dass der es urplötzlich, während er Hähnchen verkauft, in den Kopf kriegt und die Bank überfällt. Das hätte doch jemand sehen müssen, wenn er sich erst noch einen Weihnachtsmannmantel anzieht und einen Bart anlegt. Nee, das kannst du vergessen. Der Kerl war außerdem größer und kräftiger.«

»Hast du den Bankräuber denn schon mit dem Mantel in die Bank hineingehen sehen?«

»Nein, als ich kam – ich hatte im Weißen Haus erst noch gefrühstückt – muss der schon in der Bank gewesen sein.«

»Und was ist mit Mandel-Alfred? Der war nach dem Überfall auch plötzlich verschwunden. Hatte ebenfalls angeblich Durchfall. Und der ist breit und groß.«

Felix schüttelte den Kopf. »Auch er hätte sich erst den Mantel anziehen und den Bart anlegen müssen, bevor er in die Bank gegangen wäre. Damit hätte er nur Aufsehen erregt. Als ich vorgestern über die Hochstraße ging, war der noch an seinem Stand.«

»Aber so blöd kann doch keiner sein, mit so auffälligen Schuhen eine Bank zu überfallen.« Margareta sah wieder den Autohausbesitzer Kluge vor sich, wie er in diesen abartigen Dingern an den Füßen durch seinen Laden stolzierte.

Es war Zufall! Es hat nichts zu bedeuten, sagte sie sich immer wieder. Kluge und der Bankräuber müssen nicht ein und dieselbe Person sein.

»Meine Mutter kennt den Autohausfritzen Kluge näher, die hat da mal geputzt. Ist zwar schon eine Weile her, aber der Nachrichtendienst wird auch heute noch gut funktionieren. Na ja, du wirst Waltraud gleich kennenlernen. Also, wie vereinbart, wir haben uns bei einem VHS-Kurs kennengelernt, okay?«

»Wenn du meinst«, grinste Felix. Alles war besser, als die frostige Weihnachtsnacht draußen zu verbringen.

5.

Eine gute Stunde später machten sie sich auf den Weg zu Waltraud. Es schneite. Vom Himmel fielen dicke Flocken, die im Licht der Straßenlaternen umhertanzten und anschließend friedlich zu Boden fielen. In Margareta machte sich ein warmes Gefühl breit. Würde es doch noch ein schönes Weihnachtsfest für sie werden? Trotz Banküberfall und Mord?

Margaretas Bruder Gisbert hatte sich mit seiner neuen Freundin angekündigt, außerdem Waltrauds Freundin Anna Bienert sowie ihre neue Nachbarin Hildchen Steins – einsam, da keine Verwandten. Margareta hatte ihrer Mutter vor einer Stunde mitgeteilt, dass sie einen Bekannten mitbringen würde. Aufgeregt hatte Waltraud am Telefon nach Luft geschnappt und laut »Aber, Gretchen, so kurzfristig!«, in die Muschel geschrien. Dann hatte sie noch etwas von zwei weiteren Überraschungsgästen gefaselt. Wer könnte das sein?

Nach dem herzlichen Empfang – oh ja, ihre Mutter konnte so reizend sein – fiel Margaretas Kinnlade herunter, als sie das Wohnzimmer betrat. Da saß inmitten der illustren Gesellschaft kein Geringerer als ihr Onkel Gernot aus Essen. Jener Onkel Gernot, der vor zwei Jahren die ganze Siedlung verrückt gemacht hatte, als der Rosensalzmörder sein Unwesen trieb. Eine Zeit lang hatte Margareta ihn sogar in Verdacht gehabt, selbst besagter Mörder zu sein. Nun saß er da vor der riesigen Schüssel mit Kartoffelsalat und starrte der alten Bienert in den verknitterten Ausschnitt ihres mottenlöchrigen Samtkleids. Das durfte doch alles nicht wahr sein.

Felix wurde gar nicht wahrgenommen. Andere Dinge schienen ihrer Mutter an diesem Heiligen Abend wichtiger. Mit hochrotem Kopf in einem veilchenblauen Abendkleid rannte sie zwischen Küche und Wohnzimmer hin und her. Der fremde Mann war für sie eben der neue Freund von Margareta, und damit hatte es sich. Hätte Margareta allerdings gewusst, dass Gernot heute hier zu Gast sein würde, wäre sie nicht hergekommen.

Der Anblick des künstlichen Tannenbaums mit der kitschig-bunten Lichterkette, beides aus den 70er-Jahren, tat Margareta direkt in den Augen weh. Ebenso die fette Nikolaus-Figur mit dem speckigen Samtmantel inklusive verfilztem Bart, die ihr vom Sideboard zulächelte. Der Tisch dagegen war liebevoll gedeckt mit einer selbst bestickten Weihnachtstischdecke, Kerzenleuchtern mit roten Kerzen, dem guten Geschirr von Rosenthal sowie den bereits diskutierten Sternen-Servietten.

Schon kam Waltraud mit dem Teller dampfender Brühwürstchen herein. Dazu gab es noch Schnittchen mit Mett und Aufschnitt sowie Kartoffelsalat. Felix lief selbst beim Anblick dieses einfachen Mahls das Wasser im Munde zusammen. Vor allem aber genoss er die Wärme hier drinnen. Gerne ließ er sich von dem dampfenden Punsch einschenken.

»Na, da staunst du, was? Hättest nicht gedacht, dass ich auch hier bin, oder?« Gernot grinste Margareta an.

Er hatte sich in den zwei Jahren, in denen er von der Bildfläche verschwunden war, kaum verändert. Der

Anblick dieser ekeligen Gestalt mit der spitzen Nase und den fettigen Haaren verdarb Margareta die Lust auf den Kartoffelsalat.

»Willst du uns den jungen Mann, den du da mitgebracht hast, nicht mal vorstellen? Nun ja, gutes Benehmen hattest du ja noch nie.«

Margareta zwang sich, ruhig zu bleiben. Es ist Weihnachten, das Fest der Liebe, sagte sie sich. Vergiss die Demütigungen, die du zeitlebens durch ihn erfahren hast. Du wirst deinem notgeilen Onkel nicht den heißen Punsch in sein grinsendes Gesicht schütten.

»Das ist Felix«, sagte sie nur und nahm sich vor, Gernot nun einfach zu ignorieren.

»Felix und wie weiter?«

»Das geht dich überhaupt nichts an.«

»Was ist mit deinem Kommissar? Hat er es mit dir nicht mehr ausgehalten? Kein Wunder, wer hält es schon mit einer Miss Marple aus. Apropos – hast du wieder einen neuen Fall?« Er lachte und zeigte dabei seine gelben Zähne. Der Zweier oben rechts fehlte gänzlich.

»Ja, ich ermittle in einem Raubüberfall, bei dem ein junger Mann ermordet wurde. Mitten in Buer. Da fällt mir ein: Vielleicht bist du ja der Bankräuber, der diesen Azubi erschossen hat? Wie lange bist du schon in Buer?« Sie war wütend auf sich selbst, dass sie sich dazu hatte hinreißen lassen, gerade ihm davon zu erzählen.

Augenblicklich kam Unruhe auf beim Weihnachtsessen in Waltrauds guter Stube. Alle fingen an, durcheinanderzureden, Waltraud blieb vor Schreck das Würstchen im Halse stecken. »Gretchen, sag, dass das nicht wahr ist!«, jammerte, sie, nachdem sie sich wieder gefangen hatte. »Nicht schon wieder! Ich dachte, das läge hinter dir, und du widmest dich künftig nur noch deinem Beruf?«

»Das dachte ich auch.«

Fast wäre es zu Handgreiflichkeiten gekommen. Gisbert verdrehte die Augen, seine neue Flamme, diese Puderschnalle, lachte schallend, die dümmliche Bienert wollte es ja schon immer gewusst haben, was Margareta für eine wäre, und die neue Nachbarin schüttelte nur mit dem Kopf.

»Was sagen Sie denn dazu, junger Mann?«, wandte sich Gernot nun an Felix, den das Ganze anscheinend nicht aus der Ruhe brachte. »Oder haben Sie von den Ambitionen Ihrer Freundin noch gar nichts gewusst?«

»Ich finde Margaretas Hobby toll. Natürlich habe ich davon gewusst«, log er. »Miss Marple war schließlich auch nur eine Hobbydetektivin. Und ich stelle mich gerne als Mister Stringer zur Verfügung, wenn Margareta das möchte. Sie hat mir auch von Ihnen berichtet. Das hätte ja böse ausgehen können damals. Mit einem Bein waren sie wohl schon im Gefängnis. Erzählen Sie mal!«

Doch den Gefallen tat Gernot Felix nicht. Er schwieg verkniffen.

Gisbert stöhnte auf. »Ey, Margareta, nicht schon wieder! Ich habe noch von damals genug, als die Typen auf dem Zechengelände ermordet wurden. Lass es doch einfach gut sein.«

»Es ist mir herzlich egal, was du von meinen Ermittlungen hältst, lieber Bruder. Kümmere dich gefälligst um deinen eigenen Dreck.« Seine Freundin, die Margareta freundschaftheischend anlächelte, ignorierte sie. Diese Frau war einfach unter ihrem Niveau.

Verständlicherweise war der Buer'sche Bankraub nun Thema Nummer 1 an der festlichen Tafel. Anna Bienert, die nicht nur aus dem Mund nach Zwiebelmett roch, bekam ihren ganz großen Auftritt. Sie erzählte voller Dramatik ihre Version des Überfalls. Als hätte sie in der Schusslinie gestanden, berichtete sie vom Zusammensacken des armen Bankazubi, veranschaulichte mithilfe ihrer Gabel, die sie durch den Raum schwenkte und Gernot damit fast ein Auge ausstach, wie der Bankräuber mit seiner Knarre weitere harmlose Passanten bedrohte. Dabei hatte sie nur am Kartoffelstand am anderen Ende des Marktplatzes gestanden, als es passierte, wie Margareta von Waltraud wusste. Egal, jetzt hatte sie die einmalige Gelegenheit, sich in den Mittelpunkt zu reden. Felix war immer noch die Ruhe selbst und grinste nur.

Verträumt ließ Gernot seinen Blick in die Ferne schweifen. »Ja, mit 150.000 Euro wüsste ich auch was anzufangen.«

Gisbert schnaubte verächtlich. »So ein läppischer Betrag! Dafür wurde tatsächlich ein Mensch umgebracht? Wen hast du denn in Verdacht, Margareta?«

»Das werde ich dir gerade auf die Nase binden«, bemerkte sie herablassend. Dieser kleine Beamte mit seiner Besoldungsgruppe A2 sollte besser seinen Schnabel halten. So viel Geld würde er vermutlich selbst nie in den Händen halten.

Sie wandte den Blick von ihm ab und entdeckte tatsächlich erst in diesem Moment am Ende des Tisches einen kleinen untersetzten Mann in einem grauen Pulli. Er war so unauffällig, wie man unauffälliger kaum sein konnte. Verlegen lächelte er sie an.

»Ach, und das ist wohl der zweite Überraschungsgast, nicht wahr?«, wandte sie sich vorwurfsvoll an ihre Mutter. »Wieso hast du ihn mir nicht vorgestellt?« Über den Tisch hinweg reichte sie dem Mann mit dem lieben Papalächeln die Hand. »Margareta Sommerfeld, die Tochter des Hauses. Haben Sie sich sicher schon gedacht, oder?«

Ein zaghaftes Grinsen kam über sein fleischiges Gesicht. Nervös strich er sich seine 15 fettigen Haare aus der Stirn. »Sepp Kowalski«, sprach er leise und deutete einen unterwürfigen Diener an.

Margareta hätte laut lachen können. Wer war dieser komische Kauz? Was sollte das Theater? Wo hatte ihre Mutter diesen Kerl aufgetrieben? Was hatte er am Heiligen Abend hier verloren? Allein sein Name. Wer hieß schon Sepp Kowalski?

»Angenehm«, nuschelte sie nur und wandte sich wieder an ihre Mutter. »Waltraud, würdest du mich bitte aufklären?«

»Ich habe Sepp in Bad Nauheim in einem Tanzcafé kennengelernt. Er ist dort mit seiner Combo aufgetreten. Sepp ist ein echter Kapellmeister, musst du wissen.« Stolz und voller Bewunderung lächelte sie ihn an.

»Aber das ist doch schon drei Monate her, seit du in Bad Nauheim warst. Wieso hast du mir nichts von deiner Bekanntschaft erzählt?«

Anstatt zu antworten, stand Waltraud auf und verschwand in der Küche.

Margareta folgte ihr und stellte sie, während sie Würstchen aus dem heißen Wasser fischte, zur Rede.

»Sag mal, was soll das, Waltraud? Was will dieser alte Knacker bei dir? Ausgerechnet zu Weihnachten. Schlimm genug, dass die alten Weiber hier sitzen, jetzt noch dieser völlig fremde Mann. Wo kommt der her?«

»Jetzt komm mal wieder runter, Mädchen. Den Mann, den du da heute angeschleppt hast, kenne ich doch auch nicht. Und, habe ich so einen Aufstand gemacht?«

Wo sie recht hatte, hatte sie recht. Der Punkt ging an sie. Margareta atmete tief durch, um sich zu beruhigen.

»Aber wieso hast du mir nichts erzählt?«

»Weil ich dich kenne. Du hättest versucht, ihn mir auszureden. Ihm geht es schlecht. Seine Frau hat ihn rausgeschmissen. Er wusste nicht, wohin. Nun bleibt er ein paar Tage hier.«

»Oh Mutter, das hatten wir doch schon ein paarmal. Denk an Walter, an den alten Beuker und an Gernot. Sie alle haben dich ausgenutzt. Nun dieser alte Sänger einer zwielichtigen Band.«

»Er ist der Kapellmeister des Hessen-Trios, hat die Combo gegründet. Du müsstest nur einmal hören, wie toll der singen kann. Und erst Gitarre spielen. Ein Traum!« Waltraud seufzte und träumte sich wahrscheinlich gerade in diese verruchte Tanzbude, in der sie sich in Sepp verliebt hatte.

»Kapellmeister? Ich dachte immer, das hieße Bandleader. Combo! Pah! Hessen-Trio. Sind die anderen beiden auch so hässliche Greise?«

»Sepp sieht für sein Alter noch sehr gut aus. Und er ist so lieb.«

»Lieb und arm wie eine Kirchenmaus. Der wird dir das Genick brechen. Ich dachte, auf dein Sofa kommt kein Kerl mehr. Wie lange bleibt der Herr Kapellmeister?«

»Sei friedlich, Margareta, heute ist Weihnachten.«

Margareta sagte nichts mehr. Irgendwie bestanden da

ja schon Parallelen zu ihrer eigenen Situation. Auch Felix war arm, und sie gewährte ihm Unterschlupf. Doch das hatte ganz andere Hintergründe, redete sie sich ein. Da fuhr ihre Mutter einmal für fünf Tage nach Bad Nauheim – ausgerechnet mit der Bienert, deren Neffe bei diesem Busreiseunternehmen arbeitete und den beiden diese Saisonabschlussreise für sage und schreibe 199 Euro all inclusive aufgequatscht hatte. Wer konnte denn ahnen, dass sie dort im Tanzcafé Zillertal diesen verarmten Flachlandtiroler kennenlernte? Margareta konnte nur hoffen, dass er bald wieder von der Bildfläche verschwinden würde.

Entgegen ihrer Erwartungen wurde es schließlich doch noch ein lustiger Abend, was wohl dem Punsch geschuldet war. Sepp zog sich die Schüssel mit dem Gebäck heran und griff gierig zu. Spritzgebäck, Zimtsterne, Vanillekipferl, Marzipannüsschen und Kokosmakronen wanderten in seinen ausgehungerten Magen. Sämtliches Gebäck war von Waltraud eigenhändig hergestellt worden. Alle Zutaten mit ihrem unmöglichen Einkaufswagen herangeschafft. Zweimal hatte Margareta ihre Mutter in der letzten Woche getroffen, wie sie mit der Karre den Linienbus verließ und diese schnaufend nach Hause zerrte. Die Einkaufslisten hingen schon Wochen vorher an der Schranktür in der Küche. Da hatte sie allerdings noch nichts vom ausgehungerten Sepp gewusst, der zum Fest bei ihrer Mutter Unterschlupf suchen würde. Margareta hatte sich noch gefragt, wer das alles essen sollte, was da notiert war. Allein vier Kilo Butter und 40 Eier hatten auf der Liste gestanden.

Ansonsten war er friedlich, dieser hessische Kapellmeister aus Nidda, nicht besserwisserisch, ein wenig dümmlich seine Kommentare, was wohl seiner dörflichen Heimat geschuldet war. Andererseits kam er mit seinem urigen Trio ausgehungerter Rentner auch viel herum und hatte in den Jahren gelernt, wie man alte, von der Natur benachteiligte Weiber, 80 Prozent von ihnen verwitwet, der Reihe nach flachlegte. Mit Sicherheit hatte er ein Gespür dafür entwickelt, bei welcher mit 4711 eingenebelten Tussi was zu holen war, welche Worte er in ihr schmuckbehangenes Ohr hauchen musste, damit sie möglichst viel Kohle lockermachte.

»Welche Songs haben Sie so in Ihrem Repertoire, Sepp? Ich meine, was läuft bei den älteren Frauen am besten?«, fragte ihn Margarete nach dem dritten Punsch.

Erschrocken ließ er die Pfeffernuss, die er in der Hand hielt, auf den Perserteppich fallen. »Ach, das ist verschieden«, erklärte er, nachdem er sich wieder gefangen hatte. »In größeren Orten sind die Gäste anspruchsvoller. In kleinen Tanzcafés laufen die Hits von Andrea Berg gut. ›Du hast mich tausend Mal belogen‹, zum Beispiel – da geht die Post ab!« Jetzt strahlte er übers ganze Gesicht.

»Ach, sieh an, immer noch? Ist ja nicht mehr taufrisch, der Song. Wenn auch gut geeignet, um die ältere Generation so richtig in Stimmung zu bringen.«

In größeren Tanzcafés werden sie dich Gnom gar nicht reinlassen, dachte Margareta spöttisch. »Und diesen uralten Hit können Sie tatsächlich singen? Geben Sie uns doch mal eine Kostprobe.«

Sepp wurde flammend rot im Gesicht und senkte die Lider.

Waltraud warf ihrer Tochter einen warnenden Blick zu. »Lass gut sein, Margareta. Es reicht.«

»Aber eine Autogrammkarte werden Sie doch bei sich haben, oder? Ich meine, als Kapellmeister einer so berühmten Combo.« Sie konnte es nicht lassen, es auf die Spitze zu treiben.

Tatsächlich zog Sepp eine zerknickte Karte aus seiner Hosentasche und reichte sie Margareta. Die war kurz davor, laut loszulachen. Mit vor Erregung zitternden Händen nahm sie die Hochglanz-Fotografie entgegen. Wer druckt so was?, fragte sie sich. Ging es der Branche so dreckig, dass man für Geld alles tat?

Drei alte Männer lachten mit großen Zähnen – immerhin hatten sie welche – dem Betrachter entgegen. Über ihren weißen Hemden trugen sie schlecht sitzende rote Janker, bestickt jeweils mit einem goldenen Hirsch. Sepp war von den dreien noch das kleinste Übel. Trotzdem konnte Margareta nicht verstehen, dass ihre Mutter sich in so einen eigenartigen Kerl verlieben konnte. Ein Blick streifte Felix. Okay, auch er war arm und zurzeit heimatlos, doch gegen Sepp eine echte Augenweide. Er war allerdings auch eine andere Generation, musste sie zugeben.

Sag jetzt nichts, mahnte sie sich, sonst fängt dieser arme Mann noch an zu weinen. Nachdem Sepp es sich nicht hatte nehmen lassen, die Karte auch noch zu signieren, steckte Margarete sie schmunzelnd in ihre Handtasche. Sie konnte nur hoffen, dass dieser Bandleader nicht ihr neuer Stiefvater wurde.

Die anschließende Bescherung war eine einzige Katastrophe. Dagegen war das Schrottwichteln in ihrer Firma ein Highlight gewesen.

Sogar für Felix hatte Waltraud auf die Schnelle noch ein Päckchen gepackt, Socken und einen Schal, als wenn sie gewusst hätte, dass er diese Dinge dringend gebrauchen konnte. Sepp bekam einen Schlafanzug, dessen Muster Margareta irgendwie bekannt vorkam. Anna Bienert und Hildchen Steins erfreuten sich an identischen Topflappen. Nein, nicht von Waltraud selbst gehäkelt, sondern beim Weihnachtsbasar der Kirchengemeinde erworben.

Margareta war froh, als sie sich gegen 22 Uhr endlich von der Runde verabschieden konnte. Als die Reihe an Sepp war, schaute er sie aus traurigen Augen Sympathie heischend an. Das schlechte Gewissen begann sich in Margareta zu regen. Vielleicht tat sie dem Mann ja unrecht und er hatte sich tatsächlich in ihre Mutter verliebt? Ein Gutes hatte diese Verbindung auf jeden Fall: Ihr verhasster Onkel Gernot würde heute nicht das Sofa ihrer Mutter für sich beanspruchen können. Dieser Umstand allein veranlasste Margareta beinahe schon, den beiden ihren Segen zu geben.

Angeheitert vom Alkohol traten Margareta und Felix mit ihren Gaben den Heimweg an. Immerhin hatte Margareta die Privatadresse vom Autohausbesitzer Kluge, was ihr viel mehr Geschenk war als die Jersey-Bettwäsche von Tchibo. Morgen würden Felix und sie sich dort einmal umsehen. Waltraud hatte gar nicht wissen wollen, wozu sie diese Adresse benötigte.

6.

25. Dezember. Wie ein altes Ehepaar saßen sie sich am Frühstückstisch gegenüber und ließen den gestrigen Abend noch einmal Revue passieren. Gernotgeschichten folgten Gisbertstorys und die Erlebnisse mit der Bienert. Felix musste Margareta bremsen, den neuen Freund ihrer Mutter, diesen Sepp, allzu sehr durch den Kakao zu ziehen. Sie hätte sich abrollen können bei der Vorstellung, wie er im Tanzcafé Zillertal für die ältere Generation Schlager sang und die Frauen ihm zu seinen kleinen Füßen lagen. Besser hätte sie sich ihn als Elvis-Imitator, in einen weißen Anzug gezwängt, vorstellen können. Wieso hatte ihn die Bienert nicht abgegriffen? Dann wäre der Kelch an ihrer Mutter vorübergegangen. Zweifellos sah ihre Mutter besser aus als die gleichaltrige Anna Bienert. Für ihr Alter konnte Waltraud noch äußerst charmant sein. Trotzdem war für Margareta unvorstellbar, dass ihre Mutter Waltraud ein sexuelles Verhältnis mit diesem Mann hatte, der auch noch verheiratet war. Wer weiß, warum seine Frau ihn kurz vor den Feiertagen hinausgeworfen hatte. Vielleicht war sie seine Weibergeschichten leid. Kapellmeister des Hessen-Trios! Eine Combo! Pah!

Felix holte sie in die Gegenwart zurück, als Margaretas Gedanken gerade in Waltrauds altem Schleiflack-Schlafzimmer angekommen waren.

»Nun lass doch deine Mutter. Er macht echt einen netten Eindruck, dieser Sepp.«

Zufrieden mit sich rührte er in seinem Kaffee und bestrich sich danach ein Aufbackbrötchen mit Honig. Genussvoll biss er anschließend hinein und schaute aus dem Fenster dem Schneetreiben zu. »Da habe ich ja echt Glück, nicht draußen in der Kälte übernachten zu müssen. Wahrscheinlich wäre ich doch wieder zum Caub-Bunker gegangen. Diese Wetterverhältnisse hätte ich schlecht ausgehalten.«

»Du hast ja keine Ahnung. Was meinst du, was ich mit Waltraud schon mitgemacht habe, was ihre Männerbekanntschaften betrifft. Zum Glück war jetzt lange Zeit Ruhe. Nicht im Traum hätte ich gedacht, dass sie sich in Bad Nauheim so einen Schlagerstar aufreißt. Du hast recht, ich sollte mich anderen Dingen widmen. Der Bankräuber hat Priorität.«

»So habe ich das zwar nicht gemeint, aber wenn es dich glücklich macht, soll es mir recht sein.«

»Übrigens hat meine Mutter uns für morgen zum Mittagessen eingeladen. Ein Gänseessen zu viert. Was meinst du?«

Felix strahlte übers ganze Gesicht. Alles war besser als Caub-Bunker und Weißes Haus.

Er bedankte sich noch einmal, dass er zu Weihnachten auf ihrem Sofa nächtigen durfte. In dem Wohnturm einer Zechensiedlung wäre er noch nie gewesen, ließ er verlauten und konnte sich von dem Anblick, der sich ihm aus dem Küchenfenster bot, kaum lösen. Er schaute direkt auf ein Haus mit Fachwerk, das mit seinem schneebedeckten Giebeldach einfach märchenhaft aussah. Die ganze Zechensiedlung war im fränkischen

Stil errichtet worden, damals 1912–1914. Den Blick aus dem Wohnzimmerfenster in die andere Richtung fand er fast noch spannender. Rechts und links an den Straßenecken waren früher Gaststätten beheimatet gewesen, die mangels Umsatz irgendwann in Wohnungen umgewandelt worden waren.

Margareta war froh, zu Weihnachten nicht allein zu sein. Felix war ein angenehmer Gast. Das Badezimmer sah, nachdem er sich eine halbe Stunde singend darin getummelt hatte, genauso aus wie vorher. Auch sein Bettenlager im Wohnzimmer hatte er ordentlich zusammengeräumt. Hoffte er vielleicht, länger bleiben zu können?

Er wolle sich für Kost und Logis revanchieren, versprach er ihr. Schließlich sei er Malermeister und würde ihr als Gegenleistung gern ein oder zwei Zimmer renovieren.

»Aber du wirst doch irgendwann wieder deinem Beruf nachgehen? Ein Mann wie du wird nicht ewig auf der Straße leben wollen.«

»Du machst mir tatsächlich wieder neuen Mut. Ein Engel bist du, Margareta, weißt du das? Dich hat mir der Weihnachtsmann geschickt. Als hätte ich mit einem Glöckchen geläutet, woraufhin du erschienen bist. Hört sich kitschig an, was?«

»Nein, absolut nicht«, sprach Margareta fast flüsternd.

Der Gedanke, bei Waltraud essensmäßig noch einmal so verwöhnt zu werden wie gestern am Heiligen Abend, stimmte ihn gut gelaunt. Gans! Wann hatte er zum letzten Mal Gans gegessen? Das war schon lange her. Im letzten Jahr zu Weihnachten war die Küche bei ihm fast kalt geblieben.

Seine Frau hatte zu dem Zeitpunkt schon einen Liebhaber gehabt, wie er später erfuhr, und plante bereits ihren Auszug. Seine verwöhnten Töchter schlugen sich auf die Seite der Mutter, sahen ihren Vater mit argwöhnischen Augen an. Für Felix stand fest, dass seine Frau bei den beiden ordentlich Gift verspritzt haben musste. Und warum? Natürlich, weil der Geldregen nicht mehr hernniederprasselte, sondern nur noch tröpfchenweise bei ihr landete. Das war Madame natürlich nicht genug gewesen. Als sein Malerbetrieb noch florierte und sie ein einigermaßen luxuriöses Leben führen konnten, war alles gut gewesen und er der Beste.

Kurz vor dem Fest hatte er zwei seiner fähigsten Leute entlassen müssen, Aufträge blieben aus, zwei Kredite wurden fällig. So herrschte zu Weihnachten Ebbe in der Familienkasse. Schmalhans Küchenmeister war zu Gast und bescherte am Heiligen Abend einen Eintopf, dazu von Schwiegermutter gesponserte Frikadellen. Die verwöhnten Gören zogen ein langes Gesicht, vor allem jedoch, weil sie auch geschenkemäßig kleinere Brötchen gebacken werden mussten. Auch hier hatte zähneknirschend die Schwiegermutter all den Mist um Elsa, die Eiskönigin, und Anna, ihre Schwester, anschaffen müssen. Kleiderschrank, Klamotten zum Anziehen, Haus, Mann für diese beiden langbeinigen Puppen und alles, womit man Mädchen in dem Alter sonst noch verrückt machen konnte. Seit Felix nicht mehr in der Lage war, die Wünsche der Mädchen zu erfüllen, löste er sich für sie in Luft auf.

Seine Frau wollte der Wahrheit einfach nicht ins Auge sehen, akzeptierte nicht, dass kein Geld da war, um all dieses, für Felix völlig unnötiges Zeug, das sonst zum Fest angeschafft wurde, kaufen zu können.

Für Begriffe wie »Insolvenzverfahren« und »Konkurs« war in ihrem hübsch zurechtgemachten Kopf kein Platz. Was pleite bedeutete, kapierte sie jedoch sehr wohl. Schlau genug, ihn reinzulegen, war sie obendrein. Mithilfe ihres neuen Lovers fälschte sie mehrfach Felix' Unterschrift bei einigen Bankgeschäften, was ihn noch mehr in den Ruin trieb. Schließlich räumte sie noch den Rest ihrer gemeinsamen Konten und machte sich mit den Töchtern im Schlepptau aus dem Staub.

»Du hörst mir nicht zu«, riss Margareta ihn aus seinen trüben Gedanken.

»Stimmt, ich habe gerade an das letzte Weihnachtsfest mit meiner Familie gedacht«, gestand er. Und schon sprudelten die Worte aus dem sonst eher stillen Mann nur so heraus. Margareta sollte endlich seine ganze Geschichte erfahren.

Nach einer Stunde, in der sie Felix gebannt gelauscht hatte, wischte sie sich entschlossen einige Tränen aus den Augenwinkeln, klatschte aufmunternd in die Hände und verkündete mit belegter Stimme: »Deshalb werden wir nachher eine schöne Wanderung unternehmen. Das bringt dich auf andere Gedanken.«

»Bei dem Wetter? Da jagt man ja keinen Hund vor die Tür. Wir könnten es uns doch vor dem Fernseher gemütlich machen.« Leicht fröstelnd blickte er aus dem Wohnzimmerfenster. Wie lange hatte er schon nicht mehr ausgiebig ferngesehen? Vielleicht könnten sie dabei ein paar Nüsse knacken oder sich leckere Dominosteine einverleiben?

Margareta gesellte sich zu ihm. »Ich gebe zu, so ein Fernsehtag klingt auch verlockend. Aber wieso nicht lieber einen Spaziergang zum Berger Park unternehmen?

Gleich dahinter liegt der Allmendenweg, wo Kluge seine Villa hat. Wir könnten uns dort mal umsehen.«

Felix sah sie zweifelnd an. »Was soll das bringen? Meinst du, der sitzt im Garten mitten im Schnee mit der alten Reisetasche auf dem Schoß und zählt die Kohle aus dem Bankraub?«

»Natürlich nicht, das ist mir schon klar. Ich habe aber schon des Öfteren Häuser observiert, von außen und auch von innen.«

»Klar, der feine Herr wird dich sicher hereinbitten an seinen Kaffeetisch. Vielleicht trägt er ja wieder die schicken Budapester.«

»Ach, Felix, nun komm schon. Das bisschen Schnee macht uns doch nichts aus, hab ich recht?«

Felix schien immer noch wenig begeistert. »Wie weit ist es denn?« wollte er missmutig wissen.

»Nicht weit, ungefähr zwei Kilometer«, winkte Margarete ab. »Kennst du den Berger Park denn nicht? Das Schloss Berge und den Berger See? Ich dachte, du kommst aus Gelsenkirchen?«

Eben noch erstaunlich redselig, wirkte Felix nun wieder sehr verschlossen. Seine Augenbrauen zogen sich zusammen, sein Blick wurde finster. »Ich habe in der Feldmark gewohnt. Trotzdem kenne ich Schloss Berge. Ob ich es bei diesem Unwetter allerdings wiedererkenne, wage ich zu bezweifeln.«

Margareta ließ sich nicht beirren. Amüsiert stieß sie Felix in die Seite. »Da, schau, meine Nachbarin, Frau Koletzki kommt gerade von der Kirche. Der Gottesdienst hat für sie oberste Priorität.« Völlig zugeschneit – sogar ihr Schirm war schneebedeckt – stapfte sie in kurzen eimerartigen Stiefeln durch den hohen Schnee auf das Haus zu.

»Echt mutig, die Frau«, meinte Felix, setzte sich aufs Sofa und schwieg mit verschränkten Armen. Vielleicht, so dachte er, würde Margareta das mit der Wanderung vergessen, wenn er sich ganz ruhig verhielt.

Dem war leider nicht so. Immer wieder musste sie an den toten André denken, an Kluge mit seinen tollen Schuhen, aber auch an Hähnchen-Bodo und Mandel-Alfred. Für sie stand noch immer nicht fest, dass Kluge der Bankräuber war. Sie glaubte tatsächlich noch an den großen Zufall, der gleich zwei Männern Schuhe zum Preis von 850 Euro an die Füße zauberte. Wieso sollte es im dörflichen Buer nicht Männer geben, die Wert auf gutes, außergewöhnliches Schuhwerk legten?

Deshalb hielt sich auch ihr schlechtes Gewissen, Kommissar Blauländer nicht Bescheid zu geben, in Grenzen. Wenn tatsächlich Kluge der Bankräuber war, könnte die Polizei allerdings schon tätig werden und ihn festnehmen. Mehrmals hatte sie bereits ihr Handy in der Hand gehabt und war kurz davor gewesen, Blauländer einfach anzurufen, ihm kurz mal frohe Weihnachten zu wünschen und bei dieser Gelegenheit eventuell Neues zu erfahren bezüglich des Bankraubs. Schließlich war sie einmal gut mit ihm befreundet gewesen. Damals, als die Morde auf dem Zechengelände passierten, hatte sie mit dem Kommissar gelegentlich auf der Außenterrasse vom Schloss Berge Kaffee getrunken und sich mit ihm rege ausgetauscht. Als dann aber die Sache mit dem Heiratsschwindler geschah, gingen sie nicht gerade freundschaftlich auseinander, obwohl auch hier Margareta die Nase wieder vorn gehabt hatte. Sie hatte es dem armen Mann aber auch nicht leicht gemacht. Kam daher als kleine Hobbydetektivin und wollte ihm, dem Ersten

Hauptkommissar des KK 11, Vorschriften machen. Beim Rosensalzmörder hatten sie sich dann allerdings wieder angenähert, trafen sich auf dem Wolterhof zum Essen. Eine eigenartige Verbindung bestand zwischen den beiden. Sie konnten nicht mit-, aber auch nicht ohne einander. Vielleicht war es doch besser, wenn sie sich erst einmal selbst ein Bild von Kluge machte, bevor sie Blauländer anrief.

Felix hingegen sehnte sich sehr nach ein wenig Gemütlichkeit, die er früher so gar nicht zu schätzen gewusst hatte. Heute Morgen, als Margareta im Bad gewesen war, hatte er auf leisen Sohlen ihr Schlafzimmer betreten, hatte auf das mit rosa Satinbettwäsche bezogene Doppelbett geblickt und sich für einen Moment an ihre Seite geträumt. Er hätte es zu würdigen gewusst, in der Heiligen Nacht neben so einer schönen Frau zu liegen und vielleicht ein paar Zärtlichkeiten auszutauschen. Nein, er wollte keinen Sex, wollte nur ein wenig Geborgenheit. Dem Sex hatte er abgeschworen. Meinte er zumindest. Die Zeiten, in denen er seine schöne Frau lustvoll begehrt hatte, waren lange vorbei. Ausgefülltes Sexualleben? Wohin hatte es ihn, falls er jemals so etwas gehabt hatte, gebracht? Auf die Straße!

Freundschaft – das war es, worauf es ankam. Einen Menschen an seiner Seite zu haben, auf den man sich verlassen konnte. Doch wollte er wirklich nur Freundschaft von Margareta? Es musste wunderbar sein, eine Frau wie Margareta in den Armen zu halten und sich an sie zu schmiegen. Wie in einem Trailer liefen Filmszenen in seinem Kopf ab, aneinandergereihte rauschende Szenen einer Heiligen Nacht, wie sie hätte verlaufen können und in denen durchaus mehr als nur Kuscheln vorkam. Als er hörte, wie sie die Badezimmertür öffnete, verließ er eilig das Zimmer. Was empfand er für Margareta?

7.

25. Dezember. Alfred Münstermann, genannt Mandel-Alfred, stand vor dem Wohnturm und blickte zu den Fenstern im ersten Stock hinauf, hinter denen er Margaretas Wohnung vermutete. Sie war die einzige, die keinen weihnachtlichen Fensterschmuck hatte. Das passte zu ihr.

Er fragte sich, was er am frühen Nachmittag des ersten Weihnachtstages hier überhaupt wollte. Zu Hause in seiner Dachgeschosswohnung im Haus seiner Eltern war er noch begeistert gewesen von der Idee, zu ihr zu fahren, um sie zu warnen. Ja, er hielt es für seine Menschenpflicht, Margareta Sommerfeld, die ihm nicht gleichgültig war, zu sagen, dass sie sich vor diesem Penner Felix, der sich seit einiger Zeit in Buer herumtrieb, in Acht nehmen sollte. Zum Glück hatte er seine Informanten, die ihm zugetragen hatten, dass sie auf dem Buer'schen Weihnachtsmarkt des Öfteren mit ihm gesehen wurde. Lachend, scherzend, Kakao trinkend und sich gegenseitig anschmachtend, wie behauptet wurde. Der Gipfel war jedoch, als man ihm erzählte, dass sie am Heiligen Abend am frühen Nachmittag mit ihm zu ihrem Wagen gegangen war und ihn anscheinend mit zu sich nach Hause genommen hatte. Das hatte sie doch gar nicht nötig. So eine patente Frau schleppte einen Obdachlosen mit heim?

Der Heilige Abend, auf den er sich so gefreut hatte, war für ihn gelaufen, da konnten sich seine Eltern noch so viel Mühe geben. Seine Mutter hatte, trotz Pflegestufe II und obwohl sie auf einen Rollator angewiesen war, eine herrliche Gans serviert, die er auf dem Wochenmarkt besorgt hatte, und sein Vater, ebenfalls Pflegestufe II, hatte mit Hingabe die Fichte eingestielt und mit dem alten Silberschmuck behängt, wenngleich es Stunden gedauert hatte. Dann hatten sie noch Elena eingeladen, eine entfernte Cousine, die vor Wochen aus Polen hierhergezogen war, um die alten Eltern für kleines Geld zu pflegen. Natürlich hegten die alten Leute die Hoffnung, dass Alfred Gefallen an der ledigen Frau finden würde. Leider war das nicht der Fall. Ihre gebrochene Aussprache war nicht das Problem, auch nicht ihr schlichtes Aussehen, das ungeschminkte, jedoch hübsche Gesicht. Nein, was ihn massiv an dieser 35-jährigen Frau störte, waren die Zähne, die auch mit einer professionellen Zahnreinigung nicht mehr in einen annehmbaren Zustand zu bekommen waren. Ihre ausgeprägte Parodontose und das sich zurückbildende total entzündete Zahnfleisch, welches den Eindruck entstehen ließ, die Zähne würden frei im Mund herumbaumeln, stießen ihn ab. Da sie gerne und viel lachte, kam er sehr oft in den Genuss, in dieses kranke Maul schauen zu müssen. Nein, er wollte Elena nicht. Niemals könnte er sie küssen. Ständig würde ihn die Angst begleiten, dass sich ein ausgefallener Zahn von ihr in seinen Mund verirren würde. Was hatte dagegen Margareta für tolle Zähne! Sie zu küssen, war eine wahre Freude gewesen. Zu mehr war es leider nie gekommen.

Während des Essens hatte ihn nur ein einziger Gedanke gequält: Was, wenn Felix der mordende Bankräuber und Margareta in großer Gefahr war? Sie war alt genug und konnte sich selbst helfen, diese kleine Hobbydetektivin, beruhigte er sich kauend.

Dann kam die Bescherung. Für ihn lag ein Mantel, verpackt in einfaches hellbraunes Packpapier, unter dem Tannenbaum. Dazu der obligatorische bunte Teller mit den billigsten, im Halse brennenden Süßigkeiten, die Elena hatte auftreiben können. Vom Otto-Versand noch vorm Fest geliefert, bestaunte er das monströse Mantelteil, das zwar zweckmäßig sein mochte, doch alles andere als modern. Es handelte sich um einen Dufflecoat, grau, mit kariertem Futter und Knebelknöpfen in Größe 58. Na ja, warm würde er sein, dachte Alfred und strich über den rauen Stoff.

»No, so ain scheenes Teil, das Mantel«, meinte Elena und strahlte ihn an.

Als die innere Unruhe am ersten Weihnachtstag nach dem Mittagessen – Rouladen kamen auf den Tisch, ziemlich zäh, und Alfred fürchtete um Elenas Zähne – nicht mehr auszuhalten gewesen war, fegte er seinen alten Daimler schneefrei, zog den neuen Mantel über und begab sich auf die Fahrt von Dorsten-Hervest nach Erle. Traurig schaute Elena aus dem Wohnzimmerfenster und winkte ihm nach. In der Nacht hatte sie dreimal an seine Wohnungstür geklopft und um Einlass gewinselt. »Lass uns bisschän räden, du Guter«, schrie sie jedes Mal durchs Treppenhaus. Er würde sich nach den Feiertagen nach einer neuen Pflegekraft aus dem Osten umsehen. Elena machte ihre Sache mit den Eltern zwar gut, doch wurde sie ihm allmählich zu aufdringlich. Oder hätte er ihr den hübsch arrangierten Weihnachtsteller, gefüllt mit Nüssen, Mandeln und angedötschtem Obst, alles Überbleibsel seines Weihnachtsmarktstandes, nicht schenken sollen?

Aber das alles war jetzt erst einmal zweitrangig – zunächst musste er Margareta warnen. Zum Glück wusste er noch, wo sie wohnte, schließlich hatte er sie im letzten Jahr, ebenfalls in der Weihnachtszeit, nach den gemeinsamen Verabredungen nach Hause gefahren. Nein, sie hatte ihn nicht noch hinaufgebeten, um ihre Briefmarkenalben oder sonst irgendeine Sammlung anzusehen. Sie war regelrecht aus seinem Daimler geflüchtet, was er nicht verstehen konnte, da er sich selbst für unwiderstehlich hielt.

Nun stand er unter ihrem Fenster, glotzte ununterbrochen nach oben und kam sich plötzlich ziemlich albern vor. Ein bisschen quälte ihn auch das schlechte Gewissen, weil er seine Mutter vorhin so böse behandelt und sie vor den Küchenschrank geschubst hatte, woraufhin sie gequält das Gesicht verzogen und zu weinen begonnen hatte. Dabei hatte sie es nur gut gemeint, als sie ihm davon abriet, bei so einem Schneechaos Auto zu fahren. Wo er denn hinwolle, hatte sie ihn mehrfach gefragt und ständig darauf hingewiesen, dass Elena da war und sich sicher über seine Gesellschaft freuen würde. Dabei hatte sie ihm mit ihrem rechten, vom Grauen Star befallenen Auge zugezwinkert. Da war ihm der ohnehin enge Kragen geplatzt, und er hatte die jammernde Alte von sich gestoßen. »Misch dich nicht in meine Angelegenheiten. Das geht dich gar nichts an, wohin ich fahre. Ich bin 50 Jahre alt, vergiss das nicht! Außerdem ist diese Polin dazu da, euch den Hintern zu waschen. Wieso sollte ich mich um sie kümmern? Dass sie überhaupt zu Weihnachten mit uns am Tisch hier oben hockt, geht zu weit. Wozu hat sie ein Zimmer im Keller?« Er konnte es knacken hören, als seine Mutter mit der Hüfte gegen den

Griff einer Schublade geprallt war. Im gleichen Moment hatte es ihm leidgetan – der Schubser, nicht die offenen Worte. Doch er war diesen Wutausbrüchen, die ihn schon immer heimsuchten, hilflos ausgeliefert. Auch die Selbsthilfegruppe, der er sich vor zwei Jahren angeschlossen hatte, konnte da wenig ausrichten.

Nun stand er in der Eiseskälte hier, durchschritt die Arkaden des Wohnturms, um von der anderen Seite nach oben zu ihrer Wohnung zu blicken. Doch keine Margareta war zu sehen. Ob er einfach anklingeln sollte? Was wollte er sagen? Frohe Weihnachten, ich war gerade in der Nähe? Wenn sie dem Penner Asyl gewährt hatte und er ihm in die Arme laufen würde? Nein, das war keine gute Idee. Überhaupt eine Schnapsidee, hierherzufahren. Vielleicht sollte er ihr eine SMS schicken? Doch auch diesen Gedanken verwarf er wieder.

Nachdem es ihm zu kalt wurde und es erneut zu schneien begann, setzte er sich in seinen Wagen, den er im Gartmannshof geparkt hatte. Von hier aus konnte er den Wohnturm beobachten. Er schaltete den CD-Player an und lauschte den Weihnachtsliedern der Helene Fischer. Immer wieder betätigte er die Vorlauftaste, bis Lied 12 erklang: Tochter Zion. Dieses ehrfürchtige, seiner Meinung nach tiefgründige Stück mochte er besonders gerne und sang kräftig mit. Dabei schickte er seine Gedanken auf die Reise zu Margareta. Was machte sie jetzt wohl gerade? Schade, dass aus uns nichts geworden ist, dachte er wehmütig. Ich hätte ihr doch so viel bieten können, als selbstständiger Geschäftsmann. Okay, der Laden lief im Moment nicht so gut, doch das Weihnachtsgeschäft hatte ganz gut was eingebracht. Immerhin konnte er Reni, seiner verhuschten Angestellten, noch vor dem Fest ihren ausstehenden Lohn der letzten Monate auszahlen. Ach, Reni – die war auch so ein Fall für sich. Sie hätte er sofort haben können. Einige Male hatte er sich auch mit ihr verabredet, doch der Funke wollte bei ihm einfach nicht überspringen. Sie war ihm zu unterwürfig, sagte zu allem Ja und Amen und war auch rein äußerlich überhaupt nicht sein Fall. Zu mager, zu wenig Haare auf dem Kopf und zu bucklig. Was war Margareta dagegen für eine Erscheinung! Die große Klappe und ihre witzige Art faszinierten ihn. Doch sie wollte ihn nicht, obwohl er eine Zeit lang schon geglaubt hatte, sie für sich gewinnen zu können. So ganz hatte er die Hoffnung noch immer nicht begraben. Vielleicht hatte er noch eine Chance, wenn er sie jetzt aus einer brenzligen Lage befreien würde. Wenn Felix zudringlich wurde und er als Retter in der Not zur Stelle wäre? Doch wie lange wollte er auf so eine Situation warten, und wo sollte diese stattfinden?

Er öffnete sein Handschuhfach und entnahm ihm eine Packung Dominosteine, riss sie auf und schob sich gierig gleich drei davon gleichzeitig in den Mund, während Helene Fischer immer noch »Tochter Zion« sang.

Raimund, der nuschelnde Marktkassierer, hatte ihm erzählt, Felix wäre harmlos und niemals für den Bankraub mit dem hinterhältigen Mord verantwortlich. Dabei hatte sogar er selbst schon daran gedacht, die Bank auszurauben, immer mal wieder. Pläne schmiedend, wie das vonstattengehen sollte, hatte er abends auf seinem Sofa gesessen. Und dann war ihm ein anderer zuvorgekommen. Nein, erschossen hätte er niemanden, da war er sich sicher. Das Geld, immerhin 150.000 Euro, hätte auch ihm gutgetan. Damit hätte er einige Löcher stopfen können.

Jedoch würde es auch so bei ihm weitergehen, was ihn sehr beruhigte. Er hatte kurz vor dem Fest den Wagen seines Vaters verkauft, um einige ausstehende Zahlungen tätigen zu können. Renis Weihnachtsgeld hatte er ihr in Naturalien ausgezahlt: gute Mandeln, Nüsse und jede Menge Obst aus seinem Betrieb. Als er ihre Tränen sah – er konnte nun mal keine Frau weinen sehen – zog er noch einen Hunderter aus der Tasche und stopfte ihn zwischen die Mandarinen. Noch in diesem Jahr wollte er es seinem Alten beibringen, dass dessen silberner Golf, mit dem er schon jahrelang nicht mehr fuhr und der erst 5.000 Kilometer auf dem Tacho hatte, nicht mehr in der Garage stand. Er grinste und war stolz auf sich, als er daran dachte, wie er seinem Vater die Unterschrift unter dem Kaufvertrag abgeluchst hatte.

Er war gerade in einen wunderbaren Tagtraum abgeglitten, sah sich mit Margareta in einem tollen Lokal sitzen, sie im kleinen Schwarzen, er im schicken Anzug. Sie speisten fürstlich, der Sekt floss in Strömen, Wein gab es auch noch, die Kellner krochen den beiden ganz tief hinein, so, wie er es liebte. Er zog eine kleine Schatulle aus der Jacketttasche, und Margareta stieß Verzückungsschreie aus, als sie den kleinen Zweikaräter entdeckte. Ein Taxi brächte sie nach Hause, wo Margareta sich anständig bedanken würde. »Oh, Schatz, du bist so wunderbar« hauchend.

Kinder, die einen Schlitten zogen, klopften an seine Autoscheibe und lachten. Verschämt stellte er den CD-Player leiser.

Das dick vermummte Paar, das wenig später auf seinen Wagen zulief, schreckte ihn endgültig aus seinen

Tagträumereien auf. Das waren doch Margareta und dieser Penner Felix! Allerdings sah Felix nicht mehr wie ein Obdachloser aus. Ordentlich gekleidet, der Mantel allerdings eine Epoche älter als sein eigener. Sein Herz begann zu rasen, er startete den Motor und gab Gas, in der Hoffnung, dass Margareta ihn nicht erkannt hatte. Immerhin hatte es wieder zu schneien begonnen. Außerdem ging er davon aus, dass sie ihn hier nicht vermutete.

Seine Gedanken überschlugen sich. Also stimmte es doch, dass sie diesem Felix Unterschlupf gewährte? Wollte sie ihn etwa resozialisieren, oder war das nur ihre gute Tat, passend zu den Feiertagen? Eine unbändige Wut packte ihn. Ihn hatte sie in ihrer Wohnung nicht haben wollen, aber diesen ihr fremden Penner nahm sie ohne Zögern mit nach Hause?

Auf der Heimfahrt nach Dorsten-Hervest fluchte er vor sich hin, während Helene Fischer »Maria durch ein Dornwald ging« sang, schlug gegen das Lenkrad und schwor sich, das nicht hinzunehmen. Doch was wollte er tun?

Als er eine Stunde später im Halbdunkeln zu Hause eintraf, hatte er sich einigermaßen beruhigt. Schweigend setzte er sich zu seinen Eltern und Elena ins Wohnzimmer und starrte auf den TV-Bildschirm. Er betete, dass Elena ihn bloß nicht ansprechen würde. Das war das Letzte, was er jetzt gebrauchen konnte.

Die Erinnerung an den für ihn demütigenden Anblick von eben machte ihn jedoch bald wieder zornig. Arm in Arm waren die beiden wie ein verliebtes Pärchen durch den Schnee gestapft. Warum? Was wollte Margareta bloß von diesem Penner? Warum konnte nicht *er* bei ihr landen?

Als seine humpelnde Mutter mithilfe von Elena das Abendessen auftrug, nahm er sich seinen Teller, packte ihn mit Würstchen und Kartoffelsalat voll, nuschelte »Schönen Abend noch« und ging hinauf in seine einsame Wohnung.

8.

Um 16 Uhr – es fing bereits an zu dämmern – zogen die beiden los. Leise rieselte der Schnee, still und starr ruhte der See, der Berger See, den sie gerade passierten, um zum Allmendenweg zu gelangen, einer vornehmen Villengegend hinter dem Krankenhaus Bergmannsheil. Nur wenige Menschen, in warme Mäntel oder Jacken gehüllt, hatten sich auf den zugefrorenen See gewagt, darunter vereinzelte Schlittschuhläufer. Ein paar Wenige umwanderten ihn. Kein Wunder, bei minus acht Grad saßen die Leute am ersten Weihnachtstag lieber zu Hause im Warmen und ließen es sich gut gehen. So dachte auch Felix, der sich nichts sehnlicher wünschte, als in diesem Moment auf Margaretas kuscheligem Sofa zu sitzen.

Mittags hatten sie zusammen Spaghetti Bolognese gekocht, zwar kein traditionelles Weihnachtsessen, aber äußerst wohlschmeckend.

»Was meinst du, ob es den Stern von Bethlehem tatsächlich gibt? Wir haben heute Nacht gar nicht danach geschaut.« Felix sah in den sich verdunkelnden Himmel, konnte aber nicht einen einzigen Stern entdecken, was bei den Schneewolken auch kein Wunder war.

»Du hast ja echt romantische Anwandlungen. Was weiß ich! Ich kenne nur diesen nervtötenden Hit vom Nockalm-Quintett ›Star of Jerusalem‹. Der Refrain ging mir tagelang nicht mehr aus dem Kopf. ›Happy, happy star of Jerusalem‹! Pah! Und das aus den ätzenden Boxen der kleinen Weihnachtsmarktbühne.«

Felix musste lachen. »Ja, das Lied kenne ich auch. War nicht zu überhören.«

Mit der neuen Mütze und dem Schal sah er richtig gut aus, dachte Margareta, als sie kurz zu ihm herüberblickte.

»Ein echt schönes Fleckchen, der Berger Park, und das mitten in einer Großstadt«, stellte er fest und lächelte sie an.

Margareta betrachtete ihn zufrieden. Schnellen Schrittes stapften sie durch den Schnee in den Berger Anlagen stetig aufwärts, bis sie endlich am Allmendenweg angekommen waren. Hier sollte Hermann Kluge mit seiner Familie ein Anwesen besitzen. Was ihre Mutter Waltraud aber auch alles wusste. Die Hausnummer per Google herauszubekommen, war ein Leichtes gewesen, und so standen die beiden hier bei einbrechender Dunkelheit auf der gegenüberliegenden Straßenseite und starrten zur Villa hinüber. Es war ein klassischer Bau aus den 50er-Jahren, mit Backsteinfront und ungefähr 200 Quadratmetern Wohnfläche sowie riesigem Grundstück. Die schneebeladenen Zweige der Tannen im Vorgarten hingen herab, die eineinhalb Meter hohe Kirschlorbeerhecke, die das Haus schützend einrahmte, erinnerte an eine Wehrmauer. Alles war dunkel, die Rollläden waren nicht heruntergelassen, der Schnee vor dem Haus allerdings frisch geräumt. Das hatte nichts zu bedeuten, wusste Margareta. Wer in so einer Villa wohnte, hatte Personal, welches sich in der Abwesenheit des Besitzers um solche Dinge kümmerte. Aber warf denn ein popeliges Autohaus so viel ab, dass man sich einen solchen Lebensstil leisten konnte? Oder hatte Kluge sich damit übernommen und stand tatsächlich kurz vor dem Ruin?

Felix rieb sich die Hände und seufzte. »Lass uns besser zu dir gehen. Wie lange wollen wir denn noch hier auf und ab laufen? Es ist bereits halb sechs.« Er wollte keine Unannehmlichkeiten.

Margareta ging gar nicht auf seine Frage ein. »Offenbar ist er verreist«, stellte sie fest. »Lass uns versuchen, durch den Garten von hinten ins Haus zu gelangen.«

»Bist du verrückt? Was willst du im Haus?«

»Nach der Beute Ausschau halten, natürlich. Was dachtest du denn? Du willst doch jetzt nicht etwa kneifen?«

Felix blieb ihr eine Antwort schuldig. Sein Blick wanderte zu dem nur wenige Meter entfernten Hubschrauberlandeplatz des Krankenhauses, der an der Straße angrenzte. Da hatte Kluge ja einen irren Ausblick, wenn er aus dem Fenster schaute. Ganz zu schweigen von der Geräuschkulisse bei Start und Landung. Erst vor Kurzem war dieser 1,2 Millionen teure Landeplatz eingeweiht worden. Mit seinen 32 Metern Durchmesser bot er ein beeindruckendes Bild.

Resolut ging Margareta über die Straße auf das Haus zu, die Garagenauffahrt hoch. Kurz vor dem Doppeltor befand sich seitlich eine Tür, die wohl zum Garten führte. Geschickt pfriemelte sie an dem Schloss herum – schließlich hatte der hässliche Fred, der bei einem Schlüsseldienst beschäftigt war, ihr gezeigt, wie man Schlösser knackte – und schwups, war die Tür offen und Margareta im Garten verschwunden.

Felix wunderte sich, dass kein Bewegungsmelder ansprang und das Anwesen beleuchtete oder eine Alarmanlage losging. Nach kurzem Zögern folgte er Margareta auf das Grundstück. Er hatte eingesehen, dass bei ihr wohl jeder Widerspruch zwecklos war.

Gerade als Margareta sich an der Terrassentür zu schaffen machte, um ins leere, dunkle Wohnzimmer zu gelangen, setzte der Rollladenmotor die Rollläden in Bewegung, um sie herunterzufahren. Flink öffnete Margareta auch diese Tür und die beiden schlüpften ins Haus, bevor sich die Rollläden hinter ihnen schlossen.

»Echt schlecht geschützt die Bude«, meinte Felix verblüfft. »Dass man hier so ohne Weiteres reinkommt!«

»*Ich* komme hier so ohne Weiteres rein«, zwinkerte Margareta ihm zu. »Und das nur, weil ich mich mit Schlösserknacken auskenne.«

Das Haus wirkte verlassen. Kein verführerischer Duft einer gebratenen Weihnachtsgans erfüllte die Villa – im Gegenteil, es roch eher muffig. War Kluge mit seiner Familie untergetaucht? Aus Angst? War er mit der Knete bereits an einem sicheren Ort?

Margareta prüfte, ob alle Rollläden überall unten waren, schaltete dann im Wohnzimmer eine Stehlampe an und ihre Taschenlampe aus. Sie setzte sich auf die rosafarbene Stoffcouch und blickte auf den altmodisch geschmückten Weihnachtsbaum. Silberne Kugeln und Vögel, solche wie sie damals, als sie Kind war, auch zu Hause hatten, und fünf Pfund Lametta erdrückten den Baum regelrecht. Darunter standen vier Weihnachtsteller mit erlesenen Köstlichkeiten.

»Die haben hier gestern noch den Heiligen Abend gefeiert. Vielleicht sind sie auf Verwandtenbesuch und kommen jeden Augenblick zurück? Ich habe echt keine Lust, in den Knast zu gehen.« Felix lief mit seinen nassen

Schuhen auf dem dicken Orientteppich mit dem Schirwan-Muster nervös auf und ab.

»Sieh das doch positiv. Im Gefängnis hast du es wenigstens warm!«

Felix fand das überhaupt nicht lustig. Ganz bleich im Gesicht, die Strickmütze in der Hand, setzte er sich auf die Kante eines Sessels.

»Du bleibst hier und ich sehe mich mal ein wenig um«, beschloss Margareta und erhob sich.

»Komm, lass uns abhauen«, bat Felix sie eindringlich.

Doch Margareta ignorierte sein Gejammer. Stattdessen versuchte sie weiter, der Situation etwas Komik zu verleihen. »Vielleicht sollten wir den Kamin anheizen?«, sagte sie im Scherz und ging auf diesen zu. »Du könntest ein bisschen Holz organisieren.«

»Lass uns hier verschwinden, bevor der Alte heimkommt«, ließ sich Felix davon nicht beeindrucken. »Wenn er wirklich der Bankräuber war und den Azubi erschossen hat, wird er auch mit uns nicht zimperlich umgehen.«

Margareta bedachte ihn mit einem langen Blick. »Der Täter hat den Angestellten übrigens nicht umgebracht, weil er ihm im Weg stand. Der Mann befand sich nämlich an einem Karteikasten links an der Seite. Der Bankräuber hat ihn bewusst niedergeschossen. So, als hätte er geplant, zwei Fliegen mit einer Klappe zu schlagen.«

Felix war verblüfft. »Woher weißt du das?«

»Das hat mir Kommissar Blauländer erzählt.«

»Dein Kommissarfreund? Wann hast du ihn angerufen?«

»Vorhin im Keller.«

»Als du angeblich Wein raufholen wolltest?«

»Genau. Ich musste es tun. Es hat mir einfach keine Ruhe gelassen.«

»Warum versteckst du dich dazu im Keller?«

»Tja – andere gehen zum Lachen in den Keller, ich eben zum Telefonieren. Quatsch! Es war mir peinlich. Ich hatte Angst, du würdest mich für verrückt erklären.«

Felix schnaubte zu dieser Bemerkung nur kurz ungläubig. »Und da hat er dir das erzählt?«, bohrte er weiter.

»Ja, und er wollte natürlich wissen, was ich damit zu tun habe, ob ich schon wieder meine Nase in einen Fall hineinstecke.«

»Hast du ihm von Kluge und den Budapester Schuhen erzählt?«

»Natürlich nicht.«

»Das hättest du vielleicht tun soll. Die Sache ist eine Nummer zu groß für dich. Willst du schon wieder im Krankenhaus landen?«

»Nein!«

»Dann lass uns verschwinden, Margareta!« Felix sah sie eindringlich an. Ob sie wirklich ein von Gott gesandter Engel war, wagte er inzwischen zu bezweifeln. Die Frau machte ihm gehörig Angst. Gleichzeitig fühlte er sich von ihr angezogen.

Margareta winkte ab und ging in den Flur, um sich das Obergeschoss der Villa anzusehen. Seine Bedenken nahm sie überhaupt nicht ernst.

Die holzverkleideten Wände und die breite Holztreppe erweckten den Eindruck eines Museums. Langsam stieg sie die knarzenden Treppenstufen hinauf. Oben schaltete sie nur die Dielenlampe ein. Fast alle Türen standen offen. Sie marschierte direkt geradeaus durch – ins Schlafzimmer, wie sich herausstellte. Obwohl auch hier alles abgedunkelt war, machte sie kein weiteres Licht an, sondern betätigte lediglich ihre Taschenlampe. Die dunklen Antikmöbel in Eiche ließen sie unvermittelt an ein Bestattungsinstitut denken. Sie öffnete den Kleiderschrank. Nichts sah nach Flucht aus, alles wirkte vollständig und aufgeräumt. Sie schaute in alle Ecken – nirgendwo fand sie eine karierte Reisetasche. Auch nicht nebenan im begehbaren Kleiderschrank, der den ollen Sargschrank im Schlafzimmer eigentlich überflüssig machte. Eine weitere offen stehende Tür führte sie ins Arbeitszimmer. Auch hier deutete nichts auf eine überstürzte Abreise hin. Auf dem riesigen Schreibtisch lag alles akkurat nebeneinander, die Bücherwand auf der rechten Seite wirkte tadellos geordnet. Sie besah sich kurz einige Titel und musste lachen. Über zehn Bücher der Angelique-Romanserie von Anne Golon standen dort in Reih und Glied. Ihre Mutter hatte diese Bücher in den 80er-Jahren auch mal gesammelt. Also doch kein so helles Licht, dieser Autohausbesitzer. Die Aktenschränke an der linken Wand boten ihr ebenfalls nichts Auffälliges. Sie zog den einen oder anderen Ordner heraus, doch sie beinhalteten allesamt böhmische Dörfer für Margareta. Als sie dieses Zimmer schon verlassen wollte, stockte ihr plötzlich der Atem. Drangen aus dem gegenüberliegenden Raum nicht eindeutig Schnarchgeräusche zu ihr herüber? Ein übler Geruch wehte ihr gleichzeitig in die Nase. Eine Mischung aus ungelüfteten Betten und Urin.

Margareta tastete sich langsam voran in den Raum, aus dem sie die Geräusche vernommen hatte. Vorsichtig richtete sie den Strahl der Taschenlampe auf das Bett in der Ecke. Da lag eine Person. War es vielleicht Kluge, der sich nur schlafend stellte und gleich mit einem Messer in der Hand auf sie losgehen würde?

Sie wagte sich einige weitere Schritte in den Raum hinein. Nein, Kluge war es nicht, der da lag. Vielmehr handelte es sich um eine alte Frau mit grauen Haaren, die mit weit aufgerissenem Mund Röchelgeräusche von sich gab, die denen eines Wolfes ähnelten. Was machte die Alte hier? Urplötzlich, wohl durch die Taschenlampe geblendet, wurde die Frau wach.

»Seid ihr schon zurück?«, krächzte sie. »War es schön bei Marianne?«

Margareta schaltete das Deckenlicht an. Ängstlich starrte die zarte Alte sie an. »Sind Sie vom Pflegedienst? Hat mein Sohn nun doch endlich ein Einsehen? Meine Pension ist schließlich hoch genug. Mein Mann war nämlich Oberamtsrat.«

»Ja, ich bin vom Pflegedienst und soll hier nach dem Rechten sehen«, log Margareta, um die alte Frau nicht noch mehr zu ängstigen. »Wo ist denn Ihr Sohn?«

Wässrig blaue Augen schauten nun freundlicher. »Der ist bei meiner Tochter in Düsseldorf. Heute Morgen sind sie schon gefahren. Alle drei, mein Sohn, seine Frau Ursel und Sabine, seine Tochter. Die ist geistig behindert. Trotzdem nehmen sie die immer mit und mich nicht. Mir haben sie Zwieback und Wasser hingestellt. Ich hab so einen Hunger. Zur Toilette darf ich auch nicht. Sie haben mir eine Windel umgebunden.«

Eine Windel? Seit heute Morgen? Margareta konnte es nicht fassen.

Auf dem Nachttisch stand ein schmutziges Glas mit Mineralwasser, daneben eine halb volle Flasche. Auf einem Plastikteller lagen einige Stücke Zwieback. In der

Ecke befand sich ein kleiner Tisch, davor ein Stuhl, darüber ein Bild mit einem Hirsch vor einer Hütte im Wald. Kitsch hoch acht.

Der grüne Teppichboden, billigste Schlingenware aus dem Baumarkt, warf Falten ohne Ende. Was für ein scheußliches Zimmer im Gegensatz zu den anderen Räumen!

»Sind Sie denn bettlägerig?«, wollte Margareta wissen.

»Nein, ich kann schon noch rumlaufen. Für draußen habe ich sogar einen Rollator von der Krankenkasse bekommen. Aber heute sollte ich im Bett bleiben, hat mein Sohn gesagt. Was heißt gesagt, er hat es befohlen, dieser schreckliche Mensch. Er würde die Sicherung ausschalten, und wenn ich hinfiele, könnte ich sehen, wie ich wieder hochkäme.«

So senil, wie Margareta die alte Frau noch vor wenigen Minuten eingeschätzt hatte, war sie gar nicht. Im Gegenteil, sie wurde immer munterer, setzte sich jetzt sogar auf die Bettkante.

»Wann wollte Ihr Sohn denn wieder hier sein?«

»Um sieben.«

Margareta schaute auf ihre Armbanduhr. 18.30 Uhr. Zeit, sich vom Acker zu machen, bevor Kluge, diese miese Ratte, hier auftauchte. Da kassierte der die dicke Rente seiner Mutter und packte sie dafür den ganzen Tag bei Zwieback und Wasser ins Bett. Das durfte ja wohl nicht wahr sein.

»Ich hole Ihnen etwas zu essen«, beruhigte Margareta das alte Mütterchen, das inzwischen leise zu weinen angefangen hatte.

»Ich möchte gerne zur Toilette gehen. Könnten Sie mir nicht die Windel abnehmen? Er hat fast eine ganze

Rolle Isolierband verklebt, damit ich sie nicht abmachen kann.

»Gleich, Frau Kluge, ich komme gleich zurück«, beruhigte Margareta die alte Frau.

Schnurstracks marschierte sie die Treppe wieder hinunter. Als sie das Wohnzimmer betrat, war kein Felix mehr zu sehen. Dafür stand die Terrassentür weit offen. Hatte er aus Angst die Flucht ergriffen? Durch den Garten? Oder hatte er die Reisetasche mit der Beute gefunden und war mit ihr auf und davon?

»Was suchen Sie hier?«

Margareta zuckte zusammen. Diese sonore Stimme kannte sie doch. Langsam drehte sie sich um und schaute direkt in die Mündung einer Waffe, die der bärige Kluge auf sie gerichtet hielt. Neben ihm standen seine Frau, eine Betschwester im roten Rubenskostüm, und seine behinderte Tochter, eine große Frau im Kamelhaarmantel.

»Los, ihr geht nach oben zu Oma. Ich erledige das hier schon«, kommandierte Kluge seine Familie herum.

Als die beiden Frauen gehorsam von der Bildfläche verschwunden waren, machte Kluge ein paar Schritte auf Margareta zu, den Lauf der Pistole immer noch auf sie gerichtet.

»Ich kenne Sie doch. Sind Sie nicht Kundin bei mir im Autohaus? Ja, klar, mir dämmert es! Schrottreifer Polo. Margareta Sommerfeld, diese durchgeknallte Hobbyermittlerin. Stand ja oft genug was von Ihnen in der Zeitung. Warum sind Sie bei mir eingebrochen? Hier gibt es nichts zu holen. Hat es sich noch nicht herumgesprochen, dass ich pleite bin?«

Trotz großer Angst ließ Margareta sich nicht einschüchtern. Ihr Blick ging zu seinen Schuhen. Kurze braune Fellstiefel, keine Budapester, die bei dem Schneetreiben auch denkbar ungeeignet wären. Sein grauer Wollanzug stank nach altem Kleiderschrank.

»Legen Sie die Waffe weg. Machen Sie nicht alles noch schlimmer, als es ohnehin schon ist.« Margareta überlegte, ob sie eine Chance hatte, ihm die Waffe aus seiner riesigen Pranke zu schlagen.

»Ich weiß nicht, was Sie meinen. Ich habe Sie beim Einbruch erwischt und aus Versehen erschossen.«

»Na ja, wer einen unschuldigen Auszubildenden einer Bank niederstreckt, macht auch vor einer Frau, die sich in Ihrem Haus lediglich mal umsehen wollte, nicht halt. Ich denke, hier ist nichts zu holen? Oder wo haben Sie die Tasche mit der Beute versteckt?«

Kluges riesige Augen zuckten nervös hin und her. Wie konnte sie ihn in Verdacht haben? Er war doch so vorsichtig gewesen. Okay, der blöde Bengel hatte dran glauben müssen. Dabei war der alles andere als mutig gewesen. Von wegen, er hatte sich ihm heldenhaft in den Weg stellen wollen, um ihn aufzuhalten. In die Ecke verkrochen hatte der sich. Wird schon gewusst haben, warum. Vielleicht hätte er ihm doch lieber nur ins Bein schießen sollen.

Was sollte er nur mit der Alten hier machen? Wie war sie ihm bloß so schnell auf die Schliche gekommen? Wie konnte er sie am besten aus dem Weg schaffen?

Sein Zögern hatte ihn verraten. Ja, er war der Täter, war Margareta sich nun sicher. Kluge war der Bankräuber und hatte den Azubi André erschossen.

»Ihre bescheuerten Budapester waren es, die mich auf Ihre Spur brachten. Ein wahnsinniger Zufall, ich gebe es zu. Doch solche Zufälle gibt es immer wieder. Ihr Geld ist in guten Händen. Mein Kollege ist damit bereits unterwegs. Er ist durch den Garten getürmt.«

Wie ein Irrer stürzte Kluge an Margareta vorbei ins Wohnzimmer. Der eisige Ostwind wehte die Gardine durch die offen stehende Terrassentür weit in den ausgekühlten Raum.

Jetzt war schnelles Handeln gefragt. Margareta griff zu der kleinen Stehlampe mit dem schweren Messingfuß, die auf einer Anrichte stand, und schlug erbarmungslos zu, bevor Kluge sich verwundert zu ihr umdrehen konnte. Einmal und noch einmal ließ sie den schweren Fuß der Lampe auf seinen Schädel niedersausen. Das klatschende Geräusch, als das schwere Metall auf den Knochen traf, ging ihr durch Mark und Bein. Kluge ließ die Waffe fallen und sackte in die Knie. Wie ein nasser Sack kippte er nach vorn und landete mit dem Kopf auf dem Teppich.

Doch bevor sie die Waffe an sich nehmen konnte, griff er mit seiner Riesenpranke danach und kroch vom Boden hoch. Das Blut lief aus einer Platzwunde an seinem Hinterkopf, an seinem Anzug herunter und tropfte auf den Boden. Er musste einen enorm harten Schädel haben, registrierte Margareta.

Flink zog sie ihr Handy aus der Hosentasche. Wie gut, dass sie Kommissar Bauländers Nummer gespeichert hatte. Doch Kluge war schneller. Er hatte inzwischen wieder die Waffe auf sie gerichtet und entriss ihr mit der anderen Hand ihr Handy, warf es zu Boden und drückte seinen riesigen Absatz darauf. Es knirschte fürchterlich und trieb Margareta die Tränen in die Augen. Das Handy war noch fast neu und nicht gerade billig gewesen.

»Wo ist das Geld? Wo ist Ihr Kollege damit hin?«

»Das werde ich Ihnen bestimmt nicht erzählen.«

»Hermann, wo ist die junge Frau? Die wollte mir doch die Windel abmachen«, schrie die alte Kluge durchs Treppenhaus.

Kluges Hand, in der er die Knarre hielt, begann zu zittern. Anscheinend hatte er doch noch ein wenig Respekt vor seiner Mutter.

»Bleib oben, Mutter, und halt die Fresse, sonst gibt's was. Lass Ursel das machen.«

Margareta schüttelte den Kopf. »Geht man so mit seiner Mutter um? Eine agile Frau mit einer Windel ins Bett stecken bei Zwieback und Wasser? Im Autohaus kommen Sie immer so galant rüber. Der stets nette Herr Kluge, so aufmerksam, so zuvorkommend. Dabei sind Sie nichts weiter als ein Schwein, das seine gesamte Familie quält!«

Kluges Augen verengten sich zu zornigen Schlitzen. »Hast du eine Ahnung! Was weißt du denn, wie das ist, mit drei bekloppten Weibern zusammenzuleben? Zum Glück wirst du niemandem mehr davon berichten können, da du dazu keine Gelegenheit mehr haben wirst, du neunmalkluge Sommerfeld!«

»Na los, nun knallen Sie mich doch endlich ab! Dann werden Sie allerdings nie erfahren, wo mein Bekannter mit dem Geld hin ist. Vielleicht steht ja schon ganz bald die Polizei vor der Tür? Wenn Sie mich kennen, wie Sie behaupten, dann wissen Sie auch, dass ich gute Kontakte zur Kripo habe.«

»Hör auf zu bluffen, Sommerfeld. So schlau bist du auch wieder nicht. Du hast mich also gesehen, wie ich die Bank verließ. Angeblich an den Schuhen erkannt. Stimmt, diese Laszlo-Vass-Gurken sind meine Lieblingsschuhe. Haben 850 Euro gekostet. So was kriegst du hier nicht in Buer. Die sind aus Düsseldorf.«

»Nein, nicht ich habe Sie erkannt, meinem Kollegen fielen die Schuhe auf. Da haben wir eins und eins zusammengezählt.«

»Wirklich ein Scheißzufall.«

»Hermann«, schrie seine Mutter erneut durchs Treppenhaus.

»Ihr blöden Weiber da oben! Alle drei seid ihr mir ein Klotz am Bein! Abknallen sollte ich euch!«

Kluge musterte Margareta von oben bis unten. Er wusste nicht, was er tun sollte. Sie erschießen und entsorgen? Dann würde er nie erfahren, wo seine Kohle geblieben war. Er brauchte das Geld. Gelohnt hatte sich der Überfall allerdings nicht. Nur 150.000 Euro hatte er erbeutet. Doch immerhin war André Legende. Er rieb sich sein unrasiertes Kinn und überlegte, was er mit der Schnüfflertante vor ihm anstellen sollte.

Plötzlich schien ihm die große Erleuchtung zu kommen.

»Los, geh vor, du kommst erst einmal mit in die Garage, dahinter habe ich einen kleinen Raum, dort wirst du bleiben, bis du mir die Adresse von diesem angeblichen Kumpel verraten hast.«

Margareta stolperte vor ihm her, über die Wiese, durch den Schnee. Eine eisige Kälte schlug ihr entgegen. Sie hoffte, dass dieser Raum, von dem er sprach, wenigstens beheizt war.

An der Garage entlang trieb Kluge seine Geisel bis zu einer Stahltür, die nicht verschlossen war, wie er soeben feststellte. Purer Leichtsinn, dachte er, doch nun, wo er keinen Schlüssel bei sich trug, von Vorteil. Brutal stieß er sie in den kleinen kalten Raum.

Hätte ich doch bloß auf Felix gehört, war Margaretas letzter Gedanke, bevor die Tür zufiel.

9.

25. Dezember. Der behäbige Mann hatte es tatsächlich geschafft, sie zu knebeln und zu fesseln. Einige Male musste er dabei die Waffe aus der Hand legen. Wieso hatte sie sich nicht gewehrt? Sicherlich hätte sie es geschafft, irgendwie, mit treten, schlagen und beißen, sich zu befreien. Hatte sie resigniert? Jetzt lag sie hier auf einem Feldbett, in dem kalten Raum hinter der Garage, und starrte den adipösen Kluge an.

Dieser warf ihr ekelhaft anzügliche Blicke zu, leckte sich die dicken Lippen, fasste sich mit seinen Wurstfingern an den speckigen Hals, der in Röllchen über dem weißen Hemdkragen hing. Er wusste nicht, was er tun sollte, war voller Zweifel und Ängste. So hatte er es wahrscheinlich nicht geplant. Er hatte lediglich das Geld abgreifen und den lästigen André loswerden wollen.

Immerhin war der Raum, in dem sie wohl die nächste Zeit verbringen würde, nicht so schlimm, wie sie ihn sich ausgemalt hatte. Da hatte sie schon Geiselnahmen in ganz anderen Löchern überlebt. Einmal wäre sie fast dabei gestorben. Jetzt war wenigstens noch Hoffnung in ihr, dass Felix bald hier aufkreuzen würde, um sie zu befreien. So blöd konnte er einfach nicht sein. Würde er bereits bei ihr zu Hause auf der Treppe vor dem Haus sitzen und auf sie warten? Oder war er schwach geworden und mit dem Geld getürmt? Doch wohin?

Die Außentür hatte ein kleines Fenster und ließ ein wenig Licht hinein. Rechts in der Ecke befand sich eine weitere Tür, die wohl zur Garage führte. Der Raum wirkte peinlich aufgeräumt. Ihr gegenüber stand ein Kühlschrank, daneben beherbergten Regale jede Menge Gartenutensilien. Ganz hinten in der linken Ecke überwinterten Liegestühle. Wozu hatte Kluge hier ein Feldbett stehen?, fragte Margareta sich. Vielleicht um nach Gartenorgien, in denen er sich sinnlos besoff, übernachten zu können?

Es war zwar kalt, jedoch längst nicht so eisig wie draußen, immerhin lief ein Heizlüfter.

»Tja, ich will dann mal«, meinte Kluge und schaute nicht gerade begeistert auf Margareta hinab. »Das mit dem Knebeln musste sein, sonst schreist du mir noch die ganze Nachbarschaft zusammen.« Hatte er ein schlechtes Gewissen bekommen? Auch auf ihr verneinendes Kopfschütteln gab er nicht nach.

»Dein Kumpel wird zurückkommen, um dich zu holen. Wenn die Knete da ist, kannst du gehen. Taucht die Polizei hier auf, habe ich Pech gehabt.« Er verstand ihr Nuscheln nicht, hätte ihr gerne den Knebel aus dem Mund genommen, um zu hören, was sie ihm unbedingt mitteilen wollte. Doch er ließ es.

»Bis morgen, da bringe ich dir was zu essen, und du kannst auf die Toilette.« Mit gesenktem Kopf verließ er den Raum, versperrte ihn allerdings nicht. Wahrscheinlich musste er erst den Schlüssel suchen.

Pah! Als wenn der mich gehen lässt, wenn das Geld da ist. Die Angst, entdeckt zu werden, musste viel zu groß für ihn sein, überlegte Margareta. Sie versuchte, die Fesseln an ihren Händen zu lösen, was ihr allerdings nicht gelang. Als wohltuend empfand sie das Halbdunkel, das sie trotzdem noch alles, was sich in dem Raum befand, erkennen ließ. Die Gartenlaterne und der reflektierende Schnee sorgten für die angenehmen Lichtverhältnisse, die ihre Angst ein wenig minderten.

Wie würde es weitergehen? Sie konnte noch nicht mal auf ihre Uhr blicken. Wann, verdammt noch mal, würde endlich Felix hier auftauchen? Sehnsuchtsvoll dachte sie an ihr Handy. Oh, hätte ich doch Blauländer informiert, dann wäre mir das alles hier erspart geblieben.

Wie konnte Kluge so einfach zur Tagesordnung übergehen? Sperrte sie hier ein und wartete schlicht ab. Saß jetzt wahrscheinlich auf seiner Uraltcouch vor dem Fernseher und schaute sich irgendeine Sülze an, während seine Ursel ihn von vorne bis hinten bediente. Vielleicht war die alte Kluge ja schlau genug zu merken, dass etwas nicht stimmte. Eventuell würde sie sich fragen, wo Margareta geblieben war, und um wen es sich bei ihrer Person überhaupt gehandelt hatte.

Obwohl sie aufgrund der aufregenden Ereignisse niemals damit gerechnet hätte, fiel Margareta nach einer Weile in einen traumlosen Schlaf.

Mitten in der Nacht wurde sie durch das Geräusch eines herannahenden Helikopters geweckt. Schlagartig war sie hellwach. Sie suchen mich!, war ihr erster Gedanke. Sie suchen mich sogar mit einem Hubschrauber! Hoffnung stieg in ihr auf. Dann wurde ihr bewusst, dass es sich lediglich um einen Krankentransport handeln musste. Schließlich befand sich der Hubschrauberlandeplatz des Krankenhauses Bergmannsheil nur wenige Meter entfernt.

An Einschlafen war für sie nicht mehr zu denken. Wie spät mochte es sein? Ob der Morgen bereits nahte? Wieso war Felix noch nicht da? Saß er noch immer in der Kälte vor ihrem Haus? Eigentlich konnte sie sich das nicht vorstellen, obwohl er, was kalte Temperaturen betraf, ja einiges gewohnt sein musste. Sie hoffte, dass er den Mut aufgebracht hatte, Waltraud aufzusuchen. Dort hätte er sich jedoch outen müssen, denn spätestens beim Anblick der alten Reisetasche mit dem Geld wäre sie misstrauisch geworden. Dann hätte sie allerdings sofort Blauländer angerufen, war Margareta sich absolut sicher.

Wieso geschah nichts?

Wenn Kluges Alte einigermaßen scharfsinnig war, musste sie doch wissen, dass ihr Mann Margareta auf seinem Grundstück gefangen hielt. Oder hatte er ihr etwa erzählt, sie sei gegangen? Die Angelegenheit heruntergespielt? Das würde erklären, wieso die Frau nichts unternahm. Oder hatte sie ganz einfach Angst vor ihrem Mann?

Margareta musste wieder eingeschlafen und in einen Traum gefallen sein. Kluge beugte sich darin über sie und legte ihr ein Seil um den Hals.

»Ich muss es tun. Du weißt zu viel!«, presste er aus seinen wunden Lippen hervor.

Sie schreckte, nach Luft schnappend, mit rasendem Puls auf, hatte das Gefühl zu ersticken, da sie wegen des Knebels nur durch die Nase atmen konnte.

Wieso sollte er mich laufen lassen, wenn er das Geld hat?, durchzuckte es sie. Wenn er André einfach so niedergeschossen hat, wird er auch bei mir nicht lange fackeln. Aber wieso hat er einen Unschuldigen erschossen, wenn der sich ihm gar nicht in den Weg gestellt hat?

Was war der Grund? Ich muss ihn fragen, unbedingt! Die Gedanken jagten sich in Margaretas Kopf.

Eine gefühlte Ewigkeit befand sie sich bereits in dieser besseren Abstellkammer. Sicherlich schrieb man schon den 26.12., den Zweiten Weihnachtsfeiertag. Wie hatte sie sich auf diesen Tag gefreut! Das Gänseessen bei Waltraud würde nun sicherlich ausfallen. Es sei denn, alles würde gleich recht zügig gehen. Befreiung, Befragung und Kluges Verhaftung. Heute Abend brachte das ZDF eine Traumschiff-Folge, die sie unbedingt sehen wollte. Nüsse knackend und Wein trinkend mit Felix auf der Couch sitzend ... Mensch, Felix, wo bleibst du bloß?

Zu diesem Zeitpunkt ahnte Margareta noch nicht, dass ihr Martyrium gerade erst begann.

10.

26. Dezember. Der Schlüssel drehte sich im Schloss, die Tür knarrte, und der riesige Bär betrat den Raum. Anscheinend hatte er die Tür gestern Abend doch noch verschlossen, was Margareta gar nicht mitbekommen hatte.

Eine weite Jeans trug er, dazu einen Norwegerpullover, an dem eine ganze Armee gestrickt haben musste. In der einen Hand balancierte er ein Tablett, in der anderen hielt er die Knarre, die er jetzt jedoch in seine Hosentasche stopfte.

Das Tablett stellte er am Fußende des Feldbettes ab. »Der dreckskalte Schnee macht mich wahnsinnig. Immerhin hat es aufgehört zu schneien.« Er löste ihren Knebel und die Stricke an den Handgelenken sowie an den Füßen. »Wenn du Zicken machst, Sommerfeld, gibt's was mit der Knarre.«

Nachdem Margareta heftig husten musste, als der Knebel ihren Mund verlassen hatte, rieb sie sich die steifen Handgelenke und ließ ihre Füße kreisen. Ihr Rachen war schmerzhaft trocken. Ein Blick streifte das Tablett, auf dem fast liebevoll ein kleines Frühstück gerichtet war. Toast, Butter, Marmelade, ein Ei, eine Banane und eine große Tasse Tee. Margareta setzte sich stöhnend auf und krächzte: »Toilette!«, woraufhin Kluge sie durch die zweite Tür nach rechts in einen winzigen Raum mit Dusche und WC führte.

Margareta ließ sich Zeit.

»Was ist denn nun, Sommerfeld, wo bleibst du?«, rief Kluge ungeduldig, als sie auch nach zehn Minuten noch nicht wieder auf der Bildfläche erschienen war.

Doch das brachte sie nicht aus der Ruhe. Was hatte sie zu verlieren? Abknallen wollte er sie? Hier, mitten im Villenviertel? Das rief doch bloß die Nachbarn auf den Plan.

Seelenruhig veließ sie den Waschraum und kehrte in ihr Gefängnis zurück. Dort stürzte sie sich gierig auf das Frühstück und wunderte sich selbst darüber, welchen Appetit sie selbst in einer solchen Situation noch entwickelte.

»Hat deine Alte das Frühstück gemacht?«, wandte sie sich kauend an Kluge. »Stellt die denn gar keine Fragen? Sieht ja ganz manierlich aus, was sie da gezaubert hat. Besser als das, was du deiner Mutter dagelassen hast.« Sie war das alberne Gesieze leid. Wozu höflich zu dem Kerl sein? War er etwa höflich zu ihr?

»Sommerfeld, du laberst zu viel. Du hast ja überhaupt keine Ahnung. Weißt du, was ich mit den drei durchgeknallten Weibern tagaus, tagein mitmache?«

»Also, deine Mutter machte mir einen sehr netten Eindruck, und deine Olle hast du dir doch wohl selbst ausgesucht. Oder wurdest du zwangsverheiratet?«

»Red nicht so einen Dreck. Du hast echt keine Ahnung.«

»Nee, ich bin blöd wie Brot, hast du mir schon ein paarmal gesagt. Also, was kapiere ich nicht? Dass du pleite bist? Schien aber doch alles okay, als ich bei dir im Autohaus war.«

»Der Schein trügt. Das Wasser steht mir bis zum Hals. Hast wohl noch nie was von dem VW-Skandal gehört?

Abgasmanipulation an Dieselfahrzeugen? Liest du keine Zeitung oder was? Die Gebrauchtwagenpreise gehen in den Keller. Vorher ging es mir schon nicht gut, doch das bricht mir endgültig das Genick.«

»Nein, ich lese keine Zeitung, bin aber trotzdem im Bilde, schließlich gibt es so was wie Nachrichten im TV. Okay, du hast keinen Ausweg gesehen und hast die Bank überfallen. Wie hättest du den Geldsegen denn verbucht, vorausgesetzt, das Geld wäre noch da?« Sie musste daran denken, wie er gestern, kaum dass er sie geknebelt und gefesselt hatte, durch die zweite Tür in die Garage gelaufen war, um nachzuschauen, ob sich das Geld noch in seinem Versteck befand. Fluchend war er zurückgekehrt. Die Kohle war weg gewesen. Felix hatte ebenfalls den Weg durch diesen Abstellraum genommen, was an den Fußspuren im Schnee eindeutig zu erkennen gewesen war. Anschließend wurde er in der Garage wohl fündig. Margareta verstand noch immer nicht, wieso Felix so schnell mit dem Geld geflüchtet war. Hatte vielleicht das sich öffnende Garagentor Kluges Heimkehr angezeigt, und er war in Panik geraten? Wieso hatte er sie einfach zurückgelassen?

»Das Geld wird bald wieder da sein, verlass dich drauf, Sommerfeld.«

»Da wäre ich mir nicht so sicher, Kluge. Und eins verstehe ich immer noch nicht: Warum musste André sterben?«

»Weil er mit meiner Azubine liiert war. Mit der Jessi. Ein patentes Mädel. Die passten überhaupt nicht zusammen.«

Margareta konnte sich das Lachen nicht verkneifen. »Das ist jetzt nicht dein Ernst, Kluge, oder? Weil dir die

Nase des Mannes nicht gepasst hat, der mit deiner Angestellten zusammen war, knallst du ihn ab? Und der Kerl war ausgerechnet in der Bank beschäftigt, die du dir für deinen Coup ausgesucht hast?«

»Ja, da staunst du, was? Gibt eben Zufälle. Genau wie mit den Budapestern. Nee, das habe ich schon alles geplant. Bin ja nicht blöd.«

Margareta sagte ihm nicht, dass sie das stark anzweifelte.

»Ja, da staune ich echt, wie man so bescheuert sein kann. Das hast du echt falsch angefangen, glaub mir!«

Wütend sprang Kluge auf, riss ihr das Tablett vom Schoß und begann, ihr wieder die Fesseln anzulegen.

»Bitte nicht den Knebel. Ich habe furchtbare Halsschmerzen. Das halte ich nicht aus. Bitte.«

Er schien sich tatsächlich darauf einzulassen und verzichtete darauf, ihr den Mund zu verbinden. »Falls du schreist, bin ich sofort da und knalle dich ab.«

Entweder war er total mit Dummheit gepudert, oder er verfügte doch über so etwas, was man im allgemeinen Sprachgebrauch ein weiches Herz bezeichnete.

»Eine letzte Frage noch: Wo hast du dich umgezogen? Oder bist du schon im Weihnachtsmannkostüm von zu Hause los?«

»Denkst wohl, ich bin bekloppt, oder? Ich habe mich beim Augenarzt auf der Toilette umgezogen, oben, über der Bank. Die Bude wird so stark frequentiert, da fiel das überhaupt nicht auf.«

Er prüfte ein letztes Mal den Sitz ihrer Fesseln und verschwand dann mit dem Tablett durch die Tür. Wahrscheinlich erwartete man ihn bereits in der wohlig warmen Villa unter dem nostalgischen Tannenbaum.

Margareta sah die große Augenarztpraxis vor sich. Sie war selbst erst vor einem halben Jahr dort gewesen. Ein reges Kommen und Gehen herrschte dort meist. In zwei riesigen Wartezimmern, mit Blick von beiden Seiten über ganz Buer, versammelten sich wahre Menschenmassen, alte, junge und viele Kinder. Die Toilette dort war ziemlich eng. Welch eine Schnapsidee, sich dort umzuziehen. In Zivilkleidung hinein in die Praxis, vorbei an der Anmeldung, die meistens mit mehreren Arzthelferinnen besetzt war, ab in die Toilette. Weihnachtsmantel aus der Tüte kramen, Bart anlegen und wenig später wieder raus, durch die Praxis, mit dem Fahrstuhl hinunter in das Weihnachtsmarktgewühl, hinein in die Bank. Trotz florierender Praxis mit vielen Patienten ein Risiko, gesehen zu werden. Aber selbst wenn sie ihn gesehen hatten – was werden sie schon gedacht haben? Ein Weihnachtsmann muss eben auch mal pinkeln, mehr nicht.

Margaretas Gedanken kehrten zurück zu ihrer aktuellen Lage. Wie lange werde ich hier ausharren müssen? Wieso rufen meine Leute nicht die Polizei? Was ist da los? Felix muss doch was unternehmen! Wo ist er überhaupt? Habe ich mich etwa so in ihm getäuscht?

Durch das kleine Fenster in der Tür konnte Margareta den bleigrauen Himmel sehen. Er war ganz schneeverhangen. Jeden Moment würden wieder dicke Flocken von ihm herabfallen. In der Ferne hörte sie Kinderlachen und vergnügte Schreie. Sicherlich probierten die Kleinen ihren neuen Schlitten aus, der am Heiligen Abend unter dem Tannenbaum gestanden hatte, und tollten damit durch den Garten. Der kleine Heizlüfter gab alles. Trotzdem war es kalt und ungemütlich in Margaretas Behausung. Bevor Kluge gegangen war, hatte er ihr noch die Decke bis zum Hals gezogen. Eine wohlriechende, gepflegte Wolldecke. Hätte er das getan, wenn er ihr wirklich nach dem Leben trachtete? Was war Kluge eigentlich für ein Mensch? Würde er sie laufen lassen? Glaubte er ernsthaft daran, er bekäme sein Geld zurück? Hatten die Autoabgase in seiner VW-Werkstatt, denen er ständig ausgesetzt war, ihm dermaßen sein Hirn vernebelt, dass er so dachte?

Mach dir nichts vor, Margareta! Er lässt dich niemals gehen. Er wird dich irgendwo im Wald verscharren.

11.

25. Dezember. 19.30 Uhr. Wie ein Irrer war Felix die Straße entlanggelaufen, Richtung Krankenhaus, die Tasche mit dem Geld fest an sich gepresst. Als er vor dem Eingang der Klinik stand – es hatte wieder angefangen zu schneien – war er sich noch sicher, die Polizei zu verständigen. Er musste Margareta retten. Was würde Kluge mit ihr machen? Als er einen Schritt auf die Tür zuging und diese bereits aufsprang, bekam er es plötzlich mit der Angst zu tun.

Würden sie ihm glauben? Die Geschichte mit der Tasche, in der sich das Geld aus dem Bankraub befand, klang mehr als unglaubwürdig, musste er zugeben. Die Polizei würde mit ihm zu der Kluge-Villa fahren, und der feine Herr würde alles abstreiten. Sie würden ihn mit auf die Wache nehmen und fertigmachen, ihn gar selbst verdächtigen. Nein, das wollte er nicht. Er konnte einfach keinen klaren Gedanken fassen in dieser für ihn scheinbar ausweglosen Situation.

Würde er zurück zu Margaretas Wohnung finden? Pfiffig, wie sie war, würde sie sich aus Kluges Fängen befreien und den Heimweg antreten, hoffte er. Er beschloss, nicht den Weg durch den Wald zu nehmen, sondern außen herum zum Schloss zu laufen. Von dort war es nicht mehr weit.

Als er gerade das Altenheim passierte, glaubte er, einen Schuss gehört zu haben. Sein Herz raste. Hatte Kluge

Margareta niedergestreckt? Ob er zurücklaufen sollte? Er drehte sich um und verwarf den Gedanken, bergan wieder zu Kluges Villa zu stapfen. Vielleicht war es auch nur eine Sinnestäuschung, beruhigte er sich. Er überquerte die Straße und entschied sich für den parallel zur Straße verlaufenden beleuchteten Wanderweg. In weiter Ferne sah er das Schloss durch das kahle Geäst. Wenig später war er dort angelangt. Eine imposante Herberge. Er blieb kurz stehen, betrachtete die beiden beleuchteten Weihnachtsbäume rechts und links neben dem Eingang. Durch die Glastür und die Sprossenfenster konnte er Menschen sehen, die in festlicher Kleidung in den feudalen Räumen zu Abend speisten. Auf den Fensterbänken befanden sich kleine Stehlampen, die zusätzlich für Behaglichkeit sorgten. Es müsste schön sein, jetzt dort mit Margareta zu sitzen, bei einem Glas Rotwein und einem zarten Stück edlen Fleisch. Er sah an seinem unmodernen Mantel herunter. Wahrscheinlich würden sie ihn gar nicht hineinlassen in seinem Outfit. Er bog rechts in den Weg ein, danach gleich wieder links. Von dort waren sie vorhin gekommen. Ein riesiger, ebenfalls beleuchteter Tannenbaum stand auf einem Rondell, an dem sich vier Wege kreuzten. Von hier konnte er in den Wintergarten des Schlosses blicken. Er entschied sich für den linken Weg. In einiger Entfernung konnte er die Cranger Straße erkennen. Er müsste nur ein kurzes Stück durch den Wald gehen, der durch den reflektierenden Schnee gar nicht so dunkel erschien.

Wie schön musste es hier im Sommer sein, dachte Felix, wenn die Bäume reiches Blattwerk trugen, in dessen Schatten man sitzen konnte. Jetzt trotzten die überwiegend kahlen Bäume dem eisigen Wind und hielten keine

Kälte ab. Mitten auf einer Wegkreuzung stand ein breiter Baum, an dessen Stamm sich Felix kurz anlehnte, um durchzuatmen. Seine Atemwege brannten von der Kälte. Wie schmerzhaft doch Minustemperaturen sein konnten. Es schien ihm, als wäre mit dem gründlichen Bad und seinen alten Klamotten auch die Schutzschicht gegen Kälte, die er entwickelt hatte, plötzlich verschwunden. So empfindlich war er doch noch gestern nicht.

Was mache hier bloß mit der alten Reisetasche voller Geld? Wieso habe ich Margareta nur im Stich gelassen? Allerdings – wäre ich geblieben, hätte Kluge uns beide abgeknallt und das Geld eingesackt.

Die Hoffnung trieb ihn voran, Richtung Alleestraße, die Hoffnung, dass Margareta ihm gleich folgen würde. An der Cranger Straße verließ er den Wald, überquerte die Fahrbahn, schaute in lauter weihnachtliche Wohnzimmer, in denen glückliche Familien beisammensaßen. Was wohl seine Töchter gerade machten? Wehmütig setzte er seinen Weg fort, bog in den Gartmannshof ein und lief schnurstracks auf den Wohnturm, in dem Margareta ihr Zuhause hatte, zu. Auch hier konnte er durch weihnachtlich dekorierte Fenster in Wohnzimmer blicken, in denen Menschen friedlich beisammensaßen. TV-Bildschirme flackerten und berieselten auch am Feiertag die Leute.

Geschafft, 21 Uhr, er hatte den Wohnturm erreicht, durchschritt ihn und ging auf den Hauseingang auf dem Hof zu seiner Linken zu. Schon von Weitem hatte er gesehen, dass Margaretas Wohn- und Schlafzimmerfenster im Dunkeln lagen. Was tun? Sinnlos oft klingeln würde nichts bringen. Sich auf die eiskalten Treppenstufen zu setzen, ebenso wenig.

Nach reiflicher Überlegung entschied er sich, nicht länger auf Margareta zu warten, sondern weiter zu ihrer Mutter zu laufen. Ob er das Haus wiederfinden würde? Im Dunkeln sahen sie irgendwie alle gleich aus. Nach 300 Metern hielt er inne. Bei zwei Häusern war er sich nicht sicher, in welchem von beiden Waltraud wohnte. Er entschied sich für das erste und ging durch die winzige Toreinfahrt zum Eingang des Hauses. Die einzige Laterne auf dem Hof spendete gerade so viel Licht, dass er die Namensschilder lesen konnte. Ganz oben: W. Sommerfeld. Nur Mut, gab er sich einen Ruck und klingelte. Es dauerte einige Zeit, bis der Summer die Tür freigab. Das kümmerliche Licht im Treppenhaus ging an. Langsam und bedächtig, natürlich auch ein wenig ängstlich, stieg er die ausgetretenen Holzstufen in die erste Etage hinauf. Mit vor Überraschung aufgerissenen Augen starrte Margaretas Mutter ihn in der offenen Tür stehend an. Sie trug einen altrosa Bademantel. Wo war der kleine Combomann? Wieso stand er Waltraud um diese Uhrzeit nicht schützend zur Seite? Schließlich hätte wer weiß wer geklingelt haben können. Hatte Felix die beiden vielleicht bei irgendetwas gestört? Er mochte sich nicht wirklich vorstellen, wobei.

»Felix? Was ist denn passiert? Du bist allein? Wo ist Margareta?«

Und schon schossen ihm die Tränen in die Augen. Kraftlos zuckte er mit den Schultern.

»Komm erst mal rein. Was ist das für eine Tasche? Nun rede schon. Wo ist meine Tochter? Was ist passiert?«

Er betrat die behagliche Wohnung, nachdem er seine nassen Schuhe auf der Matte im Flur abgestellt hatte. Emsig nahm Waltraud ihm den schweren Mantel ab und trug ihn ins Bad.

»Nun rede schon!«, forderte sie ihn erneut auf, nachdem sie zu ihm zurückgekehrt war. Forsch schob sie ihn ins Wohnzimmer, auf dessen Sofa der kleine Kapellmeister thronte und es sich gemütlich gemacht hatte. Außer ein knappes »Frohe Weihnachten« brachte er nichts hervor. Im Fernsehen lief die Helene-Fischer-Show – genau das Richtige für diesen Vollblutmusiker.

Waltraud nahm Sepp die Fernbedienung aus der Hand, die er vergeblich zu verteidigen versuchte, und schaltete den Ton ab.

»Margareta ist noch bei Kluge«, presste Felix hervor und fuhr sich mit den Händen übers Gesicht. »Sie wollte unbedingt seine Villa durchsuchen. Doch dann kam er nach Hause, nachdem ich gerade die Tasche mit dem Geld in der Garage gefunden hatte.«

»Hab ich es mir doch gedacht, dass sie schon wieder auf eigene Faust herumschnüffelt. Wozu wollte sie sonst die Adresse von diesem Kluge haben? Ist er etwa der Bankräuber?« Waltraud stemmte die Arme in die ausladenden Hüften und schüttelte den Kopf.

»Ja, es deutet alles darauf hin. Sie hat sich im Haus umgesehen, ich war in der Garage. Dann kam der Kerl plötzlich nach Hause und hätte mich fast erwischt. Ich bin durch den Berger Park zur Siedlung geflüchtet, habe eine Weile vor Margaretas Wohnung auf sie gewartet und bin anschließend hierher.«

»Wir müssen Kommissar Blauländer anrufen. Wieso wollte Margareta das im Alleingang regeln?«

»Sie hat heute Mittag mit ihm telefoniert, um noch einige Details zum Bankraub zu erfahren. Von Kluge erzählte sie ihm nichts. Das hätte sie mal besser tun sollen.«

Waltrauds Blick streifte die alte Reisetasche. »Und da drin steckt das erbeutete Geld? Wie kam sie auf Kluge?«

Nun musste Felix Farbe bekennen und Waltraud alles erzählen, auch seine eigene Geschichte. Von wegen, sie hätten sich bei der VHS kennengelernt. Die ganze Wahrheit kam auf den Tisch des Hauses, an den sich Felix inzwischen gesetzt hatte. Auch die Sache mit den Budapester Schuhen und Kommissar Blauländers Wissen, dass Kluge den jungen Bankangestellten anscheinend ganz bewusst niedergeschossen hatte.

Sepp Kowalski saß schweigend auf dem Sofa und kaute auf einem Marzipanbrot herum. Von dem feschen Combosänger, wie er auf der Autogrammkarte abgebildet war, war nicht mehr viel zu erkennen. Er trug eine graue Schlabberjogginghose, dazu diesen ausgeleierten Pullover, den er schon gestern Abend angehabt hatte. Nun schaute er plötzlich wütend hoch. »Ich kann nichts hören«, maulte er.

»Das soll vorkommen, wenn der Ton abgestellt ist. Du meine Güte, was ist da schon zu hören, wenn die Fischer an einem Seil durch die Luft fliegt? Du kannst gerne deine armselige Tasche packen und zurück nach Nidda fahren, wenn es dir hier nicht mehr gefällt.«

»Hm«, grunzte er nur. Seine wenigen Haaren standen ihm fettig zu Berge. Kein schöner Anblick.

Waltraud hatte Felix einen heißen Tee eingeschenkt und ein Schinkenbrot serviert, welches er gierig verschlang.

»Du kannst auch noch etwas von dem Kartoffelsalat und ein Würstchen haben. Ist noch genug da«, bot Waltraud ihm an.

»Ich denke, der ist für mich«, protestierte der Schlagersänger beleidigt.

Felix blickte ihn erstaunt an. Was legte Sepp denn plötzlich für ein kindisches Benehmen an den Tag?, fragte er sich. Gestern war er ihm deutlich sympathischer erschienen.

Waltraud ignorierte das Gejammer ihres Freundes.

»Aber wenn Margareta noch nicht wieder hier ist, ist sie doch in großer Gefahr! Wir *müssen* Blauländer benachrichtigen.«

»Dann werden sie mich sofort mitnehmen. Nicht sesshaft und so weiter und so fort. In deren Augen bin ich doch dringend tatverdächtig.« Verzweifelt strich er sich erneut übers Gesicht. Plötzlich kam ihm ein Einfall. »Vielleicht sollten wir zu Kluges Villa fahren. Haben Sie ein Auto?«, wandte er sich an Sepp.

Der verschluckte sich vor Überraschung an seinem Marzipanbrot. »Nein, das ist ganz schlecht, den Wagen kehre ich heute nicht mehr ab. Ich wollte ihn über Weihnachten nicht benutzen. Und schon gar nicht bei diesem Wetter. Schauen Sie doch mal raus!« Sepp schien nun sein wahres Gesicht zu zeigen.

»Vielleicht komme ich gerade von draußen? Ich kenne die Wetterverhältnisse. Die Tochter Ihrer Freundin ist in Gefahr, und Sie wollen ihr nicht helfen, weil Sie zu bequem dazu sind?« Felix schüttelte verständnislos den Kopf. Margareta verfügte offenbar über eine gute Menschenkenntnis. Sie hatte diesen Mann von Anfang an nicht gemocht.

Waltraud hatte sich inzwischen ans Telefon geklemmt, rief Anna Bienert an und bat sie, sofort herzukommen. Von der Steigerstraße, wo sie in einer kleinen Wohnung lebte, waren es nur wenige 100 Meter bis hierher. Anschließend ging sie ins Treppenhaus und klingelte bei ihrer Nachbarin Hildchen Steins Sturm, die sich Waltraud bereitwillig anschloss und in ihre Wohnung folgte. Angeblich war ihr Neffe ein hohes Tier bei der Polizei, und so würde sie hilfreiche Tipps geben können. Behauptete sie jedenfalls.

Als sie in ihrem violetten Nickihausanzug, mit hochgesteckten blonden Haaren das Wohnzimmer betrat und einen Blick auf den Kapellmeister warf, der mit verschränkten Armen Helene Fischer auf dem stummen Bildschirm sehnsüchtig betrachtete, schüttelte sie den Kopf und warf Waltraud einen Blick zu, der Bände sprach. In ihre Wohnung käme kein Kerl mehr, hatte sie letzte Woche erst verlauten lassen. Mit dem Thema wäre sie durch. Wenn noch mal ein Mann in ihrem Leben eine Rolle spielen würde, dann nur noch für »schön«, wie sie betonte, und das beinhaltete keinen Zutritt zu ihrer Wohnung, zumindest nicht länger als für eine Nacht.

Kurz darauf erschien Anna Bienert mit Schneekristallen auf ihrer grauen Knotenfrisur. Grau waren auch ihr Pullover und ihr Jerseyrock. Die Beine in den Seidenstrümpfen rot gefroren. Ihr Göttergatte verbot ihr das Tragen von langen Hosen und Schmuck. Sie durfte sich weder schminken noch nett frisieren. Durch ihre Schlichtheit sowie die nach hinten gezurrten Haare wirkte ihre ohnehin schon lange Nase noch länger. So nannte Margareta die Freundin ihrer Mutter oft »Pinocchio« und ihren gestrengen Angetrauten, der das aus ihr gemacht hatte, was sie darstellte, »Meister Geppetto«.

Die Krisensitzung nahm ihren Lauf. Die beiden Besucherinnen hatten einen Narren an Felix gefressen, der seine traurige Lebensgeschichte noch einmal preisgab, während Sepp Kowalski den Kartoffelsalat beweinte, der ihm verwehrt worden war. Ansonsten nahm man ihn gar nicht wahr. Für das Quartett war er Luft. Alle drei Frauen hingen an Felix' Lippen. Sie hätten ihn am liebsten sofort adoptiert. Felix konnte nicht begreifen, warum die Damen ihm so zugetan waren. Er fragte sich, was sie wohl in ihm sahen. Er, der Obdachlose, saß zu Weihnachten am Tisch der Mutter seiner Bekannten, und sie nahm ihn mit offenen Armen auf. Ihre beiden Freundinnen himmelten ihn ebenfalls an. Hallo?, hätte er ihnen am liebsten zugerufen, ich bin ein Penner, ein Versager, der auf der Straße gelandet ist! Habe meine einzige Vertraute Margareta aus purer Feigheit im Stich gelassen und werde hier aufgenommen wie ein Held. Warum glaubt ihr mir so einfach? Ihr kennt mich doch gar nicht. Was, wenn *ich* der Bankräuber und damit auch ein Mörder bin? Doch würde ich dann jetzt hier sitzen? Nein, ganz bestimmt nicht.

Die Worte der drei Frauen rauschten zeitweise an seinen Ohren vorbei. Reiß dich zusammen, mahnte er sich, wir müssen Margareta befreien.

Eingreifen oder nicht eingreifen, das war die große Frage. Für und Wider wurden diskutiert. Auf einem kleinen Block die Reihenfolge der Vorgehensweise notiert. Anschließend abgestimmt, ob Blauländer »früher« oder »später« verständigt werden sollte. »Später« siegte. Erst sollte Margareta in Sicherheit sein. Nun wurden die Rollen verteilt. Gegen 23.45 Uhr stand der gesamte Plan. Für Sepp galt immer noch Sehen statt Hören. Stumm wie der Fernseher trotzte er vor sich hin und warf den vieren böse Blicke zu. Lippen leckend hing er mit den Augen noch immer an Helene Fischer und schickte dabei seine Fantasie auf Reisen. Weit entfernt von der Zechensiedlung und auch von dem kleinen Ort Nidda, in dem seine ihm angetraute, keifende, schwer herzkranke Frau weilte. Auf die Frage, wie er sich denn in die Ermittlungen einbringen wolle, zog er nur seine fleischigen Schultern hoch, woraufhin ihm Waltraud einen »Warte mal ab«-Blick zuwarf.

In der Nacht noch mit der Margareta-Befreiungsaktion zu starten, wurde verworfen. Morgens, gleich um 9 Uhr sollte es losgehen. Mit Sepps Wagen würden sie zur Kluge-Villa fahren und sich dort umschauen. Auf dessen Protest hin wurde er vor die Wahl gestellt: Wenn er in dieser Nacht in Waltrauds Schlafzimmer nächtigen wollte, würde er am anderen Morgen mit seinem verfilzten Handfeger seine Karre frei fegen und anschließend das Auto vom Eis befreien. Falls nicht, könnte er in seinem Auto schlafen, da Felix auf dem Sofa nächtigen würde.

Nachdem Anna und Hildchen sich gegen Mitternacht verabschiedet hatten, schaltete Waltraud den Fernseher aus und legte Bettwäsche und Decken für Felix bereit. Sepp, der den Krimi noch zu Ende sehen wollte, hatte keine Chance.

Waltraud kamen erste Zweifel. Hatte Margareta vielleicht doch recht gehabt? Hätte sie Sepp kein Asyl gewähren sollen? Nun hatte sie gleich zwei Männer zu Gast. Einen Obdachlosen und einen verstoßenen Bandleader. Verrückte Welt.

12.

26. Dezember. Das exquisite Weihnachtsfrühstück am zweiten Feiertag neigte sich dem Ende entgegen. Ursel, Kluges Frau, in einen goldenen Kimono gehüllt, begann damit, das Frühstücksgeschirr abzuräumen. Ihre pechschwarzen Haare trug sie wie immer kunstvoll hochgesteckt. Sie sah aus, wie einem japanischen Film entsprungen und passte einfach nicht in diese Welt.

Wann hatte sie begonnen, sich so zu verändern?, fragte Kluge sich. Früher war Ursel die toughe Businessfrau gewesen, die mit ihm den Laden schmiss, im Umgang mit den Kunden einfach umwerfend war. Jeder mochte sie, die Tennis spielende Geschäftsfrau, die sehr auf ihr Äußeres achtete. Dann wurde die Tochter geboren, und das Elend nahm seinen Lauf. Ursel hatte mit ihren 40 Jahren zu den Spätgebärenden gehört. Dass Sabine bei der Geburt vor 20 Jahren über zehn Pfund wog und 60 Zentimeter groß war, erfüllte den Vater anfangs noch mit Stolz. Doch bereits Monate später war abzusehen, dass mit Sabine etwas nicht stimmte. Entwicklungsverzögert, diagnostizierten die Ärzte, zu denen das Kind geschleppt wurde. Eine konkrete Krankheit mit lateinischem Namen hatte keiner für das Kind parat, und die genetischen Untersuchungen waren damals noch nicht so weit fortgeschritten. Sämtliche Förderungsversuche blieben erfolglos. So resignierten die Eltern Kluge. Hermann fand Ablenkung in seinem Beruf, später zusätzlich bei anderen Frauen. Sein Betrieb wuchs ständig, das Geschäft mit immer neu auf den Markt geworfenen Autotypen florierte. Ursel dagegen zog sich in ihr Hausfrauendasein zurück und ließ sich gehen. Die einzige Mühe, die sie sich machte, war, ihre komplizierte Vogelnestfrisur zu hegen und sich um die Tochter zu kümmern. Ihre Kontaktlinsen verbannte sie in die hinterste Ecke des Badezimmerschrankes, trug stattdessen schon jahrelang dieses unmögliche schwarze Brillengestell mit den Glasbausteinen. Ihre Sehstärke nahm rapide ab und so brauchte sie immer stärkere Brillengläser, durch die ihre einst strahlend schönen Augen nur noch skurril verzerrt zu erkennen waren.

Wann Hermann begonnen hatte, sich nach anderen Frauen umzuschauen, wusste er selbst nicht mehr so genau. Vor zwei Jahrzehnten, als er noch schlank und rank war, poussierte er gerne mit den attraktiven Kundinnen herum, lud die eine oder andere zum Essen ein, auf das nicht selten ein ganz besonderer Nachtisch in einem anonymen Hotelzimmer folgte. Irgendwann wurden die Frauen, für die er sich außerhalb seiner Ehe interessierte, immer jünger, er hingegen immer älter und unansehnlicher.

Er schaute auf die Weihnachtsdekoration, die den pompösen Eichentisch zierte: alberne goldene Engel und winzige Weihnachtsmänner aus feinstem Porzellan, die Sabine mit ihren Wurstfingern betatschte und zu lachen begann. Was mache ich hier eigentlich?, fragte er sich. Wieso bin ich nicht sofort nach dem Überfall mit der Kohle verschwunden? Weil 150.000 Euro viel zu wenig sind, um die Flatter zu machen und ein neues Leben anzufangen?

Er, dieser redliche, stets korrekte Herr, war auf die schiefe Bahn geraten. Schuld war Jessi, dieses Suchtmittel, von dem er nicht loskam. Sein Prokurist und Personalchef Kurt Blessing hatte ihm abgeraten damals vor zwei Jahren, sie als Auszubildende zur Bürokauffrau einzustellen, verwies immer wieder auf die anderen, viel geeigneteren Bewerberinnen. Doch Kluge hatte sich darin verrannt, dieser 22-jährigen alleinerziehenden Mutter eine Chance zu geben. Sogar der Betriebsrat war ausnahmsweise einer Meinung gewesen und zählte seine Bedenken auf. Die Bewerberin habe schon zu oft Schiffbruch erlitten in den anderen Betrieben, in denen sie es versucht hatte. Ihre Zeugnisse seien eine Katastrophe, ihr Lebenslauf ebenfalls. Ihre ganze Art fand bei kaum einem Menschen Anklang. Nach dem Einstellungsgespräch stand für Hermann Kluge jedoch fest, die oder keine würde den Ausbildungsplatz bekommen. Dabei sah sie nicht einmal gut aus. Zwar war sie schlank und blond, doch das war es auch schon. Ihr haftete etwas Primitives an, besonders ihre Ausdrucksweise ließ sehr zu wünschen übrig. Dieses Luder hatte jedoch schnell erkannt, dass sie Kluge mit Leichtigkeit um den Finger wickeln konnte. Immer wieder stellte er sich schützend vor sie, wenn es Ärger gab, und Blessing sie mit voller Unterstützung des Betriebsrates wieder einmal vor die Tür setzen wollte. Sie kam dauernd zu spät, schwänzte den Berufsschulunterricht, war frech zu den Kunden und bediente sich auch schon mal in der Firmenkasse, wenn in ihrer eigenen gähnende Leere herrschte. Erst letztens, als Jessis Kündigung bereits von Betriebsrat und Personalchef unterschrieben auf seinem Schreibtisch lag, gab er ihr noch eine Chance, für die sie sich mit einem netten Abend bei ihm bedankte. Mit einem sehr netten Abend, bei dem er ihr sogar unter den billigen, schmuddeligen Strickrock greifen durfte. Seit diesem Fehlgriff reifte der Gedanke in seinem kranken Hirn heran, mit Jessi irgendwo ein neues Leben anzufangen. Dem nervigen weiblichen Dreigestirn zu Hause, das er nur als Klotz am Bein empfand, wollte er endlich Adieu sagen. Dazu brauchte er jedoch Geld. Zunächst noch von seinem Vorschlag angetan, wollte das Flittchen jedoch schon bald nichts mehr von dem alternden Autohausbesitzer wissen. Stattdessen kreuzte sie immer öfter mit dem um einige Jahre jüngeren Banklehrling André auf. Das passte Kluge natürlich absolut nicht in den Kram. Die Synapsen in seinem eifersüchtigen Hirn spielten nun total verrückt. Der Typ musste weg, war sein Entschluss. Wenn es ihn nicht mehr gäbe, käme Jessi wieder zurück in seine starken Arme, davon war er überzeugt.

»Was ist nun mit der netten jungen Frau, die gestern Abend hier war? Wo ist sie?« Kluges Mutter schaute ihn mit wachen Augen an. Immerhin trug sie einen sauberen grünen Pullover zu einer hellen Hose. Ursel hatte ihr sogar das Haar gerichtet.

»Die ist weg. Das habe ich dir doch schon mehrmals gesagt.«

Kluges Blick blieb an seiner Tochter hängen, die auf dem mit Krümeln besudelten Esstisch für sich allein Memory spielte und sich dabei köstlich amüsierte. Gerade fand sie das Gegenstück zu einem kleinen Fuchs und stieß vor Verzückung Urlaute aus. In ihrem roten Jogginganzug sah sie fast so aus wie Cindy aus Marzahn. So ein Mist, dass die Behindertenwerkstatt Weihnachtsferien hatte, ärgerte er sich. Und wenn seine Mutter nicht bald Ruhe gab, würde er sie in dem Altenheim gleich an der Ecke abliefern. Wenn das nur nicht so horrende Preise hätte. Dass es sich um ihre Villa handelte, in der er hauste, schien er bei seinen hasserfüllten Überlegungen völlig vergessen zu haben.

»Das glaube ich nicht. Wo bist du vorhin mit dem Tablett hinverschwunden? Hast du die arme Frau etwa in der Garage eingesperrt? Ist sie vielleicht gar nicht vom Pflegedienst? Und wieso versteckt ihr eigentlich die Zeitung vor mir?«

»Du kannst doch gar nicht mehr lesen. Was willst du da mit der Zeitung?« Auf die Fragen, Margareta betreffend, ging er gar erst nicht ein.

»Ich kann nicht lesen, weil du mir meine Brille weggenommen hast«, jammerte sie in weinerlichem Tonfall.

Ja, er hatte ihr die Brille abgenommen. Er wollte nicht, dass sie ihre Nase in noch mehr Dinge steckte, die sie seiner Meinung nach nichts angingen.

»Ursel sagt mir auch nichts.«

»Ursel hat auch nichts zu sagen. Ich bin hier der Chef.«

Böse Blicke trafen ihn von seiner ihm am Tisch gegenübersitzenden Frau. War sie wirklich nur das Heimchen am Herd und so dumm wie Brot, wie er ihr immer vorhielt?

Nein, beileibe nicht. Ursel spielte ihre Rolle gut, hatte jedoch nicht vor, dies noch lange zu tun. Sie stand auf und schaltete den Fernseher ein. Pippi Langstrumpf erschien auf der Bildfläche des TV-Gerätes, und Sabine klatschte freudig in die Hände.

Was für ein bescheuerter Haufen, dachte Kluge und kratzte sich am Kopf. Gern würde er jetzt eine CD hören.

Vielleicht das Weihnachtsoratorium von Johann Sebastian Bach. Doch mit was hatten seine durchgeknallten Frauen stattdessen am Heiligen Abend den CD-Player gefüttert? Mit Weihnachtsliedern von Rolf Zuckowski, und alle drei hatten begeistert mitgesungen. Er war sich vorgekommen wie im Irrenhaus.

Die Konversation sprudelte wie die erbärmliche Quelle im Märchengrund, keine 500 Meter von Kluges Villa entfernt. Mutter Kluge, inzwischen spielte sie mit Sabine Karten, warf ihrem Sohn immer wieder skeptische Blicke zu. Für sie bestand kein Zweifel daran, dass ihr herzloser Sohn die nette Frau von gestern gefangen hielt. Sie hätte nur zu gern gewusst, wieso.

Unterdessen jagten sich in Kluges Kopf die Gedanken. Was mache ich bloß mit der Sommerfeld? Ihr Kumpel wird niemals hier aufkreuzen, um sie zu suchen. Ob ich mich mal in ihrer Wohnung umschaue? Freiwillig wird sie mir den Schlüssel allerdings nicht geben.

Margaretas Adresse hatte er inzwischen per Internet herausgefunden. Er kannte die Straße. Und wenn der Kerl mit der Knete hier auftauchte?

Ich könnte die beiden nie und nimmer laufen lassen. Spätestens nach einer Stunde wären die Bullen hier. Ja, ich werde zu ihrer Wohnung fahren und dort nach dem Kerl und dem Geld suchen. Vorher werde ich diese Schnüfflerin allerdings knebeln. Sicher ist sicher. Wenn sie anfängt zu schreien, werden meine durchgeknallten Weiber sonst noch aufmerksam und befreien sie.

Anschließend könnte er die Garage und den Anbau ja abfackeln. Vielleicht springt versicherungstechnisch noch ordentlich was dabei heraus.

Dass so ein Feuer auch auf das Haus übergreifen und sein Zuhause zerstören könnte, überblickte er in seinem kriminellen Eifer gar nicht mehr.

»Du könntest ein Kaminfeuer anzünden«, holte Ursel ihn in die Gegenwart zurück, als hätte sie seine Gedanken erraten. Tatsächlich spürte sie seine innere Unruhe und ahnte, dass ihr Gatte etwas im Schilde führte, was nicht rechtens war. So dämlich, wie er sie immer hinstellte, war sie längst nicht.

Nervös wischte er an seinem Handy herum. Auf seine SMS hatte Jessi nicht reagiert.

»Wozu? Ist es nicht warm genug hier?« Ohne Anstalten zu machen, sich zu erheben und der Bitte seiner Frau nachzukommen, befasste er sich weiterhin mit seinem Handy.

»Es ist Weihnachten. Ein knisterndes Kaminfeuer gehört da einfach mit dazu.«

»Ich zünde euch gleich ganz was anderes an«, blaffte Hermann und lachte viel zu laut, bevor er vom Tisch aufstand und die Treppen nach oben lief.

»Was hast du vor?«, rief Ursel ihm hinterher.

»Ich muss noch mal weg.«

Seine Mutter und Ursel schauten sich an. Ursel war klar, dass es diese Jessi sein musste, die seine Gedanken dermaßen vernebelte. Sie war nicht länger gewillt zu schweigen. Außerdem tat ihr die junge Frau leid, die er in den Geräteraum hinter der Garage gesperrt hatte. Ihr Mann glaubte in seinem Größenwahn offenbar, sie habe es nicht bemerkt, was gestern Abend hier im Wohnzimmer abging, und dass er die Frau auf seinem Grundstück festhielt. Laut genug waren sie ja gewesen. Außerdem konnte sie eins und eins zusammenzählen. Nun ergaben auch seine ewigen Aufenthalte in der Garage einen Sinn. Dort hatte er das Geld aus dem Bankraub versteckt. Sie musste der armen Frau unbedingt helfen – bloß wie?

Seit einiger Zeit lief immer wieder der gleiche Film in Ursels Kopf ab. Hermann beugte sich über dieses Flittchen Jessi, bohrte ihr seine übelriechende Zunge in den Hals, legte seine fleischigen Hände auf ihre Brüste. Sie schmiegte sich an ihn, machte ihn immer heißer. Wäre Ursel ihm doch nur nicht gefolgt. Am Autohaus hatte die Frau auf ihn gewartet. 20 Uhr war es gewesen und sie hatte ihn auf dem Handy nicht erreichen können. Da war sie misstrauisch geworden. Im Auto ihrer Freundin Nelly hatte sie ihren Beobachtungsposten bezogen, als das Flittchen zu ihm ins Auto gestiegen war und die beiden davonfuhren. Er hatte sie nach Hause gebracht. Vor einem elenden Mietshaus im Ortsteil Scholven hatten sich die beiden voneinander verabschiedet. Anscheinend gab es Streit. Er wollte wohl noch mit in ihre Wohnung, sie war jedoch anderer Meinung. Wie vor den Kopf geschlagen war Ursel heimgefahren. Am anderen Tag hatte sie Kurt Blessing angerufen und sich bei ihm ausgeweint. Schließlich kannte sie den Prokuristen schon bald 30 Jahre. Doch auch er wusste keinen Rat, wie man dieses Weibsstück, die ihm ebenfalls ein Dorn im Auge war, loswurde.

In dicker Winterjacke, mit Tirolerhut und Stiefeln ging Kluge durchs Wohnzimmer und öffnete die Terrassentür. Eisige Kälte schlug ihm entgegen.

»Wo willst du hin?«, wollte Ursel wissen. Dass seine innere Unruhe sowie die Frau in dem Abstellraum mit dem Bankraub in Buer zusammenhängen mussten und

Hermann darin involviert war, war ihr inzwischen klar. Er hatte Geld gebraucht, das nun wohl verschwunden war.

»Ich habe noch was zu erledigen. Wartet nicht mit dem Essen auf mich.«

»Durch den Hintereingang der Garage?«

»Geh an den Herd, wo du hingehörst«, blaffte er Ursel an und verschwand in den Garten.

Er freute sich über seinen Plan, den er sich eben auf der Toilette zurechtgelegt hatte. Erst der Sommerfeld den Schlüssel abnehmen, in ihrer Wohnung nach dem Geld suchen, notfalls den Kumpel umlegen, falls er sich dort aufhielt, anschließend zu Jessi fahren. Doch sein Plan hatte eine Lücke. Was würde aus der Sommerfeld werden? Also umdisponieren. Zuerst wieder zurück, nach der Sommerfeld sehen, wenn er das Geld hatte. Schade um die Frau, doch er konnte kein Risiko eingehen. Sollte er das Geld finden, musste sie verschwinden. Egal wie.

Muffige Kälte schlug ihm entgegen, als er die Tür zum Abstellraum aufschloss.

Margareta schien auf ihn gewartet zu haben. »Na endlich, ich muss zur Toilette. Ich dachte schon, du hättest mich vergessen.«

»Sei froh, dass ich überhaupt gekommen bin.« Er löste gemächlich ihre Fesseln. Doch bevor sie in dem Toilettenraum verschwand, verlangte er ihre Wohnungsschlüssel.

»Was willst du in meiner Wohnung? Mein Kumpel ist nicht dort. Das Geld wirst du da ebenfalls vergeblich suchen.«

Er zog seine Knarre aus der Jackentasche. »Sommerfeld, ich kann auch anders.«

In aller Ruhe suchte sie die Toilette auf und überlegte dabei krampfhaft, was sie tun sollte. Ob er so abgebrüht war und tatsächlich schoss? War er inzwischen schon so durchgeknallt, dass er das Risiko einging, dass jemand auf den Knall aufmerksam werden würde?

»Kann ich auch noch duschen?« Margareta trat zurück in den kargen Raum.

Kluge, der unruhig auf und ab gelaufen war, blieb stehen und lachte hämisch. »Wozu? Das lohnt eh nicht mehr.«

»Wieso, was hast du mit mir vor?«

»Ich fahre jetzt in deine Wohnung, hole mir das Geld und dann werde ich dich entsorgen. Ich habe es mir überlegt. Du bist mir zu gefährlich. Ich will nicht ins Gefängnis wandern.«

»Den Weg kannst du dir sparen. Wie gesagt: Das Geld befindet sich nicht in meiner Wohnung. Ebenso wenig mein Kumpel. Der hat nämlich gar keinen Schlüssel. Denk doch mal logisch. Oder kannst du das gar nicht mehr? Haben die Autolackgerüche in deiner Bude dir schon derart den Verstand geraubt? Wieso bringst du mich also nicht sofort um?«

»Vielleicht brauche ich dich noch.« Nervös fummelte Kluge an der Knarre herum.

Die Kälte hat seiner ohnehin schon lädierten Hirnmasse schwer zugesetzt, war Margareta sich sicher. Anders konnte sie sich seinen Sinneswandel, sie nun plötzlich entsorgen zu wollen, nicht erklären. Sie schaute sich in dem Raum um. Einen Meter von ihr entfernt stand eine alte Gießkanne aus Zink, so eine, wie ihre Mutter sie verwendet hatte, bevor sie durch eine leichtere Plastikkanne ersetzt worden war. Schaffe ich es, sie zu greifen und ihm um die Ohren zu schlagen?

Kluge grinste immer noch. »Los, leg dich wieder hin, damit ich dich fesseln kann. Ich muss los.«

Als er zu der Klebebandrolle griff und die Pistole wieder in die Hose steckte, griff sie nach der Kanne, holte weit aus und knallte sie Kluge an den großen Kopf. Er ging nicht in die Knie, stöhnte nur auf, entriss ihr das Teil, bevor sie noch einen Schlag nachlegen konnte, warf es in die Ecke und drosch mit den Fäusten auf Margareta ein. Er musste einen Kopf aus Eisen haben, oder der bescheuerte Hut verfügte über ein stoßfestes Innenleben.

Als er endlich von ihr abließ, fiel sie erschöpft auf das Bett zurück. Obwohl sie versucht hatte, ihren Kopf so gut es ging mit den Händen zu schützen, hatte sie zwei Schläge ins Gesicht bekommen, das an den betreffenden Stellen nun höllisch brannte.

»Du dämliches Luder! Und dich soll ich laufen lassen?« Kluge verschnürte voller Wut Margaretas Handgelenke und Fesseln, bevor er ihr den Knebel in den Mund presste.

Auf seiner Stirn sah sie ein kleines rotes Rinnsal hinabfließen. Also doch kein Eisenkopf, freute sie sich. Ihr Blick blieb an dem Fenster in der Tür hängen. Der Schreck fuhr ihr wie ein Messerstich in den Magen. Ein Kopf erschien dort und war auch sofort wieder verschwunden. Es musste die Tochter gewesen sein, die dort durchs Fenster geschaut hatte, was Kluge nicht bemerkt zu haben schien.

Er leerte ihre winzige Tasche auf dem kleinen Tisch aus und wurde schnell fündig. Grinsend steckte er ihren Schlüssel ein.

»Heute Abend werde ich dich im Berger See versenken. In dem Loch, das für die Enten freigeschlagen wurde.«

Er blickte zu ihr hinüber, registrierte, dass er zum ersten Mal eine Frau brutal geschlagen hatte, und verspürte einen kurzen Moment lang so etwas wie Reue, die jedoch schnell wieder verging.

Tränen lösten sich aus Margaretas Augenwinkeln und rannen ihr die Wangen hinunter. Werde ich meine Mutter jemals wiedersehen? Ich hab ihr noch so viel zu sagen. Was war bloß mit Felix geschehen? Wieso kam er nicht, um ihr zu helfen?

Ein winziger Funken Hoffnung blieb jedoch. Kluges Tochter! Auch wenn sie geistig zurückgeblieben zu sein schien, würde sie doch vielleicht ihrer Mutter erzählen, was sie beobachtet hatte. Die drei Frauen würden sich doch sicher nicht mitschuldig machen wollen. Margareta schloss die Augen und weinte leise vor sich hin. Ihr Gesicht brannte von Kluges Faustschlägen. Das wird er mir büßen, schwor sie sich.

Ade, du schöner Gänsebraten!

13.

Immerhin hatte Sepp Kowalski das Frühstück bereitet. Schon gegen 6 Uhr war er aufgestanden, ganz leise und im Dunkeln, um Waltraud nicht zu wecken. Er hatte, nachdem sie zu Bett gegangen waren, noch lange wach gelegen und musste zugeben, dass er es recht gut getroffen hatte bei Waltraud. Das wollte er nicht aufs Spiel setzen. Mit einem Frühstück könnte er Punkte sammeln, dachte er, und noch mehr, wenn er sich an der Margareta-Suchaktion beteiligen würde.

Nach dem Duschen hatte er Kaffee und Eier gekocht, Brot geschnitten, Wurst auf den Küchentisch gestellt und Geschirr für drei Personen aus dem Schrank geholt. Er kannte sich schon bestens aus. Als er sich gerade mit einer Tasse Kaffee an den Tisch gesetzt hatte und auf Waltraud wartete, erschien Felix im Türrahmen. Der hatte ihm gerade noch gefehlt.

»Sag mal, was machst du denn für einen Krach? Es ist gerade mal 7 Uhr. Hast du die senile Bettflucht oder was?« Da hatte er eine gemütliche Nacht im Warmen verbracht und wurde dann morgens schon so früh geweckt. Er hatte geträumt, dass er bei seiner Oma wäre, die ähnlich eingerichtet gewesen war wie Waltraud, und so hatte sich über Nacht ein wohliges, vertrautes Gefühl eingestellt, das noch immer vorhielt. Auch bei Oma Guste hatte er immer im Wohnzimmer auf dem Sofa übernachtet.

Er füllte sich ebenfalls eine Tasse mit Kaffee und setzte sich zu Combo-Sepp an den Küchentisch.

»Ich war doch ganz leise. Ich weiß nicht, was du willst. Brauchtest ja nicht aufzustehen.« Sepps gute Laune war dahin. Er stand vom Tisch auf und ging ins Wohnzimmer.

Wenig später erschien auch Waltraud in ihrem seidig schimmernden rosa Morgenmantel in der Küche. Ihre Augen weiteten sich vor freudiger Überraschung. »Hast du das Frühstück bereitet, Felix? Oder war es Sepp?«

Felix deutete stumm in Richtung Wohnzimmer.

»Doch kein so schlechter Fang.« Waltraud lächelte still in sich hinein, bediente sich ebenfalls am Kaffee und klopfte sich anschließend genüsslich ein Ei auf. »Ich habe die Tasche mit dem Geld in die Abstellkammer verfrachtet, ganz oben ins Regal, hinter dem Toilettenpapier. Sepp wird darauf aufpassen.« Verkündete sie, während sie die obere Hälfte des Eis von der Schale befreite.

»Na, da wird er sich aber freuen, wenn er nicht mit raus in die Kälte braucht. Und wer fährt? Hast du einen Führerschein?« Felix war von der Margareta-Suchaktion wenig begeistert und machte keinen Hehl daraus.

Waltraud sah verärgert auf. »Wir können auch Blauländer anrufen und ihm erzählen, wo wir Margareta vermuten. Nur aus Rücksicht auf dich haben wir uns dagegen entschieden. Schon vergessen? Und nun muckst du rum? Was die Frage nach dem Führerschein betrifft, nein, ich habe keinen. Dafür hatten wir früher kein Geld. Aber du hast doch bestimmt einen.«

»Meinst du, Sepp wird mir sein Auto anvertrauen? Was fährt er übrigens für eins?«

»Einen alten himmelblauen Opel Admiral B, Baujahr 1976.« Waltraud musste schmunzeln bei der Vorstellung, dass drei alte Frauen gleich gemeinsam mit einem Obdachlosen in diesem aufsehenerregenden Fahrzeug starten würden.

»Na, das ist ja gut, dann fallen wir wenigstens überhaupt nicht auf. Ich dachte schon, er würde was Stinknormales fahren, einen Golf oder einen Astra. Aber so was hätte ja auch gar nicht zu unserem geheimen Vorhaben gepasst. Schon klar, dass ein Elvis-Imitator was viel Ausgefalleneres fährt!« Er verdrehte innerlich die Augen. Hätte er doch bloß die dämliche Tasche bei Kluge gelassen, sich aus dem Staub gemacht und von der nächsten Ecke die Polizei zur Kluge-Villa geschickt.

»Sepp ist Schlagersänger einer erfolgreichen Combo. Sprich nicht so abfällig über ihn. Elvis-Imitator, pah!« Waltraud schüttelte den Kopf. Wie konnte Felix es wagen, schlecht über Sepp zu sprechen? Noch gehörte Sepp zu ihr und das hatte er zu respektieren, ohne sich negativ über ihn zu äußern. Diese ganze Aktion wäre außerdem unnötig, wenn Felix Margareta nicht einfach in der Villa zurückgelassen hätte, wurde ihr über Nacht klar.

Schon eine Stunde später konnte die letzte Krisensitzung vor dem Aufbruch beginnen. Sepp saß frisch geduscht am Frühstückstisch neben Waltraud, ihm gegenüber auf der Eckbank Felix und die beiden soeben eingetroffenen Damen Anna Bienert und Hildchen Steins, die sich mit einem Kaffee begnügen mussten, da Eier und Brot aus waren.

Anna Bienert trug eine uralte Skihose – ihre sonst so gerne getragenen Seidenstrümpfe hielt sie bei der Kälte, in der sie sich einige Stunden würde aufhalten müssen, einfach für unpassend. Sie habe die Hose 20 Jahre nicht getragen, und sie passte noch immer, verkündete sie freudig erregt mit einem schmachtenden Blick zu Sepp. Der lange Lodenmantel, den sie selbst hier drin in der Wärme nicht ausgezogen hatte, passte hervorragend dazu.

Hildchen Steins trug einen roten einteiligen Skianzug, mit dem sie noch im Jahr 1996 die Pisten in Vorarlberg hinuntergesaust war. Dagegen wirkte Waltraud, die in Daunenjacke und wattierter Hose, beides in Mausgrau, ebenfalls startklar bereit saß, eher bescheiden und unauffällig.

Sepp wusste nicht, ob er sich nun freuen sollte oder nicht, als ihm mitgeteilt wurde, dass er zu Hause bleiben und auf das Geld achtgeben müsste. Nur ungern gab er den Autoschlüssel an Felix weiter, belehrte ihn, wie er mit seinem Liebling, diesem Riesenschlachtschiff, umzugehen habe. Nein, er würde sich nicht extra anziehen, um den Wagen von Schnee und Eis zu befreien, verkündete er und suchte die Couch im Wohnzimmer auf. Seine Gedanken waren bei der Tasche mit dem vielen Geld. Doch ohne Auto würde er sich damit nicht aus dem Staub machen können.

Bereits 15 Minuten später konnte die Fahrt beginnen. Es schneite ausnahmsweise nicht, auf der Alleestraße war allerdings seit der Nacht noch nicht gestreut worden. Neugierige Nachbarn und einige wenige Passanten staunten über das eigenwillige Quartett, als es mit der uralten Karosse losfuhr. Das Auto hatte Seltenheitswert und erinnerte an eine Zuhälterkarre aus den 1970er-Jahren. Die vier Gestalten waren an Skurrilität kaum zu übertreffen. Man konnte den Eindruck gewinnen, diese Menschen fuhren zu einer Theateraufführung und wären die Darsteller. Doch der Weg führte sie nur in den Allmendenweg, ungefähr zwei Kilometer von der Alleestraße entfernt. Die Sonne schien und ließ den Schnee glitzern. Ein herrlicher zweiter Weihnachtsfeiertag für die, die keine Probleme hatten. Viele warm vermummte Menschen waren unterwegs, um in den Berger Anlagen zu rodeln oder auf dem zugefrorenen See eine Runde, ob mit oder ohne Schlittschuhe, zu drehen.

Felix schämte sich in Grund und Boden, als er den alten Admiral gegenüber der Kluge-Villa parkte.

Überhaupt nicht auffällig. Auf was habe ich mich da bloß eingelassen?, fragte er sich.

Waltraud, die auf dem Beifahrersitz saß, hielt es für das Beste, sofort an der Tür der Villa zu läuten, um direkt nach Margareta zu fragen. Die anderen drei erklärten sie für verrückt und protestierten lautstark. Die Bewohner würden doch sofort die Polizei rufen, meinte Anna. Quatsch, entgegnete Hildchen, nicht, wenn sie Dreck am Stecken hätten. Sie müsste es schließlich wissen, da ihr Neffe, dieses angeblich hohe Tier bei der Polizei, sie regelmäßig mit seinem Fachwissen vollquatschen würde.

»Fakt ist, Margareta ist nicht wieder aufgetaucht, also müssen wir davon ausgehen, dass Kluge sie gefangen hält. Du weißt doch genau, dass sie in der Villa ist, oder nicht, Felix?« Waltraud ließ Felix mit ihrer lauten Stimme zusammenzucken.

»Ja klar! Also, zumindest vermute ich es. Wir sind auf alle Fälle zusammen drin gewesen und da sie zu Hause nicht wieder aufgetaucht ist, nachdem der Hausherr uns überrascht hat, liegt es nahe, dass sie noch dort sein muss.«

Mittlerweile zweifelte er stark an, dass es – wie anfangs angenommen – ein Segen war, über die Feiertage bei Margareta untergekommen zu sein. Nichts als Ärger hatte ihm dies bis jetzt eingebracht.

Sei nicht undankbar, schalt er sich selbst. Immer noch besser als eine Parkbank, der Caub Bunker oder das Weiße Haus.

»Dieses Auto ist echt das Letzte«, schimpfte er schließlich. »Wie kann man nur so eine unmögliche Karre fahren? Allein diese Farbe.« Es war ihm unangenehm, dass die Passanten, die das Auto im Vorbeigehen unverhohlen musterten, ihn unweigerlich für dessen geschmacklosen Besitzer halten mussten.

Nach gefühlten Stunden – dabei war es erst kurz nach 10 Uhr – öffnete sich die Garage der Kluge-Villa und spuckte eine schwarze Nobelkarre aus. Felix duckte sich schnell in seinem Sitz, erkannte den Fahrer aber sofort.

»Das ist Kluge«, murmelte er. »Wo will der hin?« Kurz überlegte er, ob sich Margareta vielleicht im Kofferraum der Nobelkarosse befinden könnte, verwarf den Gedanken jedoch sofort wieder. Kluge wollte das Geld, und dazu brauchte er Margareta noch. Bevor er nicht wieder an seine Beute gekommen war, würde er sie bestimmt nicht entsorgen.

»Was weiß ich, wo der hinwill«, unterbrach Waltraud seine Überlegungen. »Kenne ich die bösen Gedanken eines Mörders?« Hektisch kramte sie in ihrer Tasche herum und förderte eine Packung Lebkuchenherzen zutage, die sie gierig aufriss und sich eins nach dem anderen in den Mund stopfte, ohne den anderen davon anzubieten. Wehmütig dachte sie an die Gans in ihrem Kühlschrank.

»Anna wird an der Tür klingeln und um eine Spende bitten«, bestimmte sie kauend. »Sie sieht am unauffälligsten aus in ihrem alten Lodenmantel und den Seehundfellstiefeln«.

Anna beugte sich empört in ihrem Sitz nach vorne. »Was hast du gegen meinen Lodenmantel? Ich mache darin eine bessere Figur als du in dieser Riesenjacke. Na ja, der große Busen muss ja schließlich irgendwo untergebracht werden.« Sie war mehr als aufgebracht und hätte der vor ihr sitzenden Waltraud am liebsten eins mit der Faust auf den Kopf gegeben.

Die beiden schmissen sich noch minutenlang gegenseitig Gemeinheiten an den Kopf, bevor Hildchen dem Gezanke ein Ende bereitete.

»Schluss jetzt! Anna, du klingelst an der Tür und basta. Sag von mir aus, du kommst von der Heilsarmee oder den Zeugen Jehovas. Verschaff dir irgendwie Zutritt zum Haus und finde heraus, wo Margareta ist. Los, raus jetzt!« Sie gab der neben ihr sitzenden Anna einen kräftigen Stoß, sodass der gar nichts anderes übrig blieb, als die Tür zu öffnen und auszusteigen.

Fluchend stolperte sie mit zittrigen Beinen auf das Haus zu. Der Bommel ihrer Mütze, die aussah wie ein selbst gehäkelter Kaffeewärmer, wackelte dabei albern hin und her. Es dauerte eine gefühlte Ewigkeit, bis sie den Mut aufbrachte, die Türglocke zu betätigen, und weitere Sekunden, bis endlich schlurfende Geräusche wahrzunehmen waren und die Tür sich öffnete. Eine freundliche Frau in goldenem Kimono und mit Hochsteckfrisur grüßte freundlich und fragte die ältere Dame, was sie denn wünsche.

Anna hatte es die Sprache verschlagen. Wie erstarrt blickte sie die Frau an und fragte sich dabei, ob so die Gattin eines Bankräubers und Mörders aussah. Hinter der Hausherrin tauchte plötzlich eine junge Frau auf, die die andere um mindestens einen Kopf überragte. Sie trug einen roten Jogginganzug, und Anna sah an ihrem Blick, dass sie geistig nicht ganz auf der Höhe war.

»Na, was ist denn nun?«, fragte die Kimonofrau bereits eine Spur ungeduldig. »Kann ich Ihnen irgendwie helfen?«

Anna brachte es einfach nicht fertig, den beiden etwas von Heilsarmee oder Zeugen Jehovas vorzuspielen. Ihr Mund war wie ausgetrocknet, und sie begann zu stottern.

»Meine Nichte, ich suche meine Nichte.«

»Und was soll das mit uns zu tun haben? Tut mir leid, aber da kann ich nichts für Sie tun, hier ist keine Nichte.«

Und schon hatte Frau Kluge Anna die Tür vor der Nase zugeschlagen. Sie hörte gerade noch, wie die Frau im Jogginganzug zu der mit dem Kimono sagte: »Aber im Schuppen ist eine fremde Frau, Mama. Ich habe es durch die Scheibe in der Tür gesehen.« Danach murmelte die andere etwas und die Stimmen verstummten.

Anna ging zurück zum Wagen. Sie fragte sich, was sie eigentlich mit der verschwundenen Margareta zu schaffen hatte. Die war doch sonst so schlau, sollte sie doch zusehen, wie sie alleine klarkam.

Völlig erledigt ließ sie sich wieder auf den Rücksitz fallen und musste sich von Waltraud und Hildchen übel beschimpfen lassen, als diese erfuhren, dass sie so ungeschickt gewesen war, nach einer verschwundenen Nichte zu fragen. Wie blöd, wie dumm, wie konnte sie nur! Aus lauter Trotz verschwieg Anna, was sie eben gehört hatte, nämlich, dass sich im Schuppen der Villa eine Frau befinden würde.

Waltraud spielte mit ihrem Handy in der Hosentasche und war drauf und dran, Kommissar Blauländer anzurufen, um ihn um Hilfe zu bitten. Wieso Rücksicht auf Felix nehmen? War es ihre Schuld, dass er auf der Straße gelandet war? Sie streifte ihn mit einem Seitenblick, merkte, wie nervös er war.

Eine weitere Stunde später schwiegen sich alle nur noch gefrustet an. Gegen 11 Uhr startete Felix den Wagen und trat, nachdem er im Wendehammer gedreht hatte, die Heimfahrt an. Über die Vom-Stein-Straße ging es zurück Richtung Siedlung.

Waltraud protestierte heftig. Sollte das nun die Margareta-Befreiungsaktion gewesen sein? Es machte sie verrückt, wenn sie daran dachte, dass Margareta auf dem Klugeschen Grundstück festgehalten wurde. Auf die Idee, zu überprüfen, ob man vielleicht von hinten an das Grundstück herankam, um sich mal umzusehen, kam sie jedoch nicht.

Stattdessen dachte sie an die Weihnachtsgans, die sich noch im Rohzustand befand, und an Sepp, der bestimmt glücklich war, Herrscher über alle TV-Programme zu sein. Sicherlich würde er sie kaum vermissen.

Annas Gedanken wanderten zu ihrem »Meister Geppetto« daheim, dem sie schon das Essen – Rollbraten, Rosenkohl und Kartoffeln – in die Mikrowelle gestellt hatte.

Felix fühlte sich hin- und hergerissen, machte sich Sorgen um Margareta und erhebliche Vorwürfe, sie gestern so einfach im Stich gelassen zu haben. Andererseits war er aber auch wütend auf sie. Was musste sie sich in diese Angelegenheit einmischen, die seiner Meinung nach Sache der Polizei gewesen wäre? Hätte er ihr doch bloß nichts von diesen ollen Budapester Schuhen erzählt.

Als er den Wohnturm, in dem Margareta zu Hause war, durchfuhr, hielt er Ausschau nach Kluges Nobelkarosse. Was hatte der Mann vor? War er auf dem Weg zu Margaretas Wohnung gewesen? Er suchte das Geld, das war sonnenklar. Aber vermutete er es tatsächlich hier?

Einzig Hildchen war mit sich und der Welt zufrieden, fand alles spannend. Was sollte sie auch zu Hause? Da war niemand, der auf sie wartete. Hier hatte sie Gesellschaft und Unterhaltung.

Als sie Waltrauds Zuhause erreicht hatten, parkte Felix den Wagen auf dem Gehsteig. Gerade als die vier ausstiegen, kam ein aufgeregter älterer Herr auf Waltraud zugelaufen.

»Frohe Weihnachten, Frau Sommerfeld. Na, kleine Spritztour gemacht? Ich wollte Ihnen nur Bescheid sagen, dass ich Ihre Tochter gesehen habe, eben vor ein paar Minuten, auf dem Friedhof am Eingang zum Wetterweg. Sie wirkte völlig verstört. Ich wollte sie zuerst ansprechen, doch dann war sie plötzlich wieder verschwunden. Vielleicht sehen Sie mal nach ihr?«

»Das mach ich, Herr Schulze, danke! Und Ihnen auch ein frohes Fest – ist ja schon fast vorüber.«

Waltraud war nun nicht mehr zu halten, aufgeregt wandte sie sich an ihre Begleiter. »Sie ist auf dem Friedhof, habt ihr gehört? Wahrscheinlich traut sie sich nicht nach Hause, hat Angst vor Kluge, der hinter ihr her ist. Also, worauf warten wir noch? Auf zum Friedhof!«

Sepp, der oben am Küchenfenster hinter der Scheibe stand, verstand die Welt nicht mehr. Überglücklich, dass seinem Auto nichts zugestoßen war, beobachtete er, wie das Quartett, nachdem es aus dem Wagen gestiegen war, einige Worte mit einem älteren Herrn gewechselt hatte und nun zu Fuß Richtung Friedhof lief. Was hatten die vor? Was sollte jetzt aus der Gans werden? Nachdem er sich schon über den bunten Weihnachtsteller und den Christstollen hergemacht hatte, verspürte er nun einen unbändigen Appetit auf etwas Deftiges. Aber was machte Waltraud, anstatt sich um den versprochenen Braten zu kümmern? Verschwand zu Fuß von der Bildfläche.

»Vielleicht hat dieser Mann sich ja getäuscht, und es war gar nicht Margareta, die er angeblich gesehen hat.« Felix schaute auf seine Schuhe, die schon nach wenigen Metern durch den hohen Schnee total durchnässt waren. Waren die Straßen und Gehwege schon kaum geräumt, bot sich ihnen hier auf den Nebenwegen des Friedhofs nun Natur pur, der Schnee war teilweise noch unberührt. Klar, wer war auch so blöd, am zweiten Weihnachtsfeiertag bei Minusgraden und Schneegestöber auf dem Friedhof herumzustapfen.

Er konzentrierte sich auf die Fußabdrücke auf dem Hauptweg, welchen sie nun betraten. Klar konnten da auch Margaretas Fußspuren dabei sein. Doch wie sollte er sie von denen jeder x-beliebigen Frau unterscheiden?

Waltraud führte die Truppe an, vor sich hin plappernd, andauernd nach hinten blickend. Hildchen und Anna folgten ihr, wobei es Anna besonders schwerfiel, durch den hohen Schnee zu stapfen. Felix bildete das Schlusslicht. Nervös kaute er auf seinen Fingernägeln herum. Die Handschuhe hatte er trotz der Kälte in die Manteltaschen gestopft. Er blickte ständig zurück auf die kleine

Straße, von der aus sie den Friedhof betreten hatten. Kluges Wagen nahm er dabei gar nicht wahr.

Bekloppte Aktion, die sie hier abzogen. Was sollte das bringen? Wenn Margareta wirklich hier herumirrte und sie gleich auf sie stoßen würden, was wäre dann? Sie müssten zwangsläufig die Polizei holen. Hörten die diese Wahnsinnsstory vom Einbruch in die Kluge-Villa und seiner Flucht mit dem Geld, welches vom Bankraub stammte, war er der Erste, den sie mitnehmen würden. Also könnten sie genauso gut gleich die Kripo einschalten, damit die ihnen bei der Suche nach Margareta helfen konnte. Als er Waltraud den Vorschlag gemacht hatte, sich diese Tiefschneewanderung zu ersparen und Blauländer anzurufen, war sie regelrecht ausgerastet und hatte ihn als undankbar bezeichnet. Die Alte war echt zäh, musste er feststellen.

Einige wenige Friedhofbesucher betrachteten das eigentümliche Quartett mit einer Mischung aus Neugier und Verwunderung, dachten bestimmt, sie wären auf dem Weg zu einem Krippenspiel und hätten ihre Kostüme bereits angelegt. Als Waltraud anfing, über den schweren Rucksack, den sie tragen musste, zu jammern, opferte sich Felix sofort und nahm ihr das Teil ritterlich ab. Er hoffte inständig, dass sie ordentlich Proviant dabeihatte, da sein Magen bereits knurrte.

Als sie die Ortbeckstraße, die den Friedhof vom Stadtwald trennte, erreicht hatten, war es bereits 13 Uhr. Die Sonne verschwand hinter dunklen Wolken, die nichts Gutes verhießen. Das waren eindeutig Schneewolken, die sich gleich öffnen und weiße Flocken auf die Erde schicken würden.

Eine innere Kälte ergriff Felix. Er hatte die Nase gestrichen voll von dieser absurden Idee, Margareta noch weiter auf eigene Faust zu suchen. Nachher wurde er noch krank? Doch wusste er, dass diese Sorge unbegründet war. Er war kerngesund, abgehärtet vom Leben eines Obdachlosen. Doch so lange lebte er noch nicht auf der Straße und nach Einbruch der großen Kälte durfte er bei seinem Kumpel im Gartenhaus übernachten.

»Etwas wird gleich hier passieren. Was ganz Schlimmes. Ich spüre das, hatte schon immer solche Vorahnungen, die dann zutrafen. Nicht wahr, Anna?« Unbeirrt von ihrer eigenen Sorge trampelte Waltraud unermüdlich weiter geradeaus.

In dem Moment, als sie die Straße überquert hatten und den Stadtwald betraten, schrie Hildchen laut durch den sich bereits verfinsternden Wald: »Da hinten ist sie. Da läuft Margareta!«

Das Quartett blieb wie erstarrt stehen. Es war tatsächlich Margareta, die gegenüber dem kleinen See durch den Schnee stapfte. Doch sie war nicht allein. Ein großer Mann in einer langen Jacke war ihr dicht auf den Fersen. Sie passierten das idyllische Bootshaus mit der Fachwerkfront, das wunderschön weihnachtlich dekoriert war. An den Sprossenfenstern, die mit grünen Blendläden verziert waren, leuchteten Lichterketten mit unzähligen Glühlämpchen. Für diesen Anblick hatten die drei Frauen und der junge Mann jedoch in diesem Moment keine Augen.

14.

Kluge öffnete den obersten Knopf seiner dicken Winterjacke und stieg stöhnend in seinen metallic-schwarzen VW Touareg V6 3.0 TDI, Neupreis knapp 90.000 Euro, und atmete tief durch. Dieses Luder!, dachte er. Sein Kopf brannte, besonders die Stelle, an der ihn die alte Gießkanne getroffen hatte. Er stülpte sich seinen Tirolerhut über den Kopf, zog den Schal enger und öffnete per Knopfdruck das Garagentor. Beim Hinausfahren blickte er in den Rückspiegel und betrachtete wohlwollend sein Gesicht. Wie immer fand er, dass er männlich markant aussah und es mit jedem Filmschauspieler aufnehmen konnte. Wenn nur Jessi das doch endlich begreifen würde. Noch immer hatte er sie nicht erreicht.

So nahm er den hellblauen Opel Admiral älteren Baujahrs, der schräg gegenüber seiner Villa parkte, überhaupt nicht wahr, setzte den Blinker erst rechts, anschließend links und fuhr durch den Berger Park Richtung Zechensiedlung. Die kann mir viel erzählen, die Sommerfeld, dachte er. Von wegen, der Kumpel hätte keinen Schlüssel zu ihrer Wohnung. Wahrscheinlich saß der schon in ihrer Bude und zählte die Kohle. Na, dem werde ich helfen. Seine rechte Hand spielte mit dem Klappmesser, welches er noch schnell in die Jackentasche gesteckt hatte. Er grinste. Da werde ich dem Kollegen ein wenig wehtun müssen, wenn er die Tasche mit der Kohle nicht freiwillig herausrücken will. Wieso hatte dieser Typ eigentlich nicht längst die Bullen gerufen? Das konnte doch nur bedeuten, dass er Dreck am Stecken hatte.

Kluge lenkte den Wagen souverän durch die spiegelglatten Straßen, bis er den Wohnturm der Siedlung erreicht hatte. Wenn kein Wunder geschah, dann war er den Wagen nach den Feiertagen los, immerhin hatte er die Leasingraten seit zwei Monaten nicht bezahlt. Er musste dringend das Geld finden, schließlich hing er doch so an dem Wagen! Sollten der Bankraub und der Tod dieses elendigen Azubis völlig umsonst gewesen sein?

Einige Meter vom Turm entfernt parkte er den Wagen auf der rechten Straßenseite der Alleestraße, stieg aus und sah sich um. Welch eine beschissene Gegend, dachte er. Da hatte die Sommerfeld es nicht weit gebracht. Große Klappe, nichts dahinter. Wer wohnte schon hier? Das Proletariat, armes Pack, das es zeitlebens zu nichts gebracht hatte und trotzdem glücklich war.

Er wurde dann auch schnell fündig, was den Hauseingang betraf, steckte den Schlüssel ins Schloss der maroden Haustür und befand sich wenig später im Treppenhaus. Hier roch es nach Mittagessen, was sofort seinen Appetit anregte. Er konnte nur hoffen, dass seine Ursel was Gescheites auf den Tisch bringen würde. Bloß nicht wieder so ein exotisches Zeug. Gestern bei den Verwandten in Düsseldorf hatte er gediegen gespeist. Venezianische Ente mit Wirsingstrudel an Spinatknödel, vorweg eine Geflügelconsommé mit Kaisergranat und abschließend panierten Ziegenkäse mit eingelegten Rumpflaumen. Ein wahres Gedicht.

Die dritte Klingel von unten bedeutete erste Etage. Die alten Holzstufen knarrten unter Kluges Gewicht.

Oben angekommen, stand er auch gleich vor Margaretas Wohnungstür, schloss diese auf und betrat die Wohnung. So eine moderne Einrichtung hatte er nicht erwartet. Er hatte sich eher eine altdeutsche Muttieinrichtung mit Salzbrezeln an den Wänden und bestickten Tischläufern vorgestellt. Doch weit gefehlt.

Alles war sauber und aufgeräumt. Von einem Mann, der sich mit seiner Geldtasche hier versteckt hielt, keine Spur. Trotzdem machte er sich die Mühe, jedes Zimmer zu durchsuchen, und zwar richtig gründlich. Zuerst riss er im Wohnzimmer alle Schranktüren auf, durchwühlte die Schubladen, schaute in jede Ecke und unters Sofa. Nichts. Weiter ging es ins dahinter liegende Schlafzimmer. Wie ein Wahnsinniger riss er alle Klamotten aus dem Kleiderschrank und der Kommode, warf sie achtlos zu Boden, kroch sogar unters Bett und in die Ecken, doch von der karierten Tasche keine Spur. In der Küche begnügte er sich mit dem Öffnen der Schränke und des Geschirrspülers. Auch in der kleinsten Ecke nichts von seiner Knete. Badezimmer und Abstellkammer bildeten das Schlusslicht. Er schüttete sogar den Wäschekorb aus, stieß dabei auf uralte Herrenklamotten. Was trug ihr Freund denn für eine Garderobe? Hatte er die aus der Altkleidersammlung? Hatte sie etwa einen Penner zum Freund? Er musste laut lachen, rannte von Fenster zu Fenster und schaute hinaus. Sein Blick, der sich ihm aus dem Küchenfenster bot, blieb an der Siedlung mit den kunterbunt beleuchteten Fenstern hängen. Schöne Aussicht, doch das war's auch schon.

Eine innere Stimme schickte ihn zurück ins Schlafzimmer, wo er noch einmal in den Kleiderschrank blickte. Da lag tatsächlich ein Stapel mit Pullovern, den er noch nicht kontrolliert hatte. Sei nicht blöd und hau endlich ab, was soll sich schon dahinter verbergen, sagte er sich. Etwa eine Börse mit Geld? Sommerfelds eiserne Reserve? Er lachte erneut auf, packte hinter den Stapel und hielt plötzlich eine Walther P7 in der Hand. Anerkennend pfiff er durch seine braunen Zähne. »Schau an, die Sommerfeld hat eine Waffe«, sprach er zu sich selbst. Hastig steckte er sie ein und verschwand aus der Wohnung. Hätte ich meine Wumme mal besser nicht vorhin im Berger See versenkt, dachte er wehmütig. Am helllichten Tag war er zum See gelaufen, bis ganz nah an die eisfreie Stelle, die das Grünflächenamt für die Fütterung der Enten losgeschlagen hatte, und hatte sie hineingeschmissen. Aus Angst oder um Spuren zu beseitigen, er wusste es selbst nicht mehr. Aber nun hatte er einen würdigen Ersatz.

Nach einer Ehrenrunde mit seinem Touareg durch den engen Wetterweg, bei der er Ausschau nach einem auffälligen Mann mit karierter Reisetasche hielt, gab er schließlich auf und fuhr zurück zum Allmendenweg. Ich werde ihr die Knarre an den Kopf halten, ihr ordentlich was aufs Maul geben, dann wird sie schon singen, wo ihr beknackter Kumpel ist. Irgendwo hat er schließlich sein Zuhause.

Wenn sich Kluge da mal nicht täuschte!

Es fuchste ihn, dass alles nicht so lief, wie vorhin von ihm auf dem Klo sitzend geplant: Kerl die Tasche mit dem Geld abnehmen und mit dem Messer abmurksen, Sommerfeld entsorgen und dann endlich zu Jessi, Weihnachten feiern und Zukunftspläne schmieden. Vielleicht vorher noch zu Hause zu Mittag essen, falls es sich lohnte.

Nachdem er mit völlig überhöhter Geschwindigkeit in die Garagenauffahrt geschlittert war – er ließ den

Wagen vor der Garage stehen, als ahnte er, dass er die Fahrt gleich fortsetzen würde –, sprang er genervt aus dem Wagen, öffnete die Seitentür zu seinem Grundstück, ging über die verschneite Wiese zum Schuppen, öffnete die Tür, die unverschlossen war, und bekam fast einen Herzschlag.

15.

Ursel Kluge war gerade dabei, den Frühstückstisch abzuräumen, verharrte einen Augenblick, schaute ihre Schwiegermutter lange an und schien nachzudenken. Ihr Blick blieb an dem befleckten grünen Pullover hängen. Frisch angezogen und schon mit Ei bekleckert, dachte sie resigniert.

»Es ist besser, du gehst rauf in dein Zimmer. Wenn Hermann dich hier vorfindet, schnauzt er wieder rum.«

»Was soll ich da oben in meinem Zimmer? Da habe ich ja noch nicht mal einen Fernseher. Soll ich zu Weihnachten an die Wand starren? Oder wieder im Bett liegen wie gestern, als ihr euch bei den Verwandten amüsiert habt?« Die trüben Augen der alten Frau waren feucht geworden. Sie senkte den Blick und spielte mit ihrem Stofftaschentuch, das sie in ihren zitternden Händen hielt.

»Du weißt doch, wie er ist. Ich will nur meine Ruhe haben, mehr nicht.« Ursel seufzte, packte das schmutzige Geschirr auf ein Tablett und schüttelte den Kopf. »Lange halte ich das alles nicht mehr aus.«

»Ja, meinst du ich? Nie hätte ich mir träumen lassen, meine alten Tage mal so zu verbringen. Da ist es in einem Seniorenheim tausendmal schöner. Da habe ich wenigstens Gesellschaft. Was habe ich denn hier? Hier werde ich rumgestoßen wie ein lästiges Möbel. Ihr scheint vergessen zu haben, wem ihr das alles hier zu verdanken habt.

Es ist schließlich immer noch mein Haus. Wieso kann ich nicht hier unten fernsehen? Oder mit meiner Enkelin Karten spielen.«

»Entschuldige, Mutter, du hast recht. Natürlich kannst du hier unten bleiben. Wenn Hermann ausrastet, werde ich ihm schon was Passendes erzählen. Vielleicht müssen wir ihn ja ohnehin nicht mehr lange hier ertragen.« Ursel schaute durch das riesige Panoramafenster hinaus in den Garten. Gerade hatte es wieder zu schneien begonnen.

»Was meinst du damit, dass wir ihn nicht mehr lange hier ertragen müssen? Hängt das mit der Frau im Schuppen zusammen? Wer ist sie? Warum hält er sie da fest? Rede mit mir, Ursel!« Zum ersten Mal war die alte Frau laut geworden, was Ursel sichtlich verwirrte.

»Es muss mit dem Bankraub zusammenhängen. Wahrscheinlich ist sie ihm auf die Schliche gekommen. Genaues weiß ich nicht. Ich will es auch gar nicht wissen.«

»Du willst es nicht wissen? Eine Frau wird zu Weihnachten auf deinem Grundstück gefangen gehalten, ihre Familie ist bestimmt schon auf der verzweifelten Suche nach ihr. Mich wundert nur, dass die Polizei noch nicht hier war. Da stimmt doch was nicht. Und dich interessiert das alles angeblich nicht? Den Kopf in den Sand stecken, ist einfach. Du hättest Hermann schon längst Paroli bieten sollen. Wach endlich auf, Ursel!«

Doch die schluckte nur, verschwand mit ihrem Tablett in der Küche, wo sie wild herumwerkelte, um sich abzulenken.

»Was macht die Frau da im Abstellraum? Sie ist gefesselt und liegt auf einer Liege. Ich habe sie durchs Fenster in der Tür gesehen. Warum hat Papa sie da eingesperrt? Hat er etwas Böses getan? Ist die Frau auch böse?« Sabine, die Tochter des Hauses mit ihrer blonden Wischmoppfrisur, starrte ihre Oma aus großen blauen Augen an.

»Ach, mein Mädchen, das ist alles so kompliziert. Ja, ich glaube, dein Papa hat etwas Böses getan. Die Frau allerdings nicht. Die war gestern hier im Haus. Sie war sehr nett.«

»Dann lass sie uns doch befreien! Dann kann sie nach Hause zu ihrer Familie.« Unschuldig lächelte Sabine Kluge ihre Oma an.

»Recht hast du, mein Kind. Doch du hältst dich da raus. Es reicht, wenn dein Vater auf mich Wut hat. Dir soll er nichts antun. Geh nach oben und hole mir meine dicke Winterjacke aus dem Schrank. Schaffst du das?«

Sabine Kluge strahlte die Oma an. »Ja klar, ich hole deine Jacke.« Eifrig sprang sie vom Stuhl auf und begab sich schwerfällig auf den Weg nach oben in Omas Zimmer.

Aus dem Küchenradio erklang das Weihnachtslied »Last Christmas«, und Ursel summte kräftig mit. Die hat Nerven, dachte die alte Kluge. Scheuklappen aufsetzen, ja, das macht sie gerne! Als ob das die Probleme löst.

Oder ahnte Ursel bereits, was ihre Schwiegermutter plante?

Wenig später erschien Sabine mit der dicken Wolljacke der Oma und half ihr sogar, allerdings ziemlich umständlich, diese anzuziehen. Die alte Frau stöhnte. Sogar an Schal und Mütze hatte das behinderte Mädchen gedacht. Seufzend machte die alte Frau sich fertig. Ihr Blick blieb an ihren hohen Hausschuhen hängen.

»Ach, egal, es wird auch in diesen Dingern gehen.« Sie hielt sich den Zeigefinger vor den Mund. »Es muss unser Geheimnis bleiben, Sabine. Pssst!«

»Klar, Oma«, flüsterte Sabine zurück. »Hier hast du einen Schlüssel für den Schuppen. Der hing im Flur im Schlüsselkasten.«

Gerührt und voller Stolz schaute die Oma das große Mädchen, das von allen für blöd gehalten wurde, an. Sie war schlauer und warmherziger als alle hier zusammen, dachte Oma Kluge und streichelte ihr über die rot glühende Wange.

Ursel blickte kurz aus der Küche zu den beiden tuschelnden Gestalten herüber und sagte nichts. Eigentlich hätte sie fragen müssen, wieso die Oma ihre dicke Jacke anhatte. Doch sie schwieg und widmete sich scheinbar ahnungslos wieder ihrer Küchenarbeit.

Oma Kluge war äußerst aufgeregt, als sie die Terrassentür öffnete und mit wackeligen Beinen durch den hohen Schnee in Richtung Schuppen stapfte. Die Fußabdrücke Margaretas und ihres Sohnes waren durch den frisch gefallenen Schnee kaum noch zu erkennen.

Wann war sie das letzte Mal an der frischen Luft gewesen?, überlegte sie. Es wollte ihr nicht einfallen und musste somit schon lange her sein. An der Adventsfeier der Kirchengemeinde, zu der sie vom Pfarrer persönlich eingeladen worden war, hatte sie nicht teilnehmen dürfen. Keiner wollte sie begleiten, geschweige denn sie hinfahren. Zum Geburtstag ihrer Freundin Auguste hatte man sie ebenfalls nicht gelassen. Ursel musste bei der alten Freundin anrufen und absagen. Angeblich wäre ihre Schwiegermutter schwer krank. Als Auguste ein paar Tage später an der Tür geläutet hatte, um ihre Freundin zu besuchen, war ihr nicht geöffnet worden.

Es hatte aufgehört zu schneien. Die Sonne verschaffte

sich sogar einen Weg durch den wolkenverhangenen Himmel. Ob das ein Zeichen war?

Die Kälte schlug der alten Frau mit Gewalt entgegen. Fünf Minusgrade und der eisige Wind waren kein Pappenstiel.

Endlich hatte sie die Tür zum Abstellraum erreicht. Durch das Fenster in der oberen Türhälfte zu schauen, schaffte sie wegen ihrer geringen Körpergröße nicht. So holte sie den Schlüssel aus der Jackentasche und versuchte mit zittrigen Fingern, die Tür aufzuschließen, was ihr erst nach gefühlten zehn Minuten gelang. Frau Kluge fühlte sich gehetzt, hatte große Angst, dass ihr cholerischer Sohn jeden Moment hier auftauchen und ihrer Befreiungsaktion ein Ende setzen würde. Ob er sie wieder schlagen würde? Erst letztens hatte er ihr einen Finger gebrochen, als sie die TV-Zeitschrift nicht loslassen wollte.

Endlich hatte sie es geschafft, die Tür ließ sich öffnen. Schwer atmend zog die alte Frau sie auf und betrat den Raum, der alles andere als warm war, obwohl der Heizlüfter rotierte.

Wann war ich das letzte Mal hier drin?, überlegte sie und sah sich neugierig um. Es musste Jahre her sein. Sie erinnerte sich, dass sie vor langer Zeit nach einer Familienfeier geholfen hatte, die Stühle hier hereinzutragen. War das nicht zu Sabines Taufe gewesen?

»Guten Morgen, junge Frau«, grüßte sie mit leiser Stimme und setzte sich erschöpft auf den alten Stuhl, der an der linken Wand stand.

Margareta starrte die Alte aus großen Augen an. Mit allem hätte sie gerechnet, doch ausgerechnet von der gebrechlichen Person, die gestern noch mit einer Windel wie ein Pflegefall im Bett gelegen hatte, befreit zu werden, darauf wäre sie nie gekommen.

Nachdem Frau Kluge wieder zu Atem gekommen war, stand sie vom Stuhl auf und ging auf die Pritsche, auf der Margareta lag, zu, um ihr zuerst den Knebel aus dem Mund zu nehmen. Wieder schüttelte Margareta ein Hustenanfall, nachdem der Stoffknoten ihren Mund verlassen hatte.

»Mein Gott, Kind, Sie bluten ja. Die Wunden sind ja noch ganz frisch. War das mein Sohn? Ich schäme mich für ihn. Was ist bloß in ihn gefahren?«

Es dauerte einige Zeit, bis die alte Frau die Fesseln an Margaretas Armen und Beinen gelöst hatte. Langsam stand Margareta von der Liege auf, stöhnte und nahm anschließend Mutter Kluge in die Arme.

»Sie haben mir das Leben gerettet! Wissen Sie das?«, flüsterte sie dankbar. Dann ging sie zum Spiegel an der gegenüberliegenden Wand und betrachtete ausgiebig ihr malträtiertes Gesicht. An der rechten Wange und an der Stirn hatte sie blutende Wunden, die sie mit einem Taschentuch, das Mutter Kluge ihr reichte, vorsichtig abtupfte.

»Ich habe Ihnen das Leben gerettet? Sie meinen, mein Sohn will Sie umbringen?« Die alte Frau musste sich wieder auf den wackligen Stuhl setzen. Die Befreiungsaktion hatte sie ganz schön mitgenommen.

»Ja, wenn er zurückkommt, bin ich fällig. Er lässt mich niemals gehen. Deshalb muss ich jetzt ganz schnell verschwinden.« Margareta kramte den Inhalt ihrer Handtasche, den Kluge auf den Boden geschüttet hatte, zusammen und suchte anschließend eilig die Toilette auf. Als sie den Abstellraum kurz darauf wieder betrat, ging sie auf Frau Kluge zu, fasste sie sie an der Schulter und sah sie eindringlich an. »Sie müssen wieder ins Haus. Ich will nicht, dass Sie Ärger bekommen. Glauben Sie mir, Ihr Sohn ist momentan zu allem fähig. Der ist total durchgedreht.«

»Aber was hat er denn um Himmels willen getan? Mir sagt ja keiner was. Hängt das mit dem Bankraub zusammen? Ich habe es im Radio gehört, darf ja keine Zeitung lesen. Meine Brille hat er mir auch weggenommen.«

»Ja, Ihr Sohn war der Bankräuber und hat außerdem noch den Auszubildenden der Bank erschossen. Nun ist er auf der Suche nach dem erbeuteten Geld. Das hat mein Begleiter gestern mitgenommen, als er flüchten musste. Ihr Sohn kam nämlich früher nach Hause, als wir dachten.«

»Ach, du meine Güte. Das ist ja viel schlimmer, als ich dachte. Passen Sie auf, dass er Sie nicht findet. Verstecken Sie sich irgendwo. Ich könnte es mir nie verzeihen, wenn er Ihnen etwas antut.« Jetzt füllten sich ihre Augen mit Tränen. »Mein Sohn ist ein Mörder? Mich schlägt er ab und zu mit einem Kleiderbügel. Einen Finger hat er mir auch schon gebrochen. Aber Mord?« Frau Kluge begann nun hemmungslos zu schluchzen.

»Machen Sie sich um mich keine Sorgen. Gehen Sie zurück ins Haus, damit er Sie hier nicht noch erwischt. Und vielen Dank!«

Die beiden ungleichen Frauen umarmten sich herzlich, bevor sie den ungemütlichen Raum verließen. Zum Glück war die Tür zum Garagenhof unverschlossen und Margareta konnte dadurch entwischen. Frau Kluge ging durch den Garten und gelangte durch die Terrassentür wieder ins Haus.

Ursel und Sabine saßen am Tisch und puzzelten, als wäre nichts geschehen. Sabine stand kurz auf, nahm der Oma Jacke, Mütze und Schal ab, trug alles nach oben und setzte sich wenig später wieder an den Tisch. Ursel stellte ihrer Schwiegermutter einen heißen Kamillentee hin und sah sie lange an.

»Ich hätte noch gerne gewusst, ob die junge Frau von der Polizei war und wieso sie hier gestern eingedrungen ist.« Oma Kluge starrte in den Garten und schien nachzudenken. Ihr Sohn ein Mörder? Das war zu viel für sie.

»Ich glaube nicht, dass sie von der Polizei war. Das war eine private Schnüfflerin. Von der stand schon mal was in der Zeitung. Die hat das Geld gesucht.« Ursel, die Ruhe selbst, suchte konzentriert nach einem bestimmten Puzzleteil, griff hin und wieder in die Schale mit dem Weihnachtsgebäck, um sich eine ihrer selbst gemachten Köstlichkeiten einzuverleiben.

»Dein Mann raubt eine Bank aus, erschießt einen Mann, und du sitzt seelenruhig da und futterst Kekse.« Die alte Frau schüttelte verständnislos den Kopf. »Wach endlich auf! Unternimm was! Ruf die Polizei, anstatt einfach so zu tun, als sei nichts geschehen!«

»Ich weiß es doch auch erst seit Kurzem. Vermutet hatte ich es zwar schon vorher, seit gestern habe ich jedoch Gewissheit. Du kennst ihn. Das ist alles nicht so einfach.«

»Jedenfalls ist die junge Frau wieder frei. Ich hoffe, sie läuft Hermann nicht wieder in die Arme.« Oma Kluge wurde plötzlich ganz blass im Gesicht und begann vor Schwäche zu zittern. »Ich werde mich ein wenig hinlegen. Mir geht es nicht so gut.«

»Du warst toll, Oma«, sagte Sabine voller Stolz.

»Das wird sich noch zeigen, ob das eine gute Tat war, mein Kind. Vielleicht bin ich ja die Nächste, die dein Vater in den Schuppen sperrt und später irgendwo entsorgt.«

»Dann befreie ich dich«, erwiderte Sabine und lächelte ihrer Großmutter aufmunternd zu.

16.

Die Sommerfeld war nicht mehr da, stellte Kluge wütend fest, nachdem er den Abstellraum betreten hatte. Voller Zorn trampelte er bis zum Heizlüfter in der Ecke, um ihn abzuschalten. Strom vergeuden, kostete ja nichts! Er blickte auf die Stricke und den Knebel. Sie waren achtlos zu Boden geworfen worden, von wem auch immer. Vielleicht könnte man die Seile noch einmal verwenden?, dachte er, bevor er den Raum verließ.

Durch die Terrassentür betrat er mit den dicken Schuhen, von denen der Schnee taute, das Wohnzimmer. Friedlich saßen seine drei Frauen – die Oma hatte ihr Schläfchen beendet –, am Esstisch und spielten Karten, als könnten sie kein Wässerchen trüben. Im Fernseher lief irgendein Kinderkram, und niemand schaute hin.

»Na, schon wieder zurück?«, fragte Ursel ihn, ohne dabei aufzublicken.

»Was soll diese blöde Frage? Ihr wisst doch genau, was los ist. Scheinheilige Brut! Wer von euch hat die Sommerfeld freigelassen? Los, raus mit der Sprache!«

»Sommerfeld hieß sie? Was für ein schöner Name.« Seine Mutter sah ihn lange an. Sie fragte sich einmal mehr, was bloß aus ihrem Sohn geworden war.

»Wer war es, habe ich gefragt! Also?«

Die drei Frauen sahen sich nur an und grinsten. Die

alte Frau Kluge hatte den beiden anderen Mut gemacht. Die Angst vor dem Ehemann und Vater schien kaum noch vorhanden. Wie schmelzender Schnee war sie allmählich verschwunden und kostete die drei Frauen nur noch ein müdes Lächeln.

»Habt ihr was getrunken oder sind euch die Zimtsterne zu Kopf gestiegen?« Kluge trat auf seine Mutter zu, riss ihr die Karten aus der Hand und warf sie wütend auf den Tisch.

»Vorsicht, mein Sohn. Die längste Zeit hast du mich herumgestoßen. Damit ist nun Schluss. Ich bin noch im Vollbesitz meiner geistigen Kräfte, auch wenn du mir ständig das Gegenteil einreden willst. Außerdem scheinst du vergessen zu haben, wem dieses Haus hier gehört. Nicht zu vergessen meine Rente und das Pflegegeld, das du dir jeden Monat unter den Nagel reißt. Pack deine Sachen und verschwinde zu deiner kleinen Nutte. Ursel hat mir alles erzählt.«

Kluge wandte sich nun an seine Frau, zog sie an ihrem Kimono vom Stuhl hoch. »Sag mal, geht es dir gut? Hast *du* die Frau laufen lassen?«

Ursel atmete tief durch, schlug seine Hand von ihrer Schulter und sah ihm in seine zusammengekniffenen Schweinsäuglein. »Fass mich nicht an, du Mörder. Überlege dir in Zukunft gut, was du sagst. Ich bin nicht dein Fußabtreter. Geh doch zu deiner Jessi. Die macht sich bloß lustig über dich. Oder soll ich besser die Polizei rufen, damit sie dich verhaftet?«

»Du Miststück«, zischte Kluge und lief unruhig im Wohnzimmer auf und ab. »Wer hat die Frau freigelassen, frage ich nun zum letzten Mal!« Er war völlig verunsichert, konnte nicht verstehen, dass er nicht mehr in der Lage war, seine Familie unter Kontrolle zu halten. Noch nie hatten sie aufbegehrt.

»Das ist aber schön, dass du zum letzten Mal gefragt hast«, meldete sich nun Oma Kluge zu Wort. »Dann können wir ja nun endlich weiterspielen. Übrigens, ich war es. Ich habe Frau Sommerfeld befreit.«

Kluges roter Kopf schien kurz vor dem Platzen zu stehen, so wütend war er. Nun war seine Tochter Sabine an der Reihe: »Ich dachte schon, du wärst es gewesen. Blöd wie Brot, aber zu so etwas gerade noch fähig.«

»Lass Sabine in Ruhe! Ich warne dich. Das Mädchen hat mehr Grips als du.« Die alte Frau Kluge hatte keine Angst mehr vor ihrem cholerisch veranlagten Sohn. Mit einer Windel ins Bett stecken würde sie sich von ihm nicht mehr lassen.

»Ich habe der Oma Jacke, Mütze und Schal geholt und den Schlüssel«, meinte Sabine stolz. »Wer ist denn Jessi, Papa?«

»Ach, halt doch die Klappe.« Schnaubend winkte er ab und war schon auf dem Weg zur Haustür. »Ich hole mir jetzt die Kohle, dann komm ich wieder und packe meine Sachen. Bei euch hält es doch kein Mensch aus.«

»Ich packe dir das Nötigste zusammen und stelle es in die Garage. Machst du hier noch einmal so einen Aufstand, ist die Polizei schneller hier, als du gucken kannst.« Als Ursel die Worte ausgesprochen hatte, spürte sie eine große Erleichterung. Eine schwere Last war ihr von den Schultern gefallen. Sie konnte sich plötzlich mit dem Gedanken mehr als anfreunden, in Zukunft ohne ihren Göttergatten zu leben.

Kluge schmiss die Haustür mit voller Wucht hinter sich zu. Wenig später hörte man den Motor seines Touaregs aufheulen und den Wagen mit rutschenden Reifen davonfahren.

Vielleicht fährt er sich bei den chaotischen Straßenverhältnissen tot, dachte Ursel wenig mitfühlend. Das wäre für alle das Beste. Sie dachte an die hohe Lebensversicherung, die er hoffentlich noch nicht aufgelöst hatte.

Scheiß Weiber, fluchte Kluge innerlich und fuhr mit stark überhöhter Geschwindigkeit in Richtung Zechensiedlung, um vor dem Haus, in dem Margareta Sommerfeld wohnte, erst einmal abzuwarten. Grübelnd beobachtete er die Schneeflocken, die sachte vom Himmel fielen. Wie winzige Wattebällchen legten sie sich auf die Windschutzscheibe. Werde jetzt bloß nicht sentimental, schalt er sich selbst. Und doch ließen die Erinnerungen an frühere Weihnachtsfeste sich nicht vertreiben. Er sah sich mit seinen Geschwistern vor dem Kamin im Wohnzimmer sitzen. Bescherung! Wie aufgeregt war er als Kind gewesen. Würde er bald nicht mehr die Weihnachtsfeste in dieser schönen Villa im Allmendenweg verbringen? Ob Jessi überhaupt in der Lage war, ein weihnachtliches Ambiente zu schaffen? Konnte man in so einer erbärmlichen Sozialwohnung denn stilvoll Weihnachten feiern, ja, mehr noch, ein würdiges Leben führen? Er zog das Handy aus der Tasche und schrieb Jessi die gefühlt hundertste SMS. Sie meldete sich jedoch auch diesmal nicht. Weihnachten! Wenn das Fest der Liebe doch bloß bald vorbei wäre.

Nach einer halben Stunde kam auch ihm der Gedanke, dass die Sommerfeld wohl kaum direkt zu ihrer Wohnung zurückkehren würde. Eine große Klappe hatte sie zwar, aber dazu, der Gefahr – also ihm – unmittelbar ins Auge zu sehen, fehlte ihr bestimmt der Schneid. Vielleicht würde sie sich von hinten über den Friedhof anschleichen. Wohnte nicht ihre Mutter ebenfalls in der Siedlung? Schwach konnte er sich daran erinnern, schließlich hatte sie mal in seinem Autohaus geputzt. Er startete den Wagen und bog in den Wetterweg ein. Im Schritttempo fuhr er bis zum hintersten Friedhofseingang, parkte dort den Wagen, stieg aus und ging einige Meter den verschneiten Weg zwischen den Gräbern entlang. Hier und da leuchtete eine einsame Grabkerze, wo die Grablaterne auf dem jeweiligen Grab vom Schnee befreit worden war.

Was, wenn sie längst bei ihrem Freund auf dem Sofa saß und bereits das Geld zählte?, fragte er sich. Doch kaum den Gedanken zu Ende gedacht, erblickte er hinter der Skulptur des Gemeinschaftsfeldes »Tor zum Leben« eine kauernde Gestalt in einer roten Thermojacke. Na, wer sagt es denn, freute er sich, die Sommerfeld!

Sie würde ihm jetzt schön verraten, wo dieser Typ wohnte, ach, am besten ihn gleich dorthin führen, sonst würde sie ihre eigene Knarre kennenlernen. Danach würde er das Geld abgreifen und verschwinden. Ob er gleich beiden das Leben auspusten sollte? Das würde er sich noch überlegen. Erst einmal musste er die Verfolgung aufnehmen.

Nur ungefähr 50 Meter trennten ihn von Margareta, die Kluge offenbar soeben entdeckt hatte, und sich hastig in Richtung Stadtwald davonmachte. Kluge kam nur langsam vorwärts, der Schnee erschwerte das Laufen ungemein. Seine Beine wurden müde, und sein Magen knurrte. Er hatte Hunger und fror. Lauf weiter, rief er sich selbst zu. Du kannst jetzt nicht aufgeben!

Margareta kam schneller voran als er, hatte nun schon fast den Ausgang zum Stadtwald erreicht.
»Bleib stehen, Sommerfeld«, rief Kluge ihr hinterher. »Ich will mein Geld zurück!«
Margareta drehte sich nicht um, ignorierte den fallenden Schnee und den eisigen Wind, zog sich ihre Kapuze tief ins Gesicht, überquerte die Ortbeckstraße, um im Dunkel des Stadtwaldes zu verschwinden.
Doch Kluge hatte offenbar ungeahnte Kräfte mobilisiert. Er holte deutlich auf und war ihr nun dicht auf den Fersen. Immer wieder rief er ihr derbe Flüche hinterher.
»Olles Miststück, du! Blöde Kuh, durchgeknallte Alte!«
Immer wieder schickte er ein »Bleib stehen« hinterher. Einige wenige Passanten, die dem schreienden Kluge und der voranlaufenden Margareta begegneten, blieben zwar verwundert stehen, schienen aber an einen Ehestreit oder Ähnliches zu denken und konnten sich nicht dazu durchringen, einzugreifen.
Kluges Befürchtung, Margareta könne jemanden von ihnen um Hilfe bitten, bewahrheitete sich zu seiner Erleichterung nicht. Seltsam, dachte er sich, auf wen und was nahm sie bloß Rücksicht? Da sie kein Handy mehr bei sich hatte, um beispielsweise die Polizei zu rufen, wären die Passanten ihre einzige Chance auf Hilfe gewesen.
Schwer atmend hetzte der korpulente Mann hinter Margareta her, die inzwischen wieder einen großen Vorsprung gewonnen hatte. Sein Kopf schmerzte; besonders die Stelle, an der die Gießkanne ihn getroffen hatte, spürte er bei jedem Pulsschlag. Er wunderte sich, dass er bei dieser Eiseskälte die Wunde überhaupt wahrnahm. Eigentlich müssten die Schmerzrezeptoren eingefroren

sein. Er passierte das alte Bootshaus und schnaubte in Gedanken verächtlich über die beleuchtete Fensterdeko. Dass die Leute zu Weihnachten immer so einen Bohai machen mussten! Rüsteten wer weiß wie auf, um alles zum Blinken und Leuchten zu bringen. Für wen? Für die Nachbarn und Freunde, in der Hoffnung, dass die dann vielleicht neidisch wurden? Oder für den lieben Gott, der vom Himmel aus alles sah und Pluspunkte vergab? Er hatte Ursel verboten, die Fenster weihnachtlich zu schmücken. Es reichte ihm schon, wenn sie im Haus ihr Gedöns überall platzierte. Er wollte ein gewisses Niveau aufrechterhalten. Außerdem hatte er gelesen, dass Menschen, die saisonal dekorierten, psychische Probleme hätten. Auf die Idee, dass er selbst trotzdem eine Vollmeise hatte, auch wenn er seiner Frau das Schmücken verbat, kam er nicht.

Die Verfolgungsjagd führte ihn nun am kleinen See vorbei, dann links die vielen Stufen hinauf, die ihn noch mehr zum Schnaufen brachten. Die eisige Luft kratzte in seinem Hals. Mist, er hatte die Sommerfeld aus den Augen verloren. Wo hatte sie sich bloß versteckt? Seine Wut steigerte sich ins Unermessliche. Mittlerweile war ihm das Geld fast schon egal, er sann nur noch auf Rache, wollte der Sommerfeld zeigen, dass man ihn nicht zum Narren hielt. Vielleicht gab es diesen mysteriösen Freund ja überhaupt nicht! Doch wo war dann das Geld, und wieso bemühte sie sich nicht um Hilfe?

Als er die Treppen – in der Erde eingelassene Gesteinsbrocken – endlich bewältigt hatte, entschied er sich nach kurzem Zögern für den Weg links. Die Sommerfeld konnte sich doch nicht in Luft aufgelöst haben. So schnell konnte selbst sie mit ihren kleinen Füßen durch die Schneemassen nicht vorwärtsgekommen sein. Der zugefrorene einsame See tauchte zu seiner Linken auf, rechts eine lang gezogene Lichtung, die den Wald teilte und an deren Ende die »Waldschenke« lag. Das Lokal hatte zu dieser Zeit Hochkonjunktur. Die Feiertage ließen die Kasse klingeln. Die Leute würden sich in ihren muffigen Kostümen und Anzügen, die zahlende Oma im Schlepptau, die Bäuche mit dem Feinsten vom Feinsten vollschlagen. Beim Gedanken daran begann Kluges Magen erneut zu knurren. Doch er musste weiter. Der dunkle Wald sog ihn wieder in sich auf. An der Wegkreuzung ungefähr 30 Meter vor ihm sah er plötzlich die rote Jacke der Sommerfeld aufblitzen. Er legte einen Zahn zu, indem er sich nach vorne beugte und den Kopf neigte, was ihm das Laufen erleichterte.

Die Sommerfeld bog den nächsten Weg rechts ein. Wieder ging es bergauf. Soweit er es noch in Erinnerung hatte – er war vor Jahren hier mit seinem Kumpel zum Joggen gewesen –, führte dieser Weg zur Straße und dann hinüber zum Westerholter Wald. Wohin zum Teufel wollte sie?

Er passierte eine Bank, die dick verschneit war, und spürte das Verlangen, sich trotz Kälte und Schnee einfach darauf niederzulassen und zu verschnaufen. Von hier aus konnte er wieder das Lokal sehen. Der Gedanke, dort einzukehren, die Sommerfeld laufen zu lassen und stattdessen einen schönen Gänsebraten zu verzehren, zuckte durch sein Hirn. Ein letztes bisschen Verstand motivierte ihn jedoch, weiterzulaufen und sich die Sommerfeld zu schnappen. Dann würde es was setzen, so viel stand fest. Sein Herz raste, wodurch sich seine Wut noch verstärkte. Ich könnte ihr den Garaus machen, habe außer der Waffe noch das Messer dabei. Wenn ich sie im Wald abknallen würde, wäre das viel zu laut. Messer wäre besser.

Er passierte einen kleinen Kinderspielplatz, an dessen Wippe sich ein langer Eiszapfen gebildet hatte. So ein Zapfen wäre ein tolles Mordwerkzeug. Man konnte ihn anschließend schmelzen lassen, und alle Beweise wären verschwunden. Er musste trotz der Anstrengung grinsen. Weiterlaufen, mahnte er sich, du darfst den Anschluss nicht verpassen.

Der Weg führte weiter bergan, und seine Luft wurde immer knapper. Kehr um und geh zu deinem Auto!, flüsterte die bequeme, zur Faulheit neigende Stimme in ihm. Anschließend würde er nach Hause fahren, Ursel eins aufs Maul geben, sich satt essen und aufs Sofa legen. Ob sie tatsächlich seine Klamotten gepackt und in die Garage gestellt hatte? Er hatte es nicht ernst gemeint, als er damit drohte, seine Sachen zu packen und auszuziehen. Würde Ursel sich das wirklich trauen? Hatte seine kranke Mutter sie so sehr beeinflusst? Was in die alte Frau gefahren war, war für ihn nicht nachvollziehbar.

Jessi könnte er jedenfalls vergessen, wurde ihm so langsam klar. Und wo sollte er ohne die Kohle, sein Startkapital für einen Neuanfang, hin? Vielleicht würde die Sommerfeld die Klappe halten, wenn sie das Geld behalten durfte, und er könnte so weiterleben wie bisher. Um den Betrieb zu retten, müsste seine Mutter ihm allerdings das Haus überschreiben. Dass sie das so ohne Weiteres tun würde, bezweifelte er nach ihrem Auftritt von vorhin.

Als er oben an der Straße angekommen war, war die Sommerfeld aus seinem Blickfeld verschwunden. Er schaute über schneebedeckte Wiesen und Felder auf der anderen Straßenseite. Gleich dahinter begann der Westerholter Wald und die Verfolgung würde dort deutlich schwieriger werden. Wo war sie nur hin verschwunden? Er blieb kurz stehen, streifte seine Handschuhe ab und griff nach seinem Handy. Ein Blick aufs Display sagte ihm, dass Jessi sich immer noch nicht gemeldet hatte.

Keuchend lief er weiter, nachdem er das Handy zurück in die Manteltasche gestopft und die Straße überquert hatte. Ohne zu zögern, tauchte er in den Wald ein. Er mobilisierte seine letzten Kraftreserven und legte einen Zahn zu. Und immer noch ging es stetig bergauf. Weiter geradeaus, später rechts und wieder links und er wäre an der Siebenschmerzenkapelle. Wollte die Sommerfeld vielleicht dorthin?

17.

Felix, warum hilfst du mir nicht? Wo steckst du nur? Immer mehr begann Margareta, an ihrem Bekannten zu zweifeln. Hatte er die Chance genutzt und war mit dem Geld untergetaucht? Sollte sie sich so in ihm getäuscht haben? War ihre gute Tat zu Weihnachten ein Schuss nach hinten gewesen?

Und wo ist Kluge? Er hat meinen Schlüssel und bestimmt schon meine Wohnung durchwühlt. Was, wenn er die Waffe gefunden und an sich genommen hat? Dann hätte er schon zwei, denn eine eigene besaß er zweifelsohne – er hatte sie immerhin damit bedroht.

Ist Felix bei meiner Mutter?, kehrten ihre Gedanken wieder zu ihren Lieben zurück. Wieso unternimmt sie nichts? Fragen über Fragen fluteten ihr müdes, überreiztes Hirn.

Aus Angst vor Kluge wollte sie auf Nebenwegen zur Siedlung gelangen. Ich muss zu meiner Mutter, sagte sie sich immer wieder, um sich selbst Mut zu machen. Wieso habe ich Angst vor diesem blöden Autohausbesitzer? Weil er die Bank ausgeraubt und den netten Azubi umgebracht hat? Ich hätte längst Blauländer anrufen sollen, um ihn auf den neuesten Stand zu bringen. Nur aus Rücksichtnahme auf Felix gerate ich immer mehr in Schwierigkeiten. Was für ein erbärmliches Weihnachtsfest. Ich wollte mich ausruhen, mich vor den Fernseher fläzen, über die Zukunft nachdenken und mir bei einem Glühwein über einige Dinge klar werden.

Gerade passierte sie das Schloss Berge, konnte den hell erleuchteten Saal im ersten Obergeschoss sehen. Weihnachtsbrunch. Eine herrliche Sache. Daran hatte sie auch schon teilgenommen.

Lauf einfach und grüble nicht!

Nun fing es auch noch an zu schneien, was das Vorwärtskommen erschwerte. Als sie den Wald verließ und die Cranger Straße überquerte, entschied sie sich endgültig, nicht den Gartmannshof hinunterzulaufen, die Straße, die sie direkt in die Siedlung bringen würde, sondern den Weg über den Friedhof zu nehmen, was ihr sicherer erschien. Also geradeaus durch den kleinen Park an der Kirche, von dort direkt auf den Friedhof und dann immer geradeaus, von hinten an die Siedlung heran.

Wäre sie den direkten Weg über den Gartmannshof nach Hause gelaufen, hätte sie das auffällige Auto von Sepp mit Felix am Steuer und den drei Frauen an Bord gar nicht verfehlen können. Ihr wäre viel erspart geblieben. Oder sie wäre Kluge in die Arme gelaufen, der zu dem Zeitpunkt in seinem Touareg die Straße entlangfuhr, zurück zu seiner Villa.

Warum versteckte sie sich eigentlich? Sie hatte zwei Optionen. Entweder, auf direktem Weg zur Wohnung ihrer Mutter zu laufen – auch auf die Gefahr hin, von Kluge erwischt zu werden – und Blauländer anzurufen, um den Spuk zu beenden. Oder dieses Versteckspiel weiterzuführen, zu versuchen, auf Umwegen zu Felix zu gelangen, ohne von Kluge geschnappt zu werden, und das Geld der Kripo zu übergeben, indem sie Felix außen vor ließ.

Am Eingang zum Görtzhof, einer Straße mit winzigen Siedlungshäusern, übermannte sie ihre Erschöpfung. Sie wollte den Friedhof verlassen, an der erstbesten Haustür klingeln und um Hilfe bitten. Doch würden die Leute ihr glauben? Sie würden sie womöglich für eine Entlaufene der Hertener Psychiatrie halten und ihr die Tür vor der Nase zuknallen. Sie könnte ein Auto anhalten und dem Fahrer ihre missliche Lage erklären. Aber würde ein Fremder ihr glauben? Wahrscheinlich würde man in beiden Fällen die Polizei rufen, was sie ja wegen Felix unbedingt vermeiden wollte. Bildete sie sich vielleicht nur ein, Kluge könnte hinter ihr her sein? War er längst bei seiner Geliebten und pfiff auf die Kohle? Letzteres konnte sie nicht glauben.

Lauf weiter!

Ihre Füße waren eiskalt, die Schuhe durchnässt. Selbst ihre einigermaßen festen Winterstiefel hielten diesen Schneemassen nicht mehr stand. Wie blöd konnte sie sein? Felix hatte sie gestern einfach so bei Kluge zurückgelassen, scherte sich offenbar nicht um ihr Schicksal, und sie nahm in ihrer lebensbedrohlichen Situation auch noch Rücksicht auf ihn?

Trotzdem lief sie weiter. Hin und wieder begegneten ihr Spaziergänger, wunderten sich jedoch nicht über die einsame Friedhofsbesucherin.

Sie hatte den Ausgang zum Wetterweg, der Waltrauds Wohnung am nächsten lag, fast erreicht und atmete Hoffnung schöpfend tief durch. Sie konnte sogar schon die schmale Straße sehen. Doch was sie dann wahrnahm, ließ ihr das Blut in den Adern gefrieren. Ein dunkel glänzender Touareg quälte sich durch die enge kleine Straße und parkte neben dem Friedhofstor. Obwohl sie Kluges Wagen gar nicht kannte, ahnte sie in diesem Moment, zu wem dieses Auto gehörte. Kluge besaß einen VW-Betrieb – also lag es nahe, dass er diese Marke fuhr. Und so ein protziges Riesengefährt passte zu einem Großkotz wie ihm.

Schlagartig blieb sie stehen. Die bullige Person, die sich aus dem Fahrzeug quälte, konnte tatsächlich ihr Verfolger sein. Trotz der Kälte brach ihr der Schweiß aus, ihr Herz raste. Am liebsten wäre sie ihm entgegengelaufen, hätte ihm zugerufen: »Los, erschieß mich, stich mich ab oder mach sonst was, dann habe ich es hinter mir!«

Doch ihre Angst ließ sie in die entgegengesetzte Richtung laufen – dabei war sie der Wohnung ihrer Mutter, in der sie Felix vermutete, schon so nahe gewesen.

Die Nässe staute sich immer mehr in ihren Schuhen, ihre Waden verkrampften sich und sie kam kaum noch vorwärts. Das Laufen im Schnee hatte sie an den Rand der Erschöpfung gebracht, und doch trieb sie die Panik weiter Richtung Stadtwald. Nur noch wenige Menschen waren um diese Zeit unterwegs. Gerade eben passierte sie ein dick vermummtes Ehepaar, das freundlich grüßte. Sie erwiderte den Gruß und war kurz davor, sie um Hilfe anzuflehen. »Rufen Sie die Polizei, ich werde von diesem Mann da hinten verfolgt«, lag ihr bereits auf den Lippen. Und doch schluckte sie die Worte hinunter und lief hastig weiter.

Als sie den dunklen Weg, der parallel zum Stadtwald verlief, erreicht hatte, war von Spaziergängern keine Spur mehr. Hinter sich hörte sie Kluge rufen. Er rief derbe Flüche durch die eiskalte Winterluft.

Sie drehte sich kurz um. Ihr Nacken schmerzte, die Schultern ebenfalls. Keine 30 Meter war der große Kerl in seiner langen grauen Winterjacke von ihr entfernt. Wieder und wieder schrie er aus Leibeskräften, sie möge endlich stehen bleiben. Sie tat ihm den Gefallen nicht, verließ am nächsten Ausgang den Friedhof und lief hinüber zum Stadtwald. Hier war es noch unheimlicher und dunkler. Wie auf Autopilot geschaltet, lief sie Richtung Bootshaus, immer noch Kluges hysterische Stimme im Ohr. Das hatte sie nun von ihrer Schnüffelei! Sie wollte doch bloß in Ruhe Weihnachten feiern. Was musste sie sich auch andauernd in fremde Angelegenheiten einmischen? Sollten sie sich doch alle die Köpfe einschlagen, erschießen und gegenseitig ausrauben. Was ging es sie an? Vor zwei Tagen hatte sie Kluge noch kaum gekannt, und nun trachtete er ihr nach dem Leben.

Einem Obdachlosen schöne Weihnachtstage bereiten? Pah! Wieso unternimmt Felix nichts? Wo um alles in der Welt steckt er? Und was ist mit Waltraud und ihrem Musikantenlover? Sitzen die jetzt bei Gänsebraten am festlich gedeckten Tisch und haben mich bereits vergessen?

Tränen traten in Margaretas Augen, als sie an den weihnachtlich beleuchteten Fenstern des Bootshauses vorbeiging. Sie war drauf und dran, bei den Leuten zu klingeln und um Hilfe zu bitten. Doch da war dieses kleine Kind, das ihr vom Fenster aus zugewinkt hatte. Sollte sie dieses unschuldige Wesen da mit hineinziehen? Womöglich jagte Kluge dem Kind aus Versehen oder vielleicht sogar bewusst eine Kugel in den Kopf. Konnte sie das verantworten?

Lauf weiter!

Immer weiter!

Ein Blick zur beleuchteten Waldschenke in weiter Ferne, durch den vereisten See getrennt, ließ Wehmut in ihr aufkommen. Auch sie wollte dort mit ihrer – wenn auch unmöglichen – Familie an einem schönen Tisch sitzen und sich mal so richtig verwöhnen lassen. Wie weit war es noch bis dorthin? Sie schätzte 300 Meter.

Nein, ich kann nicht riskieren, die Menschen in dem Restaurant einem durchgeknallten Mörder auszuliefern.

Kluge würde dort vermutlich Amok laufen und unschuldige Besucher abknallen. Er würde wohl vor nichts mehr zurückschrecken. Was hatte er noch zu verlieren?

Als sie das Ende des zugefrorenen Sees erreicht hatte, entschied sie sich, die steile Treppe links zu nehmen. Obwohl der Abstand zu Kluge inzwischen wieder größer geworden war, konnte sie ihn überdeutlich wahrnehmen. Sie hatte das Gefühl, seinen Atem in ihrem Nacken zu spüren, was natürlich Unsinn war.

Weiter, weiter, lauft weiter, ihr nassen kalten Füße! Ich weiß zwar selbst noch nicht, warum und wieso, doch lauft einfach! Vielleicht werde ich irgendwann begreifen, warum es so sein sollte.

Nun passierte sie den See von der anderen Seite her und war der Waldschenke näher gekommen. Sie entschied sich, zur vielbefahrenen Ressestraße zu laufen, spielte mit dem Gedanken, dort vielleicht in den Bus zu steigen, um über Resse zur Siedlung zu gelangen. In einem Linienbus würde Kluge ihr schon nichts tun, hoffte sie. Oder doch? Ihr fiel das Geiseldrama von Gladbeck ein. Dieses schlimme Verbrechen im Jahre 1988. Degowski, einer der Täter, erschoss einen 15-jährigen Jungen in einem Linienbus. Sie war damals nur ein Jahr älter als das arme Opfer gewesen und verfolgte mit Bangen die TV-Berichte der grausamen Tat.

Bis zur Ressestraße, die den Stadtwald vom Westerholter Wald trennte, ging es stetig bergwärts. Als sie die Straße erreicht hatte, führte ihr Weg sie nach rechts zur Bushaltestelle »Waldschenke«. Die Fahrziele und die Abfahrzeiten der Linie 249 verschwammen vor ihren Augen und erschienen ihr wie böhmische Dörfer. Fuhren am Feiertag hier überhaupt Busse? Sie konnte es aus diesem Plan nicht ersehen. Immer wieder schaute sie nach links, konnte Kluge jedoch nicht entdecken. Was trieb er für ein Spiel mit ihr?

Plötzlich hielt ein Pkw neben ihr und ließ die Scheibe herunter. Der Fahrer des schwarzen Audi A3 beugte sich über den Beifahrersitz und sprach sie freundlich an.

»Kann ich dich irgendwohin mitnehmen?«

Obwohl Margareta schlechte Erfahrungen mit dem Trampen gemacht hatte, stieg sie mutig in den Wagen, nachdem sie Kluge in einiger Entfernung über die Straße laufen sah.

Weg!

Einfach nur weg hier!

Er vermutet mich im Westerholter Wald, dachte sie aufatmend und setzte sich zu dem blonden jungen Mann ins Fahrzeug.

»Na, wo soll es denn hingehen?«, fragte er sie mit unangenehm einschmeichelnder Stimme.

»Ich möchte zu meiner Mutter. Sie wohnt in der Alleestraße. Sie fahren nicht zufällig dahin?« Sie schaute den schmalgesichtigen Mann an, der dämlich vor sich hin grinste. Zu wem bin ich da nur ins Auto gestiegen? Noch ein Geisteskranker zu Weihnachten unterwegs?

»Ach, nach Mutti willste? Bist du deshalb so traurig? Haste keinen Freund?« Er drehte das Radio lauter. Chris Rea sang: »Driving home for Christmas.«

Bloß, was will ich zu Hause bei Mutti, überlegte Margareta. Die werden wohl nicht alle, einschließlich Felix, um den Tisch sitzen und darauf warten, dass ich komme? Obwohl das gar nicht schlecht wäre. Sie bräuchten sich keine Sorgen mehr um mich zu machen. Ich könnte das Geld Blauländer übergeben und die Kripo könnte sich selbst auf die Suche nach Kluge machen.

»Nein, ich habe keinen Freund und will zu meiner Mutter.« Indem sie es aussprach, bereute sie es bereits. Was ging es diesen blöden Kerl an, ob sie einen Freund hatte? Er sollte sie zur Alleestraße bringen und basta.

Seine langen dünnen Griffel umschlossen das Lenkrad. Seine erbärmlichen Klamotten – verfilzte graue Wolljacke und löchrige Jeans – passten nicht zu diesem teuren Auto. Hätte nicht ein ganz solider Mann sie vor Kluge retten können?

»Ach, was willste denn bei der? Komm mit zu mir nach Hause. Da können wir es uns gemütlich machen. Ich wohne in Buer, in der Schreinerstraße.«

»Und dann fahren Sie Richtung Resse? Wo wollten Sie denn ursprünglich hin?« Sie siezte den höchstens 30-jährigen Kerl bewusst, in der Hoffnung, er würde seine Annäherungsversuche bleiben lassen und ebenfalls zum Sie wechseln.

Inzwischen durchfuhren sie den Ortsteil Resse und er bog rechts in die Ewaldstraße ein. Es war nicht mehr weit bis zur Siedlung. Gleich kam die Middelicher Straße, und wenn er rechts abbog, würden sie bald in der Alleestraße sein.

Doch den Gefallen tat er ihr nicht. Er setzte zwar den Blinker rechts und befuhr die Middelicher Straße, bog jedoch an der Brauckstraße rechts ab. Also ging es tatsächlich wieder Richtung Buer.

»Ich fahre nur mal so durch die Gegend. Den Motor warm fahren. Ich hab übrigens Heringssalat zu Hause. Haben mir meine Alten Heiligabend mitgegeben. Roten und weißen. Selbst gemacht. Wir legen uns ne DVD ein und hocken uns vorn Fernseher. Was weiter so läuft, wird sich dann zeigen.« Seine eng beieinanderstehenden Augen blitzten auf.

Zwei Tage alte Salate? Nein danke! Auf Diarrhö hatte sie keine Lust.

»Also, das ist echt lieb von Ihnen, doch Heringssalat und DVD angucken sind echt nicht so mein Ding. Lassen Sie mich einfach in Buer raus, am besten am Polizeipräsidium.«

Jetzt zog er einen Kamm aus der Mittelkonsole und begann sich, während er mit den Knien das Auto lenkte, summend seine Lockenpracht nach vorne zu kämmen, wohl um Eindruck bei ihr zu schinden.

»Nee, das mache ich ganz gewiss nicht. Du kommst erst mal mit zu mir und dann sehen wir weiter.« Wieder und wieder starrte er zu ihr herüber und leckte sich seine schmalen Lippen. »Bist bestimmt schon 40, oder? Na egal, heute treibe ich bestimmt nichts Jüngeres mehr auf. Wo auch? Ich heiße übrigens Marco. Und du?«

»Sommerfeld, mein Name ist Sommerfeld.«

»Haste keinen Vornamen?«

»Doch, aber der tut nichts zur Sache.« Margareta hatte so langsam genug vom hässlichen Marco, der auf der Suche nach einer Sexgespielin war.

»Finde ich aber schon. Soll ich dich etwa ›Frau Sommerfeld‹ nennen, während wir es treiben?« Auch bei Marco war so langsam Schluss mit lustig.

Vom Regen in die Traufe, dachte Margareta. Wie komme ich bloß aus der Karre dieses Lüstlings? Freiwillig lässt der mich bestimmt nicht gehen.

Immerhin behielt er seine Hände bei sich, was schon viel wert war. Vielleicht wollte er ja nur bluffen.

Von der Brauckstraße bog er links in die Ressestraße in Richtung Buer ein.

Margaretas Herz begann höher zu schlagen. Ich werde in Buer an einer Ampel aus dem Wagen springen, nahm sie sich vor. Sie hoffte, dass er die Türen nicht verriegelt hatte.

Kaum zu Ende gedacht, sah sie den Linienbus vor sich, der an der Haltestelle »Am Stadtwald« hielt. Der A3 musste dahinter anhalten. Die vereiste Straße machte ein Überholmanöver unmöglich. Genervt trommelte der Lockenkopf mit seinen Megafingern auf dem Lenkrad herum.

Nein, sie wollte nicht in irgendeiner Asibude in der dunklen Schreinerstraße landen. So nutzte Margareta die Gunst der Minute, sprang eilig aus dem nach Schweiß miefenden Wagen und schmiss die Tür zu. Der Bus fuhr an, und der schmierige Jüngling setzte hupend und schimpfend seine Fahrt fort.

Fragte sich nur, was besser war: In der Wohnung dieses scharfen Knaben bei Heringssalat und DVD vernascht zu werden, oder gleich hier wieder irgendwo auf Kluge zu stoßen.

Der eisige Wind sorgte für eine seltsam bedrückende Atmosphäre. Von wegen winterliche Weihnachtsstimmung. Erbärmliche Winter in Ostpreußen bei 40 Minusgraden, Schneestürmen und Eischaos spukten Margareta im Kopf herum, von denen ihre Oma ihr an kalten Wintertagen bei Kerzenlicht am warmen Kohleofen erzählt hatte.

Margareta blieb an der Haltestelle stehen, um Luft zu holen. Nur noch wenige Fahrzeuge quälten sich im Schneckentempo über die vereiste Straße. Sie blickte nach links zu dem Weg, der in den Westerholter Wald führte, und traute ihren Augen nicht. Tirolerhut und graue Winterjacke jagten ihr einen kalten Schauer über den Rücken. Dort stand Kluge. Als schien er auf sie gewartet zu haben. Wahrscheinlich war er wie ein Irrer durch den Westerholter Wald gerannt, um sie zu suchen.

Nein, ich werde nicht wieder in den dunkeln Stadtwald laufen, den Vollidioten an meinen Hacken. Ich muss dem Ganzen ein Ende bereiten. Ohne Rücksicht auf Felix.

Schräg gegenüber, vor dem ersten Haus an der Straße, einem stolzen Backsteinbau älteren Jahrgangs, räumte ein Mann Schnee. Bedächtig schob er die weiße Masse Streifen für Streifen mit einem nostalgischen Schneeschieber zur Seite, um seine Garageneinfahrt frei zu räumen. Margareta wechselte die Straßenseite. Ein weiterer Blick zurück verriet ihr, dass Kluge im Schatten des Waldes stehen geblieben war und sie beobachtete. Er trat aus dem dunklen Wald heraus und überquerte ebenfalls die Straße.

Margareta lief in Panik auf den schneeräumenden Mann zu und sprach ihn an. »Sie müssen mir helfen. Ich werde verfolgt. Der Mann dort drüben hat einen Menschen auf dem Gewissen und ist hinter mir her. Bitte helfen Sie mir!« Aus großen Augen sah sie den Mann an. Ihr Gesicht war angstverzerrt.

Der Mann mit der schwarzen Kohlenschiebermütze hatte wache blaue Augen, mit denen er sie kurz musterte. Dann wechselte sein Blick zu Kluge und von ihm zurück zur verzweifelten Margareta. Anscheinend glaubte er ihr und handelte schnell. Er griff sie am Ärmel ihrer Jacke, zog sie mit sich zu einer Tür an der Seite des Hauses, öffnete diese, schob sie hinein, folgte ihr und verschloss den Eingang. Ein Riegel, der über die gesamte Türbreite ging, wurde ebenfalls krachend verschlossen.

»Legen Sie ab, junge Frau«, meinte der Mann mit dem zerfurchten Gesicht und zog sich die alte schwarze Joppe aus, um sie an die Garderobe zu hängen. Unter der Kohlenschiebermütze kamen spärliche graublonde Haare zum Vorschein.

Zitternd entledigte sich auch Margareta ihrer Jacke und hängte sie neben seiner an die Garderobe. »Meine Füße schmerzen so.«

»Wie lange sind Sie denn schon unterwegs? Sie sehen total fertig aus. Kommen Sie mit in die Küche, ich koche Ihnen einen Tee, und Sie erzählen mir alles.«

»Vielleicht rufen wir besser die Polizei, der Mann ist gefährlich.«

»Das können wir immer noch. Der kommt hier nicht rein. Keine Angst. Außerdem ist da noch Aron.«

Ein Pfiff gellte durchs Haus, und ein wunderschöner Belgischer Schäferhund kam angerannt, um hechelnd vor seinem Herrchen Sitz zu machen.

»Haben Sie Angst vor Hunden?«

»Nein, ich liebe Hunde.« Liebevoll strich sie Aron übers seidige Fell und sprach ihn an.

»Schröder, ich heiße Schröder«, sagte der Mann und kramte in einem alten Schuhschrank nach einem Paar Omapantoffeln aus den 1970er-Jahren. »Hier, ziehen Sie die an.«

Margareta quälte sich aus ihren Schuhen, zog sogar die durchnässten Socken aus und schlüpfte barfuß in die altmodischen Hausschuhe. Alles war besser als nasse, kalte Füße.

Der Mann war ihr voraus in die Küche gegangen, die einer alten Dienstbotenküche eines Bürgerhauses ähnelte. Alles äußerst gepflegt, doch sehr alt und wie aus einer anderen Welt. Auf einem nostalgischen Herd platzierte er einen Wasserkessel, den er liebevoll befüllt hatte, holte Tassen und Teebeutel aus dem Schrank und zelebrierte die Teekochaktion regelrecht.

Unaufgefordert hockte sich Margareta an den weißen Küchentisch. Ihr Blick blieb an den schwarz-weißen Kacheln hängen. Die Küche war riesig und erinnerte sie an die Serie »Das Haus am Eaton Place«. Sie wartete nur darauf, dass Mrs. Bridges hereinkäme und die Sache übernehmen würde.

Schröder schien jedoch kein Personal zu haben. Wohnte er hier etwa ganz allein? Sie schaute ihren Retter dankbar an. Sollte Weihnachten für sie doch noch glücklich enden? War Schröder etwa ein echter Weihnachtsengel?

»Sie wohnen ganz alleine hier in diesem großen Haus?« Margareta fragte sich, wieso ihr das Haus, an dem sie jede Woche etliche Male vorbeifuhr, noch nie aufgefallen war. Gab es das Haus in Wirklichkeit vielleicht gar nicht, und sie träumte alles nur?

»Ja, ich bewohne es seit ein paar Tagen allein. Meine Mutter ist vor drei Monaten gestorben, und meine Frau hat mich vor Jahren verlassen. Es war ihr alle zu spießig hier, das Haus und vor allem wohl ich.« Er musste schmunzeln, verrührte den Kandis in seinem Tee und schien weit weg mit seinen Gedanken.

Seit ein paar Tagen war er allein? Mit wem hatte er bis dahin hier gelebt? Margareta hatte für einen Moment ihre eigene bescheidene Lage vergessen. Sie hatte sich tatsächlich beruhigt. Die Angst vor Kluge war von ihr abgefallen. Dieser Fremde ihr gegenüber, weit entfernt von einer Schönheit, strahlte Ruhe aus. Ruhe, die sie jetzt bitter nötig hatte.

»Erzählen Sie mir von dem Mann, der Sie verfolgt. Er wäre ein Mörder, sagten Sie? Was will er von Ihnen? Soll ich besser mal mein Jagdgewehr von oben holen? Für alle Fälle?« Er stand auf, schlurfte zum Küchenschrank und entnahm ihm eine Dose mit Keksen, die er vor Margareta hinstellte.

»Ich kann Ihnen nicht viel anbieten. Habe heute noch nicht mal gekocht. Alles ist so sinnlos geworden, seit André tot ist.« Seine rechte Hand griff zu seinen eng stehenden Augen, die er mit den Fingern zudrückte. Ein unterdrückter Schluchzer verließ seine Kehle.

»War das Ihr Sohn? Was ist mit André geschehen?« Noch ehe sie die Fragen ausgesprochen hatte, ahnte sie, wer dieser André war und wie sein Leben ein Ende gefunden hatte.

Nein, das kann nicht sein! Das darf nicht sein! Solch einen Zufall kann es nicht geben!

»Was ist los? Wieso sind Sie auf einmal so blass?« Schröder schaute sie an, blickte dann zu Aron, der es sich in der Ecke der Küche auf einem alten Vorleger bequem gemacht hatte. »Ja, André war mein Sohn. Noch so jung.

Hatte das ganze Leben vor sich. Kurz vor Weihnachten kam so ein Irrer in die Bank in Buer, wo er beschäftigt war, und schoss ihn einfach nieder. Jetzt bin ich ganz alleine. Hab nur noch Aron.«

»Ich kenne den Mörder Ihres Sohnes. Er lauert mir da draußen auf.«

Mit vor Wut blitzenden Augen sprang Schröder vom Tisch auf, stieß dabei gegen ein Tischbein, sodass sein Tee in der Tasse überschwappte.

»Sie kennen Andrés Mörder? Ist das ein abgekartetes Spiel? Wieso sonst sollten Sie auch ausgerechnet mich um Hilfe bitten! Dem alten Matthias, dem räumen wir jetzt mal schön die Bude aus, haben Sie sich gedacht, was? Ihr Kumpel da draußen hat meinen Jungen erschossen, und jetzt bin ich dran oder wie?«

Völlig verzweifelt sah Margareta den Mann an.

»Nein, so war es nicht. Bitte glauben Sie mir! Einem befreundeten Obdachlosen, der den Banküberfall beobachtet hat, sind die außergewöhnlichen Schuhe des Täters aufgefallen. Er hat mir davon erzählt und ich wusste zufällig, wem diese Schuhe gehören – dem Autohausbesitzer Kluge. Wir haben gestern seine Villa nach der Beute durchsucht, um ihn dingfest zu machen. Aber er hat uns dummerweise dabei überrascht und mich gefangen genommen. Felix – der Obdachlose – konnte mit dem Geld fliehen.«

»Und das soll ich Ihnen glauben?«

»Ich kann verstehen, wenn Sie es nicht tun. Rufen Sie einfach die Polizei, dann hat die Sache endlich ein Ende.«

»Sie wollen mir also weismachen, dass der Zufall Sie gerade hier zu meinem Haus geführt hat?«

»Ja, so ist es.«

Matthias Schröder setzte sich wieder, nachdem er aus dem seitlichen Flurfenster sowie vorne aus dem Esszimmerfenster nach Kluge Ausschau gehalten hatte.

»Der Kerl ist nirgendwo zu sehen«, bemerkte er.

Noch immer misstrauisch betrachtete er Margareta. »Wieso lassen Sie sich von diesem Kerl durch den Wald hetzen? Verstehe ich nicht!«

»Ich auch nicht«, seufzte sie und begann, dem Mann, der vor wenigen Tagen seinen Sohn verloren hatte, mehr von der haarsträubenden Geschichte zu erzählen. Angefangen bei einem Glühwein vor dem Eiscafé Botticelli in Buer.

Sie hatten inzwischen den Raum gewechselt und saßen sich nun im geräumigen Wohnzimmer des herrschaftlichen Hauses in zwei gemütlichen Ohrensesseln gegenüber. Schröder hing an Margaretas aufgesprungenen Lippen, sog jedes Wort in sich auf, blinzelte mit den Augen, knetete hin und wieder sein zerfurchtes Kinn und schien angestrengt nachzudenken.

Nachdem Margareta mit ihrem Bericht geendet hatte – beide hatten sich während Margaretas Schilderungen mit einem Glühwein gestärkt – lehnte Schröder sich in seinem Sessel zurück und atmete tief durch.

»Mag sein, dass das alles tatsächlich ein unglaublicher Zufall ist. Ich glaube Ihnen. Ja, das tu ich. Ich würde es jedoch als eine Fügung des Schicksals bezeichnen, dass Sie ausgerechnet mich angesprochen und um Hilfe gebeten haben.«

»Was haben Sie vor?«, fragte Margareta. Um ihre Anspannung ein wenig zu senken, sah sie sich in dem großen Raum um. Auch hier war, ähnlich wie bei Kluge, dunkles Holz vorherrschend. Rechts stand eine Bücherwand, dahinter eine ausladende Couchgarnitur aus weinrotem Mohair mit einem runden Tisch, dessen Fuß aus dunklem Holz klobig wirkte.

Die beiden Ohrensessel, in denen sie saßen, waren gemütlich. Sie schienen erst vor Kurzem neu bezogen worden zu sein. Der blau gemusterte Blümchenstoff wirkte wesentlich jünger als das geschwungene Holzgestell, auf das er gespannt war. Margareta mochte die Sitzmöbel. Anscheinend dienten sie als Fernsehsessel, denn von hier aus hatte man den an der gegenüberliegenden Wand befestigten Flachbildschirm voll im Blick. Das Tischchen, das die beiden Sessel trennte, war ebenfalls im Biedermeierstil gehalten. Die dicken, aneinandergelegten Orientteppiche waren gerade noch akzeptabel, die hölzerne Kassettendecke empfand Margareta allerdings als erdrückend. Trotz der Feiertage war nirgendwo ein Tannenbaum zu entdecken. Das einzig Weihnachtliche in dem großen Raum war ein überdimensionaler Adventskranz, der von der Decke hing. Die Kerzen, die ihn zierten, hatten jeweils einen Durchmesser von mindestens zehn Zentimetern. Insgesamt fand Margareta die Einrichtung, obwohl sehr alt, mehr als gemütlich. Dieses Zimmer hatte Charme.

»Schön haben Sie es hier«, sprach sie ihre abschweifenden Gedanken laut aus. »So ein großes Haus macht aber auch viel Arbeit. Sicherlich haben Sie eine Putzfrau.«

Herr Schröder nickte. »Ohne würde ich es überhaupt nicht schaffen. Ich habe Morbus Bechterew, eine schlimme Wirbelsäulenerkrankung. Außerdem bin ich Staatssekretär a. D., falls Ihnen das was sagt. Da habe ich es sicher nicht nötig, mein Haus selbst zu putzen.«

Seine eben noch entspannten Gesichtszüge hatten sich plötzlich verhärtet.

Margareta hob entschuldigend die Hände. »War bloß eine Frage – ich wollte Ihnen nicht zu nahetreten.« Sie machte eine kurze Pause, in der sie ihr Gegenüber prüfend ansah. »Was ist denn nun?«, fragte sie schließlich. »Werden Sie die Polizei rufen? Es wird langsam dunkel und ich bin müde. Meine Nacht als Gefangene war nicht gerade erholsam.«

»Das kann ich mir vorstellen. Aber eines sage ich Ihnen: Den Kerl, der meinen einzigen Sohn ermordet hat, hole ich mir selbst. Dazu brauche ich keine Polizei. Er wird zurückkommen, dieser Herr Kluge. Und dann ist er fällig. Ich gehe jetzt meine Abendrunde mit Aron. Gelegenheit, mich ein wenig umzusehen. Wenn er Sie alleine im Hause vermutet, wird er diese Chance nicht ungenutzt verstreichen lassen. Keine Angst, ich bleibe in der Nähe, und eine Waffe nehme ich natürlich auch mit.«

»Sie haben noch andere Waffen im Haus? Mit Ihrem Jagdgewehr wollen Sie ja sicher nicht durch die Straßen laufen.«

»Das erkläre ich Ihnen später. Es ist aber alles rechtens.«

»Auch Selbstjustiz zu üben? Sollten wir das nicht der Polizei überlassen?«

Schröder lachte schallend und zeigte dabei ein für sein Alter hervorragendes Gebiss.

»Das müssen Sie gerade sagen! Außerdem hat er Ihnen doch den Mord an meinem Sohn gestanden. Oder etwa nicht?«

»Ja, schon.« Margareta kamen Bedenken.

Schröder griff zum Sideboard und überreichte Margareta ein gerahmtes Foto.

»Sie kannten meinen Sohn aus der Bank, sagten Sie. Erkennen Sie ihn auf dem Foto wieder?«

Margareta nahm das in Silber gerahmte Foto des lachenden André in die Hände. Plötzlich traten Tränen in ihre Augen. »Ja, das ist er.«

18.

Alfred Münstermann saß in seinem alten Daimler, den er am Ende des Gartmannshofs am Straßenrand geparkt hatte. Von hier aus hatte er einen perfekten Blick auf Margaretas Wohnung. Er fragte sich, was er hier eigentlich wollte und ob es richtig war, bei diesem Chaoswetter die weite Fahrt auf sich genommen zu haben. Was sollte das werden? Wie magisch angezogen hatte er aufs Gaspedal getreten, um schnell nach Erle zu Margareta zu fahren, und das bei Eis und Schnee. Ohne Winterreifen! Doch wozu? Er hatte gestern bereits gesehen, dass sie Felix bei sich beherbergte. Was wollte er noch? Oder war es nur der Versuch, dem Verwandtenbesuch, der sich für heute Mittag angesagt hatte, zu entkommen? Verwandtenbesuch aus dem tiefsten Sauerland, der auch noch über Nacht bleiben würde, einschließlich dieser ätzenden Elena, die nicht zu kapieren schien, dass er von ihr nichts wollte, war einfach zu viel. Sind wir etwa ein Hotel, wo jeder nächtigen kann, wann und wie lange er will? Diese dämliche Tante Erika und der senile Onkel Horst, die nach jedem gesprochenen Satz ein fragendes »woll?« hinterherschickten, gingen ihm auf den Keks. Mit ein Grund, noch einmal nach Margareta zu schauen, in der Hoffnung, dass er sich das mit Felix nur eingebildet hatte. Vielleicht war es gestern ein Nachbar gewesen, der so ähnlich aussah wie dieser Buersche Stadtstreicher?

Die Sülze, die er heute Morgen zum Frühstück verspeist hatte, lag ihm schwer im Magen, und er bereute schon, ihr nicht widerstanden zu haben. Als Elena das Glas aufgeschraubt hatte und dieser verführerische Duft zu ihm herüberzogen war, hatte er einfach nicht ablehnen können.

»Komm, Alfred, du probieren Sülze aus Heimat. Echte Kopfsülze, härrlich!«

Sie hielt das Glas nah an ihren tiefen Ausschnitt, und doch hatte er nur Augen für diese dicke Fettschicht, die die Sülze bedeckte. Hin und wieder bohrten sich kleine Fleischstücke durch das schmierige Weiß. So verschmähte er Mutters Rührei und stürzte sich auf das kulinarische Weihnachtsgeschenk von Elena, aß dazu Weißbrot, dick mit Butter bestrichen. Die Pflegerin staunte nicht schlecht, als er den gesamten Inhalt des großen Glases verputzt hatte. Sicherlich würde das ein Nachspiel haben, überlegte er. Wer weiß, was für eine Gegenleistung sie sich dafür erhoffte.

»Du meine Sülze aufgegessen, du nun …«, würde sie sagen und sich ihm an den Hals werfen.

Er blickte hoch zu den Fenstern, die zur Straße lagen. Niemand zu sehen. Er musste an gestern denken, wie Margareta so vertraut neben diesem Felix hergegangen war. Wie einsam er sich bei diesem Anblick gefühlt hatte. Einsam wie nie zuvor, und das im dicht besiedelten Ruhrgebiet. Er hatte die Augen geschlossen und sich die Momente im Leben zurückgeholt, in denen er glücklich gewesen war. Es waren nicht viele, und die Erinnerungen zerplatzten schnell wie Seifenblasen. Immer wieder waren da nur gescheiterte Beziehungen gewesen.

Ein schwarzer Touareg, der kurz hinter dem Turmgewölbe parkte, fiel ihm auf. Das blitzende neue Gefährt passte so gar nicht in diese ärmliche Gegend. Wem gehörte diese Karosse wohl? Wieder ging sein Blick zu den beiden Fenstern im ersten Stock, die zu Margaretas Wohnung gehörten. Ihm gefiel, dass sie nicht mit buntem Weihnachtsklimbim geschmückt waren. Ein weiterer Pluspunkt für Margareta. Weihnachten! Diese ganze verlogene Romantik um Weihnachtsbaum und Gänsebraten. Das Süße triefte aus den Herzen der heuchlerischen Menschen. Überall reichten sie künstlich lächelnd ein kitschig verpacktes Geschenk weiter. In Wirklichkeit würden sie ihrem Gegenüber lieber ein Messer in den vollgefressenen Bauch rammen. Für Alfred war an den Tagen vor Weihnachten stets nur wichtig gewesen, dass seine Kasse ordentlich klingelte.

Plötzlich zuckte er zusammen. Ein Mann mit Jacke, Schal und Hut huschte dort oben von Fenster zu Fenster und schaute nervös hinaus. Jetzt nahm er den Hut ab und kratzte sich am Kopf. Was hatte das zu bedeuten? Was wollte dieser Mann in Margaretas Wohnung? Und wo waren Margareta und ihr Stadtstreicher? Da stimmte doch etwas nicht.

Seine sentimentale Anwandlung war vergessen. Er trocknete sich verstohlen seine Tränen, stieg aus dem Wagen und ging auf den Wohnturm zu. War Margareta in Gefahr? Brauchte sie Hilfe? Mandel-Alfred war der Letzte, der eine Frau in Not im Stich lassen würde. Feigheit hatte noch nie zu seinen Schwächen gehört.

Fast wäre er dem Zweizentnermann in die Arme gelaufen, als er sich dem Hauseingang nähern wollte. Der Fremde hatte das Gebäude offenbar zwischenzeitlich verlassen und rannte eilig zu seinem Wagen. Er machte einen dermaßen gehetzten Eindruck, dass Alfred ebenfalls zu seinem Wagen zurückkehrte, um die Verfolgung des Touareg aufzunehmen. Diese ging angesichts der Straßenlage natürlich nur schlitternd und schleichend vonstatten. Alfred war überzeugt, dass hier etwas oberfaul war.

Die Verfolgungsjagd im Schneckentempo endete vor einer Villa in einer vornehmen Wohngegend. Schräg gegenüber befand sich ein Krankenhaus.

Und nun? Unschlüssig kaute Alfred an seinen Fingernägeln. Was sollte er jetzt tun? Nach Hause fahren und die ganze merkwürdige Sache vergessen? Sich mit der Polin einen schönen Nachmittag machen? Er dachte an die köstliche Sülze und musste schmunzeln.

Der Fremde hatte seinen Touareg inzwischen in der Auffahrt geparkt und stürmte gerade ins Haus. Unschlüssig blieb Alfred im Wagen sitzen und wartete.

Etwa 20 Minuten später – Alfred war schon ein paarmal kurz davor gewesen, auszusteigen und an der Tür der Villa zu klingeln – kam der Kerl wieder aus dem Haus und fuhr wütend davon. Alfred nahm wieder die Verfolgung auf. Wieso, wusste er selbst nicht so genau. Irgendetwas an der Angelegenheit ließ ihn nicht los. Vermutlich war es schlicht die Sorge um Margareta.

Er schüttelte ratlos den Kopf, als er feststellte, dass der Mann wieder in die alte Siedlung zurückfuhr. Allerdings hielt er diesmal nicht vor Margaretas Zuhause, sondern bog in die nächste Straße, die nach dem Wohnturm folgte, links ein. Die engen Sträßchen waren eine Qual für das bullige Gefährt. Am Ende des Wetterweges ging es hinein in eine noch schmalere Gasse, die zum Friedhof führte. Vor dem Tor parkte der Mann den Wagen und stieg aus.

Was hatte das zu bedeuten? Wo wollte er hin? Große Lust, ihn zu verfolgen, verspürte Alfred eigentlich nicht, zumal der Himmel gerade die Schleusen öffnete und Frau Holle kräftig die Betten aufschüttelte.

Sichtbar hektisch setzte der Mann nun seinen Weg zu Fuß über den Friedhof fort. Ein letztes Mal haderte Alfred mit sich, ob er ihm folgen sollte, entschied sich schlussendlich jedoch dagegen. Bei dem Wetter und bei der Kälte blieb er lieber im Trockenen. So schön war Margareta nun auch wieder nicht, dass sie es wert war, solche Unannehmlichkeiten auf sich zu nehmen. Zumal ja überhaupt nicht klar war, ob der fremde Mann wirklich etwas Böses im Sinn hatte.

Durch die dicken Schneeflocken war die Sicht stark eingeschränkt, und doch war ihm, als hätte er in weiter Ferne, hinter einer Grabsteinfigur die Silhouette Margaretas wahrgenommen. Warum versteckte sie sich dort? Was wollte der Mann von ihr? Und wieso war Felix, der Stadtstreicher, nicht mehr bei ihr?

Langsam dämmerte ihm, dass der Zweizentnermann wohl etwas mit dem Banküberfall in Buer zu tun haben musste. Er kannte schließlich Margaretas Leidenschaft, sich in Mordermittlungen einzumischen. Wenn es wirklich so war, wie er vermutete, war Eile geboten! Doch zu Fuß? Nein, er entschied sich, die Verfolgung mit dem Auto aufzunehmen.

Hinter dem Friedhof begann der Stadtwald. Doch zwischen den beiden Arealen gab es eine Straße, wusste er. Er setzte mit seinem Daimler zurück, wendete und bog links in den Wetterweg ein. Von dort gelangte er auf die Middelicher Straße. Sein Gefühl ließ ihn in die nächstfolgende Straße links einbiegen, dann wieder links – und er war auf der gewünschten Straße.

Fast wäre ihm Margareta in seinen Wagen gelaufen, als er die Straße entlangfuhr. Sie hatte ihn nicht erkannt. Er war zu feige gewesen anzuhalten, fuhr mit klopfendem Herzen einfach weiter. Im Rückspiegel konnte er sehen, wie auch der Zweizentnermann die Straße überquerte und Margareta in den Stadtwald folgte. Hatte er nicht eben noch innerlich vor sich selbst behauptet, dass er nicht feige war? Was war bloß los mit ihm?

Er fuhr weiter und weiter, bog am Ende des Stadtwalds rechts ab und, als diese Straße zu Ende war, wieder rechts. An einem Parkstreifen direkt am Stadtwald hielt er an und überlegte, was er als Nächstes tun sollte. Irgendwann würden die beiden vielleicht hier entlanglaufen, und dann könnte er Margareta zu Hilfe eilen. Was, wenn ihr Verfolger eine Waffe besaß? Vielleicht wäre es doch besser, die Aktion hier abzubrechen und nach Hause zu fahren, auch auf die Gefahr hin, mit den blöden Verwandten gemeinsam Kaffee trinken zu müssen. Er hatte außerdem noch nichts Warmes im Magen. Ob seine Mutter ihm etwas richten würde? Oder sollte er besser die Polizei rufen? Doch würden die ihm glauben und seine Beobachtungen überhaupt als verdächtig einstufen?

Seine blauen Kulleraugen starrten in den Rückspiegel. An dem ersten Haus, das gleich an den Stadtwald grenzte, räumte ein Mann gerade Schnee vom Gehweg. Was für eine Scheißarbeit. Gut, dass Elena bei ihnen zu Hause war, denn sein Vater schaffte das auch nur noch mit allerletzter Kraft. Eine alte Frau stapfte an seinem

Wagen vorbei durch den Schnee und bog in den Stadtwald ein.

Es würde ewig dauern, bis Margareta und dieser Kerl hier angelangt waren.

Fahr nach Hause! Bist du denn blöd? So ein Theater um Margareta? Wahrscheinlich bildest du dir das mit der Verfolgung nur ein und es ist alles ganz harmlos. Außerdem hat sie doch gar kein Interesse an dir. Oder hat sie jemals Anstalten gemacht, auf deine freundlichen Annäherungsversuche einzugehen? Wie war das noch mit der Taube auf dem Dach und dem Spatz in der Hand? Sollte Elena dieser Spatz sein? Oder Reni, seine verhuschte Verkäuferin? Beim Gedanken an sie hätte er sich schütteln können. Bei diesem dürren, unweiblichen Wesen regte sich so gar nichts in ihm. Wäre er mit ihr zusammen, hätte er das Geld für Elena jedoch gespart, da Reni ihren Part unentgeltlich mitabdecken könnte.

Vor lauter Nervosität wühlte Alfred in seinem Handschuhfach nach etwas Essbarem. Fehlanzeige. Außer ein paar verklebten Eukalyptusbonbons fand er nichts.

Sein Blick ging nach links. Aus dem dunklen Wald, der sich auf dieser Seite befand, trat ein Herr mir einem Hund heraus. Soweit er wusste, handelte es sich hierbei um den Westerholter Wald. Eine schöne Gegend. Jedoch nicht im Winter, bei Eis und Schnee. Alles sah Grau in Grau aus. Dann dieser fürchterliche Wind. Er sehnte sich plötzlich nach seinem Sofa und seinem Fernseher. »Sissi, die junge Kaiserin« wurde heute traditionell gezeigt. Schade, den Film würde er nun verpassen. Er schaltete den CD-Player ein und betätigte die Vorlauftaste, bis Helene Fischer »Tochter Zion« hinausbrüllte.

Er musste eingenickt sein und zuckte urplötzlich vor Schreck zusammen. Er hatte geträumt, dieser unheimliche Mann mit dem Tirolerhut hätte an der Autoscheibe geklopft und ihm mit der Faust gedroht. Sein Herz raste, bis er langsam realisierte, dass es sich nur um einen Traum gehandelt hatte. Trotzdem ärgerte er sich, dass er unbewaffnet war. Ihm fiel der alte Revolver von Opa Ernst ein, der sich irgendwo im Keller befinden musste. Das letzte Mal hatte er ihn vor ein paar Jahren in den Händen gehalten. Da war er noch voll funktionsfähig gewesen. Hätte er ihn doch bloß eingesteckt! Aber als er losfuhr, hatte er im Traum nicht daran gedacht, in eine Verfolgungsjagd zu geraten. Wie denn auch!

Helene Fischer sang inzwischen »Ave Maria«, als Margareta plötzlich, wie eine Fata Morgana, an der einige Meter entfernten Bushaltestelle auftauchte, die Straße überquerte und schnurstracks auf das einsame Haus zulief, um offensichtlich den noch immer Schnee räumenden Mann anzusprechen. Sie gestikulierte wild mit den Händen. Der Mann schob sie vor sich her, und die beiden verschwanden aus dem Blickfeld seines Rückspiegels.

Was war denn das nun gewesen? Sekunden später erschien Margaretas dicker Verfolger auf der Bildfläche und starrte finster das Haus an.

Was sollte er tun? Den Mann einfach ansprechen? Wenn er doch nur Opas Revolver dabeihätte, damit würde er sich sicherer fühlen. Wer weiß, wozu der Fremde fähig war? Er machte keinen friedvollen Eindruck.

Nun, er konnte ja zumindest mal unverbindlich nach dem Rechten sehen, entschied er. Schwerfällig stieg er aus dem Wagen, sah sich kurz um und erspähte hinter der Bushaltestelle auf der gegenüberliegenden Straßenseite unter den schneebeladenen Bäumen zwei Bänke. Er steuerte darauf zu und setzte sich nach einigem Zögern vorsichtig darauf. Er hörte den Schnee knirschen, als der neue alte Mantel mit ihm in Berührung kam. Besser schlecht gesessen als gut gestanden, sagte Alfred sich und bewunderte die tolle Aussicht, die er von der Bank aus hatte. Er hatte das imposante Backsteinhaus, in dem Margareta mit dem Mann verschwunden war, genau im Blick und konnte außerdem den Eingang zum Stadtwald beobachten, den der Zweizentnerverfolger nun aufsuchte. Was war das? Gab er etwa auf?

19.

Das Quartett, allen voran Felix, trat aus dem dunklen Westerholter Wald und lief bis zur Straße. Wo war bloß Margareta geblieben? Wo Kluge? Hatten sie den Abstand zu groß werden lassen und somit die beiden aus den Augen verloren? Die Euphorie war von ihnen gewichen. Sie sprachen kaum noch miteinander, jeder hing seinen eigenen Gedanken nach und wünschte sich woanders hin, raus aus dieser unwirtlichen Umgebung.

Felix schaute zu dem alten imposanten Haus auf der gegenüberliegenden Straßenseite. Eine verschneite Tanne im Vorgarten trug eine Lichterkette, ansonsten war keinerlei weihnachtlicher Schmuck vorhanden. Hinter ihm zeterte Waltraud, wo Margareta jetzt wohl gerade sei, und dass er, Felix, der einzige Mann in der Runde und noch dazu so jung, trotzdem keinen Schimmer hätte, was zu tun sei. Wieso er Margareta einen Tag zuvor überhaupt so schamlos im Stich gelassen habe. Anscheinend wegen ein paar lumpiger Euros.

Felix bekam es wirklich mit der Angst zu tun, Waltraud würde sich aus dem verschneiten Dickicht hinter ihnen einen dicken Ast abbrechen und ihm damit von hinten eins über den Kopf ziehen.

Anna wiederum ließ verlauten, ihr wäre es viel zu kalt, sie sei innerlich schon erfroren und müsse ab morgen sicherlich tagelang im Bett liegen bleiben. Wer sich denn im Falle ihrer Erkrankung um ihren Göttergatten kümmern würde, war ihre größte Sorge.

Einzig Hildchen hatte Spaß an der Mission. Weder Hunger noch Kälte störten sie. Alles war besser, als alleine zu Hause zu sitzen.

»Was nun, Felix? Wo kann Margareta sein? Hat Kluge sie etwa schon irgendwo ins Gebüsch gezerrt und abgemurkst?« Waltraud nahm nun kein Blatt mehr vor den Mund. Mit lauter Stimme posaunte sie heraus, welche Schreckensszenarien sie sich ausmalte.

Ein Ehepaar, das gerade an ihnen vorbeiging, schlug die Kragen ihrer Jacken höher. Sie schienen es eilig zu haben, wollten nach Hause an den gemütlichen Kamin.

»Was weiß ich, bin ich Hellseher?« Felix war ebenfalls genervt. So hatte er sich das nicht vorgestellt. Er hatte gedacht, die Margareta-Rettungsaktion würde höchstens ein bis zwei Stunden dauern, und dann könnten alle wieder einträchtig unter den Weihnachtsbaum zurückkehren. Die Tasche mit dem Geld hätten sie dem Kommissar übergeben, ihn, den Bruder der Straße, am besten aus der Sache völlig rausgehalten, und hätten anschließend endlich die köstliche Gans genossen, die ihm versprochen worden war. Dass der Spuk so lange andauern würde, hatte er nicht vorausgesehen. Vielleicht war es doch keine so gute Idee gewesen, mit der Geldtasche einfach abzuhauen.

Bei diesen Witterungsverhältnissen über den Friedhof zu laufen, hatte er schon als wenig lustig empfunden. Aber Stadtwald und Westerholter Wald gingen ihm an die Substanz. Er war durch das Leben auf der Straße einiges gewohnt, doch mit den zankenden Weibern unterwegs zu sein, machte die Suchaktion nicht gerade einfach.

Margareta wollte Kluge stellen und den Fall allein

lösen, war er sich sicher, obwohl er sie erst so kurz kannte. Von wegen, sie würde aus Rücksicht auf ihn keine Polizei einschalten – das könnte er sich wohl abschminken.

Nun standen sie hier und starrten das imposante Haus, das direkt am Eingang zum Stadtwald stand, an, in dem Margareta kurz zuvor mit dem fremden Mann verschwunden war, wovon die vier jedoch nichts ahnten. Waltraud mit ihrer großen Klappe wusste auch nicht weiter und begann erneut, Felix zu beschimpfen.

»Warum hast du sie bloß in der Kluge-Villa zurückgelassen, als dieser Verbrecher nach Hause kam? Wolltest du dich etwa mit dem Geld vom Acker machen? Ist das der Dank? Margareta hat dich zu Weihnachten aufgenommen, und du lässt sie im Stich?«

»Ich war in Panik, als der Kerl plötzlich auftauchte. Außerdem habe ich Margareta nicht gezwungen, mich mitzunehmen.« Was für eine furchtbare Person, dachte Felix und konnte Margareta plötzlich gut verstehen, dass sie oft wütend auf ihre Mutter war, wie sie ihm erzählt hatte.

»Ich könnte jetzt mit meinem Sepp gemütlich auf dem Sofa sitzen und Weihnachten feiern. Stattdessen suche ich meine Tochter.« Schweiß trat trotz der Kälte auf Waltrauds Stirn. Sie war mit ihrem Latein am Ende.

»Ach, hör doch auf. Dieser mittelprächtige Sänger nutzt dich auch nur aus. Das ist ein Schmarotzer höchsten Grades«, fühlte sich nun Anna berufen, sie zurechtzuweisen.

»Halt du gefälligst deine Klappe, du fromme Nudel. Was weißt du schon vom Leben? Du bist ja nur neidisch, dass er sich damals in Bad Nauheim für mich entschieden hat.« Wütend blickte Waltraud ihre Freundin an.

»Können wir jetzt bitte aufhören, uns gegenseitig Gemeinheiten an den Kopf zu werfen? Davon kommt Margareta auch nicht zurück. Wir sollten uns beruhigen und auf das konzentrieren, was wirklich wichtig ist.« Felix ließ den Blick nach rechts schweifen, wo er an den zwei Bänken nahe der Bushaltestelle hängen blieb. Da saß ein Mann! Mitten im Schnee auf der eiskalten Bank? Verwundert ging er auf den Fremden zu.

»Ist Ihnen nicht gut? Kann ich Ihnen vielleicht helfen?« Kaum hatte Felix die Worte ausgesprochen, erkannte er den Mann, der vor ihm saß. »Ich werde verrückt! Mandel-Alfred? Was machen Sie denn hier?« Er mochte den Händler nicht, obwohl dieser ihm erst vor wenigen Tagen auf dem Weihnachtsmarkt zwei Apfelsinen geschenkt hatte, als er an seinem Stand vorbeiging. Felix wusste jedoch genau, dass er das nur getan hatte, weil er vor seinen Kunden den Gutmenschen spielen wollte.

»Anscheinend das Gleiche wie Sie. Ich habe Ihr Gespräch belauscht. War ja nicht zu überhören. Sie suchen Margareta Sommerfeld? Die ist da drüben in dem Haus. Sie hat den Besitzer auf der Straße angesprochen, um sich vor ihrem merkwürdigen Verfolger in Sicherheit zu bringen, und der nahm sie mit hinein.«

»Wo ist Kluge?« Felix konnte nicht fassen, dass Mandel-Alfred wegen Margareta hier war.

»Kluge? Ist das der Mann, der hinter ihr her ist? Hängt mit dem Bankraub zusammen, nicht wahr? Der ist in den Stadtwald verschwunden. Ich nehme mal an, der holt sein Auto, das er vor dem Friedhof geparkt hat. So 'n protzigen SUV fährt der.«

»Ich verstehe das alles nicht. Warum sind Sie hier?«

Felix wurde immer noch nicht schlau daraus, was Mandel-Alfred hierher verschlagen hatte.

»Intuition. Ich hatte ganz plötzlich das Gefühl, dass Margareta in Schwierigkeiten steckt. So bin ich gestern von Hervest nach Erle gefahren und habe das Haus beobachtet, in dem sie wohnt. Und da sah ich Sie beide fröhlich vorbeilaufen. Heute Morgen hatte ich schon wieder das Gefühl, Margareta würde mich brauchen. So bin ich noch mal nach Erle gefahren. Ich wusste, irgendwas stimmt nicht. Da sah ich plötzlich diesen Kerl an ihren Fenstern. Er muss ihre Wohnung durchsucht haben. Dann fuhr er wieder zurück, wohl zu seinem Haus, und später zum Friedhof, wo er Margareta zu Fuß verfolgte. Wie ich sehe, sind Sie ihr ebenfalls auf den Fersen. Ist denn die Polizei gar nicht eingeschaltet?«

Waltraud kam nun näher und bedauerte erst einmal den armen vollgeschneiten Mandel-Alfred. »Ich kenne Sie doch. Hatten Sie nicht in Buer den Mandel- und Obststand auf dem Weihnachtsmarkt? Kannten Sie Margareta von dort? Ich bin nämlich ihre Mutter, müssen Sie wissen.«

Doch Mandel-Alfred gab sich uninteressiert.

»Tja, so langsam frage ich mich auch, wieso wir nicht die Polizei eingeschaltet haben.« Felix schnaufte und schob seine Mütze nach hinten in den Nacken. Es hatte aufgehört zu schneien.

»Das ist doch wohl alles dein Verdienst«, schrie Waltraud Felix an. »Damit du nicht in Schwierigkeiten gerätst, nimmt sie Rücksicht!«

»Ja, das dachte ich zuerst auch. Doch dem ist nicht so. Sie will den Fall alleine lösen, diese passionierte Hobbyermittlerin. Aus falscher Eitelkeit will sie Kluge selbst stellen, um sich mal wieder auf die Schulter klopfen zu lassen. Sie hat mir von ihren Ambitionen erzählt. Dass ich aber auch nicht eher darauf gekommen bin. Ich diene ihr doch nur als Vorwand. Hätte ich gewusst, was ich hier auf mich nehmen muss, wäre ich lieber auf der Straße geblieben und nicht am Heiligen Abend in ihren Polo gestiegen. Ich hätte ihr niemals von den Budapester Schuhen erzählen sollen. Ich Idiot!« Wütend stapfte Felix auf und ab.

»Was für Budapester Schuhe?«, fragte Alfred interessiert und spitzte die Ohren.

»Das geht Sie einen feuchten Dreck an. Sie waren doch schon immer scharf auf Margareta. Das hat sie mir selbst erzählt.«

Felix hatte genug von der angeblichen Margareta-Befreiungs-Aktion. Doch was sollte er tun? Hier und jetzt verschwinden? Wohin? Außerdem hatte er Hunger.

»Undank ist der Welten Lohn. Das hat meine Tochter nicht verdient. Du tust ihr großes Unrecht. Da wollte sie dir was Gutes tun, und du sagst ihr nur Schlechtigkeiten nach. Es ging ihr immer nur um dich. Schöne Festtage wollte sie dir bereiten.« Auch Waltraud kochte vor Wut.

»Ja, so wie du diesem alten Schlagersänger. Den hast du dir doch auch nur mitgenommen, um zu Weihnachten was zum Kuscheln in deinem Bett zu haben. Wieso zwang Margareta mich, mit ihr in die Kluge-Villa einzubrechen? Ich war ihr doch völlig egal. Sie dachte nur an sich.«

»Das bringt doch nichts, wenn ihr euch jetzt gegenseitig die Schuld an allem gebt. Lasst uns lieber gemeinsam überlegen, was zu tun ist, um die Sache zum Guten zu wenden.« Hildchen mochte keinen Streit, und dass die Aktion so mir nichts, dir nichts abgebrochen wurde, wollte die sensationslüsterne Frau schon gar nicht.

»Sollen wir uns jetzt alle hier auf die Lauer legen und warten, was geschieht? Oder bei dem Kerl dort drüben anklingeln und nach Margareta fragen?« Felix schüttelte den Kopf. Für ihn war die Sache gelaufen. Auch als Obdachloser brauchte er sich nicht alles gefallen zu lassen.

»Der Mann wird wiederkommen.« Alfred stand von der Bank auf und klopfte sich mit den Händen den Schnee von seinem Mantel.

»Und dann? Dann hängen wir ihn hier an einem Baum auf und feiern das? Ihr Verstand reicht echt nur zum Obst verkaufen.« Felix nahm kein Blatt mehr vor den Mund, ihm war nun alles egal.

»Von einem Penner lasse ich mich nicht beleidigen. Da hört der Spaß auf.« Alfred, breit wie ein Kleiderschrank, besonders in dem viel zu großen Mantel, baute sich vor Felix auf.

»Jetzt ist es aber genug«, meinte die zarte Anna mit krächzender Stimme. »Hört sofort auf zu streiten.« Sie wollte heim. Heim zu ihrem Meister Geppetto, so streng er auch war. Alles war besser als diese schreckliche Kälte hier draußen. Sie blickte auf den Boden und betrachtete ihre winzigen Stiefelabdrücke. Ihre Füße fühlten sich nass und kalt an. Ihre Waden brannten, da sie solche Strapazen einfach nicht gewohnt waren. Die eisige Luft schmerzte in ihrem Hals.

»Kluge wird bewaffnet sein«, warf Waltraud ein und blickte zu dem gegenüberliegenden Haus, in dem Margareta sich angeblich aufhalten sollte. »Was macht der Mann dort mit meiner Tochter? Was haben die beiden vor? Wieso rufen sie nicht endlich die Polizei?«

»Das habe ich dir doch eben erklärt. Margareta will den Fall alleine lösen und hat diesen Kerl, wahrscheinlich ein einsamer Witwer, schon um den Finger gewickelt und benutzt ihn für ihre Zwecke. Was wir hier treiben, ist Wahnsinn, Leute. Lasst uns nach Hause gehen.«

»Die Kälte ist dir anscheinend zu Kopf gestiegen, lieber Felix. Bei mir breitmachen willst du dich. Doch da hast du dich geschnitten«, meinte Waltraud und riss ihm den Rucksack von den Schultern, um ihm in aller Ruhe ein Leberwurstbrot zu entnehmen. Für Anna und Hildchen hatte sie auch je eins parat. Die beiden Männer gingen leer aus.

Alfred blickte zu seinem Auto und fragte sich, was er hier noch verloren hatte. Zu Hause hatte er es warm und genügend zu essen. Worauf wartete er noch?

Felix schaute noch einmal zum Haus hinüber. Was trieben die beiden wohl gerade? Ein Film lief in seinem Kopf ab. Der Kerl und Margareta hatten sich vielleicht spontan verliebt. Margareta hatte in die Augen dieses einsamen Mannes geblickt und war sofort verloren gewesen. Und er, dieser Kerl, sah in ihr ein verspätetes Weihnachtsgeschenk. Auf so eine Frau hatte er bestimmt schon so lange gewartet. Gut aussehend, patent, witzig. Wie gerne hatte er ihr vermutlich aus dieser Notsituation geholfen, ihr die rührselige, traurige Story von dem Verbrecher, der sie verfolgte, sofort abgekauft, ihr Tee gekocht, sie verwöhnt. Er hatte nicht nur an ihren Lippen gehangen und gelauscht. Nein, jetzt saßen sie bestimmt schon einträchtig auf dem Sofa unter dem Weihnachtsbaum, nachdem sie gerade köstlich gespeist hatten. Endlich hatte er einen Abnehmer für seine Weihnachtsgans gefunden. Und nun kam der Nachtisch. Er bohrte ihr sicherlich seine Zunge in ihren schönen Mund, legte seine rauen Griffel um ihren Hals. Das Kaminfeuer knisterte, und vergessen war der Mörder. Der Kerl kam nicht mal auf den Gedanken, die Polizei zu rufen. Was würden die auch vorfinden? Drei durchgeknallte alte Weiber, die sich vor dem Haus zankten, und zwei Kerle im mittleren Alter, in unmöglichen Mänteln, allesamt reif für die Klapsmühle. Die Polizisten würden sich über die Geschichte totlachen, würden denken, alle fünf hätten zu tief ins Glas geblickt, und würden wieder abrücken.

Vielleicht war auch alles ganz anders. In dem Haus wohnte ein total gestörter Perverser, dem Margareta gerade recht kam. Konnte doch sein, dass sie schon gefesselt in seiner Folterkammer lag und er sich lustvoll die Lippen leckte.

Was soll ich bloß tun?, fragte Felix sich. Doch auf Kluge warten? Aber was habe ich eigentlich mit der ganzen Angelegenheit zu tun?

Felix blickte zu Mandel-Alfred, der nun auch noch anfing zu jammern.

Ich wüsste, was ich zu tun hätte, wenn dieser alte Daimler mir gehören würde, dachte er wehmütig. Fahr zurück in dein Zuhause, Dicker, sprach er ihm stumm zu. Du hast doch bestimmt noch eins.

Doch Alfred dachte gar nicht daran zu verschwinden. Da war etwas, das ihn hier festhielt. Wie ein Sog. Er wollte wissen, was dieser Volltrottel Kluge, drei alte Weiber und der Penner Felix vorhatten. Sein Magen knurrte hörbar. Die Frauen kauten auf ihren Leberwurstbroten herum und ließen die Männer dabei zuschauen. War das christlich? Zu Weihnachten?

Wer weiß? Vielleicht würde sein Engagement Margareta beeindrucken, und er bekäme doch noch einen

Platz in ihrem Herzen? Es war seine einzige und letzte Chance, das spürte er ganz deutlich.

20 Minuten später saßen Alfred und das Quartett in seinem Wagen, die beiden Männer vorne, die drei Frauen hinten, hörten Weihnachtslieder von Helene Fischer und warteten auf Kluges Rückkehr.

Alfred verschlang gierig die Pfeffernüsse, die er Waltraud abgeluchst hatte. Das war der Preis dafür, dass sie sich in seinem Wagen aufwärmen durfte. Felix blieben nur die alten Eukalyptusbonbons aus dem Handschuhfach.

20.

Der Herr Staatssekretär a. D. saß in seinem Sessel, die Waffe, eine alte HK P7, lag auf dem Tischchen, das zwischen ihnen stand. Mit sich und der Welt zufrieden, rührte er in seinem Tee und schaute Margareta an. Gerade hatte er mit Aron einen Kontrollgang draußen um sein Haus hinter sich gebracht. Von Kluge war weit und breit nichts zu sehen gewesen.

»Ich verstehe Sie nicht. Wieso wollen Sie Kluge zur Strecke bringen? Dann gehen Sie in den Knast. Meinen Sie, da haben Sie es schöner als hier? Was wird aus Aron?« Margareta schüttelte den Kopf, trank einen Schluck von dem Rotwein, den Schröder ihr eingeschenkt hatte. Der Wein war süß und schmeckte nach frischen Beeren. Im Hintergrund lief leise Musik. »Jauchzet frohlocket« von Johann Sebastian Bach. Zum Frohlocken war Margareta wahrlich nicht zumute. Doch fühlte sie sich auch nicht so schlecht, wie sie es eigentlich müsste.

Warten, warten, immer nur warten. Worauf? Auf einen weiteren Zufall? Während sie hier gemütlich in dem Sessel saß und sich mit Matthias Schröder unterhielt, irrten ihre Mutter und Felix wahrscheinlich draußen herum und suchten sie. Schröder hätte ein buntes Völkchen in einen alten Daimler steigen sehen. Dort würden sie noch immer sitzen, verkündete er gerade nach einem Blick aus dem seitlichen Wohnzimmerfenster. Wer weiß, wen

Waltraud noch dazu überredet hatte, an der Suchaktion teilzunehmen. Ihre Freundin Anna und ihre neunmalkluge Nachbarin Hildchen, vermutete Margareta. Sie tat alles, um mir zu helfen, und ich verkrieche mich hier. Aus Angst? Aus Feigheit? Margareta wusste keine Antwort darauf.

Schröder schmunzelte. Er sah sympathisch aus, obwohl er nicht als schöner Mann im eigentlichen Sinne zu bezeichnen war. Margareta mochte ihn. Er strahlte Zuverlässigkeit aus.

»Das müssen Sie gerade sagen, Frau Hobbykommissarin. Wieso haben Sie nicht längst die Kripo gerufen, wo Sie doch sogar einen Freund dort sitzen haben? Im Prinzip wollen wir beide das Gleiche, ich aus Rache und Sie aus weiß Gott welchen Beweggründen. Eitelkeit? Sie wollen mir doch nicht weismachen, dass Sie diesen Alleingang nur aus Rücksicht auf diesen Stadtstreicher durchziehen?«

»Doch, irgendwie schon. Jedenfalls am Anfang. Jetzt weiß ich selbst nicht mehr, was ich eigentlich will. Die Sache ist ziemlich verfahren. Aber eins weiß ich genau: Ich will nicht, dass Sie Selbstjustiz verüben. Wozu?«

»Wozu? Wenn sie Kluge verhaften und einsperren, wird das nicht für lange sein. Bis er endlich sitzt, wird eine Zeit vergehen, und dann kommt er schnell wieder raus und geht zur Tagesordnung über.«

Margareta musste lachen. »Ich glaube nicht, dass seine Geliebte so lange auf ihn wartet. Dieses junge Ding hat sich doch nur mit Kluge eingelassen, weil sie sich finanziell etwas davon versprochen hat.«

»Das muss man sich mal vorstellen. Angeblich hat Kluge also meinen Sohn erschossen, weil er mit dieser

Jessi befreundet war? Wie krank muss der sein? Ich war von Anfang an gegen diese Beziehung. Ich werde den Tag nie vergessen, als André diese Frau hier anschleppte. Schon als sie den Mund öffnete, wusste ich, dass da oben in ihrem schönen Köpfchen eine Schüppe zu wenig eingefüllt wurde.«

Seufzend stand Schröder aus seinem Sessel auf. »Ich mache uns eine Kleinigkeit zu essen. Mal sehen, was der Kühlschrank noch hergibt.«

Margareta und Aron folgten ihm in die Küche.

Der Gedanke an ihre Mutter machte Margareta nervös. Saß sie wirklich da draußen in einem Auto? Ob ich zu ihr gehen und die Aktion somit beenden soll? Obwohl es sich falsch anfühlte, setzte sie sich an den Küchentisch und beobachtete Schröder, der Eier in die Pfanne schlug, um »Strammen Max« zuzubereiten. Im Kühlschrank suchte er nach Kochschinken und Butter.

Margareta lief zum Küchenfenster, konnte allerdings von dort aus nur in den seitlichen Garten blicken. Ihr gesamter Körper juckte und sie begann, sich überall zu kratzen. Kein Wunder, sie hatte sich seit gestern Morgen nicht mehr gewaschen.

Matthias Schröder beobachtete sie.

»Sie können gerne oben bei mir duschen.«

»Ist das nicht paradox? Meine arme alte Mutter sitzt draußen bei der Kälte in einem Auto und sucht mich, während ich hier bei einem fremden Mann sitze und mich bedienen lasse. Wahrscheinlich ist sie schon total verrückt vor Angst.« Indem sie es aussprach, wusste sie genau, dass es nicht so war. Sie kannte Waltraud und ihre Sensationslust und ahnte, dass sie sich darin sonnte, dass ihre Tochter verschwunden war.

Schweigend aßen sie die einfache Mahlzeit. Hin und wieder sah Matthias schmunzelnd zu Margareta hinüber.

»Lassen Sie mich an dem, was Sie so lustig finden, teilhaben.«

»Es ist tatsächlich paradox. Wir warten, dass der Mörder meines Sohnes zurückkommt, ja, um was zu tun? Sie wollen ihn stellen und der Polizei ausliefern. Ich will meinen Sohn rächen und ihn zur Strecke bringen. Am zweiten Weihnachtsfeiertag. Ich habe außerdem noch nie zu Weihnachten ›Strammen Max‹ gegessen. Das ist doch irgendwie witzig.«

Und doch schmeckte es Margareta vorzüglich. Das Brot war wider Erwarten frisch, der Schinken ebenfalls, und die Eier, auf den Punkt gebraten, rundeten das Ganze ab. Margareta lehnte sich satt und halbwegs zufrieden an die kühle Holzlehne des großen Küchenstuhls. Sie hatte während des Essens einen Entschluss gefasst.

»Ich werde jetzt besser gehen. Ein bisschen Angst habe ich zwar schon, vor die Tür zu treten und Kluge in die Arme zu laufen, aber es ist das Beste so. Holen Sie mir bitte meine Jacke?«

»Um Gottes willen! Sie bleiben hier. Gehen Sie erst einmal nach oben und machen sich frisch, dann fühlen Sie sich gleich viel besser. Anschließend können Sie sich gerne ein wenig aufs Sofa im Wohnzimmer legen.«

Schröder machte einen entspannten Eindruck. Ihr ungeplanter Besuch schien ihm zu gefallen; ließ ihn für kurze Zeit seine Trauer vergessen. Oder hatte er sein Vorhaben, Kluge niederzustrecken, inzwischen verworfen?

»Duschen ist gerade noch okay. Doch hinlegen? Ich könnte kein Auge zutun.«

Sie griff zu ihrer Hosentasche, um erneut festzustellen, dass sich dort kein Handy mehr befand. »Verdammter Kluge, er hat mein Handy zerstört, ist darauf rumgetrampelt wie ein Irrer. So ohne Handy komme ich mir richtig nackt vor. Wahrscheinlich hat meine Mutter schon 350-mal angerufen. Die SIM-Karte konnte ich allerdings retten.« Schröder bedeutete ihr zu warten, ging ins Wohnzimmer und kam kurz darauf mit einem Mobiltelefon zurück. Er legte es vor Margareta auf den Küchentisch. »Zwar nicht mehr das neueste Modell, doch es funktioniert noch einwandfrei. Ich werde es gleich mal aufladen. Keine Angst, es ist nicht das Handy von André.«

»Das ist aber nett von Ihnen.« Margareta war gerührt. »Ich gebe es Ihnen nach den Feiertagen zurück, sobald ich mir ein Neues besorgt habe.«

Stille herrschte hier oben in dem großen Kasten, der im Backsteinstil der 1920er Jahre erbaut worden war. Eine ruhige Oase mitten in der Großstadt. Sie hüllte sich in ein gelbes Badehandtuch, das Schröder ihr auf der Heizung bereitgelegt hatte. Den Hausanzug seiner verstorbenen Mutter wollte sie nicht anziehen, schmiss sich stattdessen in ihre alten Klamotten. Ein riesiges Bad mit blau verzierten Kacheln, deckenhoch gefliest. Zwar sehr altertümlich alles, jedoch blitzsauber. Wie gut es getan hatte, das warme Wasser über den Körper laufen zu lassen. Die Wunden in ihrem Gesicht brannten noch immer. Sie hatte nur ganz wenig von seinem Markenduschgel, das wunderbar nach Sandelholz roch, benutzt. Als sie gerade dabei war, sich das Haar zu föhnen, vernahm sie Stimmen vor dem Haus. Rief da jemand ihren Namen? Sie stellte den Föhn ab und lauschte. Sie hörte Schröder im

Erdgeschoss telefonieren. Rief er etwa die Polizei? War Kluge zurück?

Hastig rannte sie die Treppen hinunter. Aron lief vor der Terrassentür hektisch hechelnd auf und ab.

Schröder beendete das Gespräch und schaute Margareta nachdenklich an. »Es war Kluge. Er will, dass Sie herauskommen. Ihnen wird nichts geschehen, sagt er. Sein Geld will er, mehr nicht.«

»*Sein* Geld? Pah!« Margareta wurden die Beine weich und sie musste sich auf den Rand eines Sessels setzen. »Was soll ich tun?«

»Sie machen gar nichts. Ich vermute, er hält sich in meinem Garten auf. Arons Verhalten lässt darauf schließen. Ich werde die Terrassentür öffnen und ihn hinauslassen. Der stellt ihn dann. Den Rest erledige ich«, sprach Schröder, ging zu dem kleinen Tischchen und griff zu seiner Waffe, die er sich vorne in seine Jeans stopfte.

»Das ist viel zu gefährlich. Kluge wird Aron abknallen. Der ist total durchgedreht.« Margareta kaute nervös auf ihren Fingernägeln herum. Kluge war also zurück. Wie war er in den Garten gekommen?

Schröder schaltete die Außenbeleuchtung an. Ein verschneiter Traum von Garten präsentierte sich Margareta, den sie zuvor, wegen der Dunkelheit, noch gar nicht gesehen hatte. Nie hätte sie hier so ein Paradies, angrenzend an den Stadtwald, vermutet. Aus dem einige Meter entfernten Nachbarhaus zur Rechten waren weihnachtliche Gesänge zu hören. Hell erleuchtete Fenster mit Blick auf einen traumhaft geschmückten Weihnachtsbaum ließen auf eine Familienfeier schließen.

»Besser konnte es doch gar nicht kommen. Da muss der Idiot wohl über das Gitter am Ende des Gartens geklettert sein. Da ist an einer Stelle der Zaun kaputt. Wäre der wahnsinnige Schneefall seit Tagen nicht dazwischengekommen, hätte der Gärtner das längst gerichtet. Das ist für mich jetzt die Chance, die Sache hinter mich zu bringen.«

Aron bellte laut und lief vor der Tür auf und ab, als könnte er es nicht erwarten, endlich hinausgelassen zu werden. Von Kluge jedoch war weit und breit nichts zu sehen. Versteckte er sich etwa hinter einer der hohen Tannen? Wo befanden sich Margaretas Mutter und Felix samt Gehilfen? Hatten sie gar nicht mitbekommen, dass Kluge zurück war? Er musste doch mit dem Auto gekommen sein und es auf der Straße geparkt haben. Oder hatte er nur geblufft mit seinem Anruf?

Plötzlich klingelte es an der Tür Sturm.

Margareta zuckte zusammen. Was hatte das zu bedeuten? War das Waltraud, die die Faxen endgültig dicke hatte und nun nach ihrer Tochter fragen wollte?

Erstaunt sah Schröder Margareta an, schritt entschlossen durch das Wohnzimmer sowie durch die angrenzende Diele, mit Aron im Schlepptau. Margareta blieb im Wohnzimmer zurück. Ohne zu zögern, riss Schröder die Tür auf.

»Nicht öffnen!«, hatte Margareta ihm noch zugerufen. »Wer weiß, wer das ist. Vielleicht Kluge!« Aber da war es bereits zu spät gewesen.

Vom frisch gefallenen Schnee wie von Puderzucker bestäubt, stand nun eine Frau im Lodenmantel mit einer großen Tupperschüssel in der Hand auf der Türschwelle. Aron bellte zur Begrüßung. Er schien die Frau zu kennen.

»Ja, hallo, Aron, hallo, Herr Schröder, ich wollte Ihnen nur schnell noch frohe Weihnachten wünschen. Ich habe hier eine Kleinigkeit für Sie. Sie haben doch meine Quitten-Weihnachtstorte immer so gerne gegessen. Zuerst habe ich mich ja nicht getraut zu klingeln. Mein Gott, der André! Das tut mir ja so leid. Doch dachte ich mir, der Herr Schröder ist so einsam, du musst ihn jetzt einfach besuchen.«

»Ja, das haben Sie ja jetzt getan, Frau Birsowksi. Ich wünsche Ihnen auch noch frohe Weihnachten.« Missmutig gab er den Weg frei und ließ die Nachbarin ins Haus. Nun stand sie in der Diele mit ihrer monströsen Kuchenhaube unschlüssig herum, reichte sie ihm schließlich ein wenig verlegen.

»Ich wollte ja schon am Heiligen Abend klingeln und Sie fragen, ob Sie mit uns zur Kirche gehen wollen. Doch da stand Ihnen sicherlich nicht der Sinn nach, oder? Mein Heini sagte noch, lass ihn zu uns rüberkommen, den guten Herrn Schröder, der braucht doch zu Weihnachten nicht alleine zu sein.« Nun entdeckte Frau Birsowski, dank des offenen Wohnbereichs, Margareta auf einem Sessel im Wohnzimmer sitzend. Sie war sichtlich erstaunt, konnte die Situation nicht richtig einschätzen. Ihr Gesicht war vor Neugier schlagartig verzerrt. »Ach, Sie haben Besuch? Das ist gut, Herr Schröder. Sicherlich eine Verwandte, oder?«

Schröder riss ihr die Haube aus der Hand. »Vielen lieben Dank, Frau Birsowski. Nein, nach Kirche stand mir in diesem Jahr nicht der Sinn. Da haben Sie recht. Sie entschuldigen mich jetzt? Schön, dass Sie nach mir geschaut haben. Es geht doch nichts über eine gute Nachbarschaft.«

»Ja, die haben wir, Herr Schröder, nicht wahr? Ihnen noch alles Gute und Ihrer Verwandten auch.«

Die dunkelbraunen Augen der Birsowski, die in speckigen Höhlen ruhten, saugten sich regelrecht an Margareta fest, taxierten sie von oben bis unten. Plötzlich fing sie an zu schluchzen und drückte Schröder den Arm, wohl in der Hoffnung, dass dieser sie an sich reißen würde. »Dieser schreckliche Schicksalsschlag, Herr Schröder. Der André, das tut mir ja so leid! Aber Sie sind ein tapferer Mann, und wie ich sehe, sind Sie ja zu Weihnachten nicht alleine. Das ist gut so.«

Ihr dreister Blick sollte Schröder sagen: »Nun erzähle mir schon, wer diese Frau ist!«

Doch Schröder ließ die neugierige Nachbarin schmoren. »Sie entschuldigen mich dann, Frau Birsowski.« Er machte einen Schritt auf die Haustür zu, um diese zu öffnen. Ein besserer Rauswurf, sozusagen.

»Einen schönen Abend noch, Ihnen, Aron und Ihrer Verwandten.« Sich mehrfach verneigend verließ sie das Haus, drehte sich noch einmal kurz um.

»Ja, Ihnen auch Frau Birsowski. Meine Freundin und ich werden es uns gemütlich machen.«

Geschockt und stolpernd verließ sie Schröders Grundstück, um regelrecht nach Hause zu rennen, um die Ecke, in die nächste Straße, zu ihrem Heini. Der würde staunen. Schröder hatte eine Freundin.

Zufrieden schmunzelnd kehrte Schröder ins Wohnzimmer zurück. »Der habe ich jetzt den Abend verdorben, der alten Ziege.«

Margareta musste lachen.

»Hier, die berühmte Quitten-Torte der Liane Birsowski«, Schröder hielt Margareta die Torte hin. »Schmeckt scheußlich, viel zu sauer. Unsere Gärten grenzen aneinander, und genau an ihrem Grundstücksende steht ihr

Quittenbaum. Ihre ungezogenen Enkel bewerfen mich im Herbst regelmäßig mit diesen harten Früchten, wenn ich im Liegestuhl liege. Elendes Volk, die ganze Familie.«

Wieder standen sie vor dem Wohnzimmerfenster und starrten hinaus in den Garten. Das Licht im Zimmer hatte Schröder gelöscht. Von Kluge konnten sie jedoch keine Spur entdecken. Aron hatte sich beruhigt. Doch der Schein trog. Plötzlich fing er wie ein Verrückter an zu bellen. Witterte er etwa doch Kluge?

Schröder öffnete die Terrassentür, und der Hund jagte hinaus über die verschneite Terrasse in den Garten. Dort sprang er durch den tiefen Schnee, als machte es ihm überhaupt nichts aus, rannte von einer Ecke zur nächsten, schnüffelte an jedem Baum und Strauch.

»Such, Aron, such«, gab Schröder den Befehl und schaute seinem Hund hinterher.

»Das hätten Sie nicht tun dürfen«, sprach Margareta, vor Kälte zitternd an der offenen Terrassentür stehend.

Noch bevor Schröder seine Waffe aus der Hose ziehen konnte, hallte ein Schuss durch den riesigen Garten. Gleich darauf heulte Aron auf. Er war getroffen worden. Schröders über alles geliebter Hund.

Margareta schrie wie eine Irre. Tränen liefen ihr die Wangen herunter. »Er hat Aron erschossen. Und ich bin schuld. Ich habe Kluge hierher gelockt.«

»Sie bleiben hier«, befahl Schröder und lief in den Garten. Obwohl er nur einen Pullover trug, war ihm nicht kalt. Die Sorge um seinen Hund und die unsägliche Wut auf Kluge ließen ihn alles andere vergessen. Er hatte bereits André verloren. Sollte er jetzt auch noch von seinem treuen Gefährten Abschied nehmen müssen? Schnell hatte er den winselnden Aron am Ende des

Gartens, der nur vom Schein des Mondes erhellt wurde, gefunden. Im tiefen Schnee versunken lag er mit blutender Wunde auf der Seite.

»Komm raus, du feiges Schwein!«, schrie Schröder in die abendliche Kälte. »Zuerst meinen Sohn töten und dann auch noch meinen Hund. Zeig dich, du Mörder!« Ehe er sich um das Tier kümmerte, lief er den hinteren Garten ab. Von Kluge war jedoch außer ein paar riesigen Fußabdrücken im Schnee nichts mehr zu sehen.

Schröder steckte die Waffe weg, nahm Aron auf seine Arme, als wäre er leicht wie eine Feder, und trug ihn, beruhigende Worte flüsternd, ins Haus.

»Wir müssen ihn in die Tierklinik bringen.« Margareta kam ihm aufgeregt entgegengelaufen. »Lebt er noch?«

»Immer mit der Ruhe. Lassen Sie uns erst einmal hineingehen. Verschließen Sie die Terrassentür und lassen Sie die Rollläden herunter. Wir schauen uns erst mal an, wie schwer es Aron getroffen hat.« Behutsam legte Schröder seinen Hund auf dem Teppich ab und schaltete das Deckenlicht ein. Aron schaute sein Herrchen vertrauensvoll an. Er hatte aufgehört zu jaulen.

Margareta setzte sich neben Aron auf den Teppich und streichelte seinen Kopf. »Ist er schwer verletzt?«

Schröder schob das Fell an Arons Bauch beiseite und besah sich die blutende Stelle. Dabei sprach er weiter beruhigend auf ihn ein.

»Zum Glück nur ein Streifschuss. Das haben wir gleich.« Er stand vom Boden auf, lief nach oben ins Badezimmer, um mit einem kleinen Verbandskoffer wieder zurückzukehren. Äußerst geschickt, als mache er täglich nichts anderes, versorgte er Arons Wunde und legte ihm einen Verband an. »So, mein Junge, das wird wieder. Da hast du noch einmal Glück gehabt.«

»Ich bringe Sie nur noch mehr in Schwierigkeiten. Aron hätte tot sein können. Ich rufe jetzt die Polizei und beende diesen Wahnsinn.« Margareta ging zur Garderobe und wollte nach ihrer Jacke greifen.

»Sie bleiben! Jetzt erst recht!« Mit entschlossenem Blick ging Schröder auf Margareta zu.

21.

Der Erste Hauptkommissar des KK11 in Gelsenkirchen-Buer Helmut Blauländer lehnte sich zurück und wischte sich mit seiner weißen Stoffserviette zufrieden den Mund ab. Kochen konnte seine Anni, das musste er ihr lassen. Der Gänsebraten mundete ihm auch noch am zweiten Weihnachtstag hervorragend. Statt Rotkohl gab es heute geschmorten Wirsing, anstelle der hausgemachten Knödel Kartoffelpüree. Zum Nachtisch, wie schon die beiden Tage zuvor, Weincreme. Anni hatte gleich einen Eimer voll davon zubereitet. Alles könnte so schön sein, wäre nicht seine Schwiegermutter schon seit dem Heiligen Abend hier in seinem Heim. Alle Jahre wieder kehrte sie mit einem großen Koffer ein in sein Haus. Okay, tagsüber war es ja gerade noch auszuhalten, nicht jedoch die Nächte. Jede Stunde stampfte sie jammernd zum Klo und stöhnte ihn aus seinem leichten Schlaf. Darüber hinaus schlief sie auch noch in seinem Arbeitszimmer, steckte die Nase in all seine Sachen und belegte mit ihrem Gelumpe seinen Schreibtisch.

Sie schaute ihn aus ihren winzigen Augen gehässig an. Ihr ganzes Gesicht war eine einzige gequälte Fratze, während sie auf dem Gänsefleisch herumkaute, als würde sie dazu gezwungen. Gleich kommt wieder die Litanei, was ihr Zahnarzt doch für ein Versager war, da er es nicht schaffte, ihr ein brauchbares Gebiss zu zaubern.

Doch sie hielt zum Glück die Klappe. Er bedauerte, dass er keine Kinder hatte, schaute verächtlich zu seiner Anni, die nie welche gewollt hatte, aus Angst, sie würden ihre Figur und ihre Brüste ruinieren. Na ja, die Angst brauchte sie heute nicht mehr zu haben, auch ohne Kinder war da nicht mehr viel zu retten. Schwerkraft sei Dank!

Bis vor ein paar Jahren hatte noch sein Neffe zu Weihnachten mit am Tisch gesessen. Er hatte diesen stillen Jungen gemocht, und es hatte ihm Freude bereitet, ihn zu beschenken. Irgendwann jedoch hatte Anni sich mit ihrer Schwester wegen einer blöden Nichtigkeit verzankt, und es waren fortan drei Personen weniger gewesen, die zum Fest erschienen. Er hatte seinen Neffen seitdem nie wiedergesehen.

Helmut schaute zum Weihnachtsbaum, der in diesem Jahr in Lila daherkam. Fort mit euch, ihr weißen Kugeln vom letzten Jahr, ab zur Diakoniestation. Hätte er Kinder, hätten sie ihm vielleicht schon Enkelkinder geschenkt. Diese würden jetzt fröhlich um den Weihnachtsbaum hüpfen, begeistert mit den Geschenken spielen, die er liebevoll für sie ausgesucht hätte.

Doch Pustekuchen! Stattdessen hatte Anni ihn losgeschickt, für ihre Mutter etwas Schönes zu besorgen. Und das genau an dem Tag, als die Bank in Buer ausgeraubt worden war. Sie selbst hatte angeblich keine Zeit. Dieser Weihnachtsstress! Er hatte sie reden lassen und abgeschaltet. Wollte nicht schon wieder hören, was eine Hausfrau zum Fest so alles zu erledigen hatte. Vom Waschen der Sofakissen und der Gardinen bis hin zum Abledern der Fußleisten und der Mülltonne, nicht zu vergessen der Staub auf den Schränken. Der ganze

Dezembermonat war der reinste Horror gewesen. Kistenweise Dekozeug musste er aus dem Keller schleppen, damit Anni diesen Mist in allen Winkeln verteilen konnte. Altes wurde durch Neues ersetzt. Mindestens sechs frische Tannenkränze, vom Blumenladen an der Ecke, wurden verschiedenfarbig geschmückt und anschließend an den unmöglichsten Stellen drapiert – sogar in den Zimmerecken. Erst gestern war die alte Schwiegermutter an einem dieser Kränze mit ihren dämlichen Riesenpuschen hängen geblieben. Einen halben Meter hatte sie ihn mitgezogen und wäre fast dabei gestürzt. Anni hatte zu weinen begonnen. Nicht wegen ihrer Mutter, nein, natürlich wegen des Kranzes.

Verschiedenfarbige Duftkerzen von weihnachtlichem Orangenzauber über Zimtrevolution bis zum festlichen Äpfelchen bereiteten ihm wahnsinnige Kopfschmerzen, und er überlegte, wohin er flüchten könnte. Ihm fiel jedoch niemand ein, der bereit gewesen wäre, ihn zum Fest aufzunehmen.

Also ausharren. Es blieben ihm ja noch winzig kleine Fluchtmöglichkeiten, Aufenthalte im Keller oder in der Garage.

Wieder grinste ihn die Alte, die ihm gegenübersaß, an. Sie strich mit ihren zitternden Händen über die Wolldecke, die sie über ihre Storchenbeine gelegt hatte.

»Schön, die Decke. Hast du gut ausgesucht, Helmut!«

Bauländer zuckte zusammen. Ein Lob von seiner Schwiegermutter? War das schon mal vorgekommen? Er konnte sich nicht daran erinnern.

Er starrte auf die Elchmusterdecke. Wie ein Irrer war er durch die Stadt gehetzt. Von einem Laden in den nächsten. Raschelnde Tüten, gestresste Verkäuferinnen, lange Schlangen an den Kassen. »Gib bloß nicht so viel aus, 50 Euro reichen«, hatte ihm Anni am Morgen noch hinterhergerufen.

Vom Weihnachtsmarkt her roch es nach gebrannten Mandeln, Bratwürsten, Glühwein und Kakao. Am Stand von Mandel-Alfred hatte er noch Mandeln, Nüsse und Mandarinen erstanden. Von seinem Taschengeld, versteht sich. Er bewahrte die köstlichen Dinge im Kofferraum seines BMW auf.

Am Ende der Hochstraße hatte er einen Laden entdeckt, der Taschen und Bettwaren führte. Genervt hatte er ihn betreten. Würde er nicht fündig werden, gäbe es nur Geld in einer Karte mit ein paar frommen Wünschen, schwor er sich.

Blauländer hatte die Lage in dem nur wenig frequentierten Geschäft gecheckt und eine dürre Verkäuferin entdeckt, die anscheinend noch nichts vom Weihnachtsstress mitbekommen hatte. Nachdem sie ihn nach seinen Wünschen gefragt hatte, sagte er klipp und klar: »Ich suche ein Geschenk für meine Schwiegermutter. Es soll teuer aussehen und möglichst billig sein, gerne auch zweite Wahl. Eigentlich hat die Frau alles und wird sowieso, egal was ich hier aus dem Laden anschleppe, meckern.«

Entsetzt hatte die Dürre mit dem hochgeschlossenen Wollkleid ihn angestarrt. »Vielleicht eine Handtasche?«

Da hatte er den Haufen mit den Wolldecken entdeckt, die durch das rote Elchmuster auffielen. Er sah die frierende Schwiegermutter vor sich. »Was kostet so eine Decke?«

»70 Euro. Das ist eine gute Qualität, die ist von Schnuckel«, meinte die Dame stolz und fasste sich an den schmalen Hals.

Helmut war es egal gewesen, woher die Decke stammte. Er hätte auch eine von Kinderhand gefertigte Ware aus der Dritten Welt akzeptiert. »Haben Sie keine mit Fehlern, verschmutzt oder so?«

»Ja, eine habe ich hier, die hat ein paar Zugfäden. Da könnte ich Ihnen entgegenkommen.«

»Ich habe 50 Euro.« Blauländer hatte beobachtet, wie die Dürre zu ihrer Chefin, einer Wohlgenährten, ging und die beiden verhandelten. Kurz und gut, er hatte den Laden schließlich mit dem edlen Stück unter dem Arm verlassen. Plastiktüten lehnte er aus Umweltgründen grundsätzlich ab.

Wieder hatte er sich zwischen den überfüllten Ständen des Weihnachtsmarktes hindurchgedrängt. Er hatte sich erdrückt gefühlt zwischen all den Menschen und sich nach der Stille seines kleinen Büros gesehnt. Dort fühlte er sich sicher. Fernab vom weihnachtlichen Tamtam.

Trotzdem gönnte er der alten Frau die Decke nicht. Was hat sie mir denn geschenkt?, dachte er jetzt wütend. Billige Weinbrandbohnen aus dem Discounter, die angeblich die gleiche Qualität hätten wie seine geliebten »Mon Cherie-Kirschen«. Anni bekam zwei 100-Euro-Scheine von ihrer Mutter, die ihr wahnsinnig unter den Nägeln brannten. Morgen früh würde sie damit wie eine Irre durch die Stadt hetzen und sich irgendeinen Plunder kaufen. Für einige Stunden würde sie im Rausch versinken, bis auch diese Sachen ihren Reiz verloren hätten.

Wieder dachte er an den toten Azubi und den Bankräuber im Weihnachtsmannoutfit. Warum hatte er den jungen Mann erschossen? Er hatte ihm doch überhaupt nicht im Weg gestanden? Wieder und wieder hatte er die Zeitungsartikel gelesen. Gerne hätte er sie mit alten ähnlichen Fällen verglichen. Er hatte im Internet eine interessante Seite gefunden mit dem Titel »Spektakuläre Weihnachtsverbrechen«. Da gab es viele Parallelen zu dem Fall in Buer. Doch dazu hätte er in seinem Arbeitszimmer an den PC gemusst. Das wiederum würde Anni an Weihnachten wohl nicht gerne sehen. Noch dazu lagen ja die Klamotten seiner Schwiegermutter überall im Zimmer verteilt herum und verströmten den Duft alter Leute. Seinen Laptop hatte Anni ihm vorausschauend abgenommen und versteckt.

Ein Spaziergang nach dem Essen wäre nicht schlecht! Von unterwegs aus könnte er Margareta Sommerfeld anrufen. Mit dem Gedanken spielte er schon den ganzen Morgen. Wie gerne hätte er sich noch einmal mit ihr ausgetauscht. Ihr Anruf gestern hatte Zweifel in ihm aufkommen lassen. Die Sommerfeld wusste doch was. Wieso rief sie sonst an?

Noch keinen Schritt weiter war die SoKo Weihnachtsmann gekommen. Passanten, die die Verfolgung des Mannes aufgenommen hatten, hatten ihn wenig später im Gewühl verloren. Auffällige Schuhe hätte er getragen, schwarz-weiße Budapester. Die Gehrke, Blauländers rechte Hand, hatte sämtliche Schuhläden in der Umgebung abgeklappert, doch keines dieser Geschäfte führte so ausgefallene Exemplare. Jenny Gehrke war es auch gewesen, die dem Vater des Banklehrlings die traurige Nachricht überbracht hatte. Ungewöhnlich gefasst sei er gewesen, meinte sie, und schön gewohnt hätte er in einer Villa direkt am Eingang zum Stadtwald.

Helmut aß nun schon die dritte Portion Weincreme und ignorierte den strafenden Blick seiner Holden. Solange noch was da war!

Mutter und Tochter hockten sich vor den Fernseher, zogen sich zum 125. Mal »Sissi« rein und lachten über Dinge, die gar nicht lustig waren. Dieser alberne Oberst Böckl ging ihm auf den Keks, sodass er sich tatsächlich zu einem Spaziergang aufraffte. Ein böser Anni-Blick sowie die Worte »Sei pünktlich zum Kaffee wieder da«, begleiteten ihn zur Tür.

Draußen atmete er tief durch und fühlte sich schon besser. Alles war erträglicher, als bei den beiden Weibern zu sein, selbst Eis, Schnee und Sturm. Er durfte das weihnachtliche Gefängnis verlassen, zwar nicht für lange, aber immerhin.

Weihnachten im Kreise der Familie wäre das Schönste überhaupt, sagten Psychologen, seine Kollegen im Kommissariat, seine Nachbarn. Er konnte das nicht bestätigen. Gerade zu Weihnachten konnte er die bedrückende Nähe seiner Anni kaum aushalten. Bei ihm war nichts mit Rosamunde-Pilcher-Harmonie. Wenn er wenigstens Bereitschaftsdienst hätte und irgendwo sie sich gegenseitig niedermetzeln würden! Doch Gehrke und der Neue hatten sich regelrecht mit ihm um den Dienst über die Feiertage geprügelt. Silvester und Neujahr hatte er allerdings auf seine Bereitschaft bestanden. So könnte er sich hin und wieder von zu Hause wegschleichen, um eine Runde mit seinem Auto durch die Gegend zu fahren. Auch bei Eis und Schnee, da scheute er sich nicht vor. Bis zum Präsidium würde er es immer schaffen. Er würde sich in sein kleines Büro setzen, angeblich Akten aufarbeiten, und den Kartoffelsalat und die Würstchen, die er sich mitnehmen würde, in aller Ruhe verspeisen.

Nachdem er die Garageneinfahrt von Schnee freigeschaufelt hatte, stieg er in seinen Wagen, ließ den Motor an und schaltete das Radio ein. Bei dem Wetter das Auto aus der Garage zu holen, wäre Wahnsinn, hatte Anni gemeint. Wo er denn hinwolle? Er hatte nur mit den Schultern gezuckt.

Es hatte aufgehört zu schneien, die Straßen waren allerdings spiegelglatt. Er fuhr bis zur Kurt-Schumacher-Straße und dann Richtung Buer, vorbei an seinem Präsidium. Er blickte hoch zu seinem Büro. Alles dunkel. Vor dem Busbahnhof bog er rechts ab und fuhr Richtung Stadtwald. Wieso eigentlich? Wo wollte er hin? Irgendwann befuhr er die Ressestraße im Schritttempo wegen der Glätte. Hinter dem letzten Haus vor dem Stadtwald hielt er am Straßenrand an und zog sein Handy aus der Hosentasche. Er schaute in den Rückspiegel. Ihm fiel ein alter Daimler auf, der hinter ihm parkte und in dem fünf Menschen saßen. Was machten sie bei einbrechender Dunkelheit hier zwischen Stadtwald und Westerholter Wald? Die hatten doch sicherlich Dreck am Stecken. Vielleicht Drogendealer? Oder Prostituierte mit ihren Zuhältern? Ob ich die mal überprüfe?, überlegte er, entschied sich jedoch, es nicht zu tun. Was sollte er sich in der Abenddämmerung Ärger einhandeln? Die Kerle auf den Vordersitzen sahen nicht gerade vertrauenerweckend aus; die Personen auf den hinteren Sitzen konnte er nicht erkennen. Alle fünf schienen lebhaft zu diskutieren. Vielleicht Einbrecher auf Objektsuche? Gerade zu Weihnachten, wo viele Menschen ihre Verwandten besuchten, lockten unbeleuchtete Wohnungen Diebe magisch an. Eigenartig, der Fahrer hatte Ähnlichkeit mit Mandel-Alfred vom Weihnachtsmarkt, dachte

Blauländer und musste schmunzeln. Schnell vergaß er die eigenartigen Gestalten hinter sich und wählte Margaretas Nummer, die er zum Glück noch eingespeichert hatte. Da hatte diese Frau mal wieder einen Fall in unmittelbarer Nähe ihres Arbeitsplatzes, und sie trat nicht in Erscheinung. Okay, sie hatte ihn gestern angerufen, um ihn auszufragen. Kurz vor dem Fest hatte er sie noch auf dem Weihnachtsmarkt in Buer gesehen. An einer der Märchenbuden unterhielt sie sich mit einem Stadtstreicher, der vor ein paar Tagen plötzlich in Buer aufgetaucht war. Ja, Margareta Sommerfeld hatte ein gutes Herz, kümmerte sich um ihre Mitmenschen. Manchmal allerdings schon zu viel.

Der Gesprächsteilnehmer wäre vorübergehend nicht erreichbar, tönte es aus dem Handy. Sie wird mit ihrer Familie Weihnachten feiern und ihr Handy abgeschaltet haben, sagte er sich. Vielleicht hat sie ja auch wieder eine neue Flamme. Er wünschte es ihr nach der Pleite vom Sommer. Nein, dieser verträumte Lehrer war nichts für sie gewesen.

Helmut Blauländer war enttäuscht. Wie gern hätte er sich mit ihr getroffen. Irgendwo auf einen Kaffee. Dafür hätte er sogar seine Anni und diese Linzer Torte warten lassen.

Unschlüssig lauschte er den abgedroschenen Weihnachtsliedern aus dem Radio und überlegte, was er tun könnte. Wieder nach Hause fahren? Seine Gedanken kreisten um die Weihnachtsfeste seiner Kindheit. Wie aufregend doch alles gewesen war. Er hatte voller Träume und Hoffnungen gesteckt, während seine neue Trix-Eisenbahn unermüdlich im Kreis fuhr. Und was war aus ihm geworden? Okay, beruflich konnte er sich nicht beklagen. Er war Erster Hauptkommissar im KK11 des Polizeipräsidiums in Buer und reihte eine Schar trüber Tassen um sich, verdiente gut und freute sich auf seine Pensionierung in knapp drei Jahren. Doch privat? Anni war nicht gerade ein Glücksgriff gewesen. Wieder blickte er in den Rückspiegel. Hinter diesem Daimler konnte er die Villa von Schröder sehen, von der ihm die Gehrke ja bereits vorgeschwärmt hatte. Wieder bedauerte er den armen Mann, der zwei Tage vor Weihnachten seinen Sohn André verloren hatte. Und das nur, weil ein Verrückter während des Banküberfalls in Buer ihn sinnlos niedergeschossen hatte. Der junge Mann hatte sich dem Bankräuber nicht widersetzt, hatte sich eher unauffällig an einem Aktenschrank in der Ecke aufgehalten. Scheinbar gezielt hatte der Kerl gerade diesen Menschen erschossen. Doch warum? Das Geld, diese läppischen erbeuteten 150.000 Euro, waren die eine Sache, der sinnlose Mord eine andere.

Diese auffälligen Schuhe. Schwarz-weiße Budapester mit weißen Troddeln. Vielleicht konnte die Sommerfeld ihm mehr dazu sagen. In ihm keimte Hoffnung, dass sie bereits voll in die Sache involviert war und auf eigene Faust ermittelte.

Noch einmal nahm er das Handy und wählte ihre Nummer. Sollte er ihr eine Nachricht hinterlassen? Er verwarf den Gedanken wieder, kam sich plötzlich albern vor.

Diese Bande in dem alten Mercedes gestikulierte immer noch wild mit den Händen. Sie redeten sich die Köpfe heiß, am zweiten Weihnachtsfeiertag, mitten im Wald bei chaotischem Wetter. Ob er sich doch mal die Ausweise zeigen ließ?

Nein, fahr nach Hause, sagte er sich. Bei einem weiteren Blick in den Rückspiegel glaubte er, in dem Mann auf dem Beifahrersitz den Stadtstreicher aus Buer zu erkennen. Es bestand wirklich eine frappierende Ähnlichkeit!

Du siehst Gespenster, rief er sich selbst zur Vernunft. Weder handelt es sich beim Fahrer um Mandel-Alfred noch beim Beifahrer um den stadtbekannten Penner aus Buer. Ab nach Hause zu deinen Lieben. Heute Abend würden die Weiber wieder juchzen, wenn das Traumschiff in See stechen würde.

Er wendete den Wagen und fuhr zurück in Richtung Buer. Gerade als er den Daimler passierte, hatte er eine weitere Halluzination. Er sah doch tatsächlich auf der Rückbank direkt am Fenster die alte Sommerfeld, Margaretas Mutter, sitzen. Dabei hatte er doch gar nichts getrunken. Noch nicht, dachte er seufzend, aber das würde er gleich zu Hause ändern.

22.

Als der Himmel sich über der Zechensiedlung nachtblau verfärbte, überkam Kluge das heulende Elend. Überall blickte er in hell erleuchtete Fenster, hinter denen Familien sich auch noch am zweiten Feiertag um den Weihnachtsbaum scharten und fröhlich waren. Der Geruch von Schweinebraten und sonstigen weihnachtlichen Düften zog in seine Nase. Wo kamen die Gerüche her? Ob auch Jessi mit ihrem Nachwuchs unter dem Tannenbaum saß und fürstlich speiste? Oder ob sie mit ihrem Gör bei ihrer alkoholkranken Mutter war? Unter dem Tannenbaum sitzend sah er sie eher nicht, musste er den Tatsachen so langsam ins Auge sehen. Vor allem der, dass sie nichts von ihm wissen wollte. War er etwa völlig umsonst zum Mörder geworden? Trotzdem oder gerade deshalb wollte er aber unbedingt das Geld aus dem Bankraub. Schließlich musste er dringend untertauchen. Und das in Bälde. Nichts wie hin zu diesem blöden Haus, in dem die Sommerfeld sich aufhielt, die Bude stürmen und diesem Räuber- und Gendarmspiel ein Ende bereiten.

Durchgefroren stieg er in seinen Wagen, ließ den Motor an und rieb seine Hände aneinander. Den Tirolerhut warf er auf den Beifahrersitz. Seine kalten Beine schmerzten. So lange Fußwege war er einfach nicht gewohnt. Eine unbändige Wut auf Margareta Sommerfeld machte sich in ihm breit. Diese durchgeknallte Alte war plötzlich an der Ressestraße von der Bildfläche verschwunden, um eine halbe Stunde später an der Bushaltestelle »Am Stadtwald« wieder aufzutauchen. Dann überquerte sie plötzlich die Straße und suchte Hilfe bei diesem schneefegenden Kerl. Verschwand schlussendlich auch noch in seinem Haus. Ausgerechnet bei Schröder, dem Vater des Bankazubis André, den er zur Strecke gebracht hatte. Jessi hatte ihm erzählt, dass André im ersten Haus am Stadtwaldeingang wohnen würde. Es musste sich also um seinen Vater handeln, der Margareta geholfen hatte, mutmaßte Kluge. Doch das wusste die Sommerfeld zu dem Zeitpunkt mit Sicherheit noch nicht. Oder vielleicht doch?

Kluge zog sein Handy aus der Tasche und wählte zum unzähligsten Male Jessis Nummer. Doch wie erwartet nahm sie nicht ab, nur die Mailbox sprang an. War sie tatsächlich nicht zu Hause? Was sollte er tun?

Ob ich zu meiner Familie fahren und mich dort ordentlich einschleimen soll?

Nichts zog ihn jedoch heim in den Allmendenweg zu seinen drei Frauen. Außerdem hatte Ursel ihm gedroht, dass sie ihn nicht wieder hineinlassen würde. Ob sie es tatsächlich ernst gemeint und seine Klamotten in die Garage gepackt hatte?

Er fuhr sich durch seine rotblonden Haare, startete schließlich den Wagen und fuhr Richtung Stadtwald. In engen Windungen krümmte sich der Wetterweg, bis er endlich auf die Alleestraße und anschließend auf die Middelicher Straße stieß. Zum Glück hatte Frau Holle dort oben aufgehört, die Kissen aufzuschütteln, und die Streufahrzeuge hatten gute Arbeit geleistet. Nach nur sieben Minuten hielt er auf der rechten Seite der Resser Straße in Richtung Buer, schräg gegenüber der Schröder'schen Villa. Ihm fiel ein alter Daimler auf der gegenüberliegenden Straßenseite auf, in dem fünf Menschen sich unterhielten. Doch er achtete nicht weiter auf dieses Quintett, googelte Schröders Telefonnummer und rief ihn an. Wenn der Mann gescheit wäre und seine Ruhe wollte, müsste er, wie er von ihm verlangen würde, die Sommerfeld hinausschicken. Die Frau würde anschließend ganz brav in sein Auto steigen und ihn zu seiner Geldtasche bei ihrem angeblichen Kumpel führen. Was er danach mit der Frau machen würde, müsste er sich noch überlegen.

Gesagt, getan. Leider war Schröder nicht so kooperativ, wie er gehofft hatte, wurde richtig frech, stellte sich schützend vor die Sommerfeld. Hatte sie ihm in der kurzen Zeit schon den Kopf verdreht?

Er konnte auch anders, sagte er sich, stieg aus dem Wagen und überquerte die Straße. Die kalte Abendluft brannte in seinem Gesicht. Ein Seitenblick streifte den alten Mercedes. Er verschwendete jedoch keinen Gedanken mehr an die Insassen. Nun schon zum zweiten Mal schlug er den Weg, der durch den Stadtwald führte, ein. In ungefähr 100 Metern Entfernung stand eine einsame Laterne, die die große Wiese vor dem Waldorfkindergarten beleuchtete. Doch so weit wollte er gar nicht. Er schlich neugierig Schröders Grundstück ab, sah im Wohnzimmer Licht. Wie kam er bloß in den Garten?

Mit seinen hohen Schuhen stapfte er durch den tiefen jungfräulichen Schnee dicht am Zaun entlang, der das große Grundstück vom Stadtwaldgelände trennte. Kein Armer, der Mann, dachte Kluge noch, als er das Gartenende erreicht hatte. Er rüttelte hier und da am Zaun, und siehe da, an einer Stelle klaffte die Einfriedung auseinander und verschaffte ihm Durchgang. Leichtsinnig, der Kerl, dachte Kluge und zwängte sich durch den schmalen Spalt. Mit seiner Jacke blieb er an dem Drahtgeflecht hängen und riss sich einen Winkel in das gute Stück. Was genau er hier wollte, vermochte er nicht zu sagen. Nur mal ins Wohnzimmer schauen? Sich davon überzeugen, dass die Sommerfeld tatsächlich dort Unterschlupf gefunden hatte?

Kein Vergnügen, durch den Schnee zu stapfen. Aber was tat man nicht alles für 150.000 Euro!

Er musste lachen. Wenn er tatsächlich noch heute an das Geld kommen würde, bräuchte er morgen gar nicht mehr sein Autohaus aufzuschließen, überlegte er. Doch wo sollte er auf die Schnelle hin? Wenn nicht zu Jessi, wohin dann? Irgendwo ins Ausland? Sie besaßen noch eine baufällige Finca auf Mallorca. Würde man ihn dort jedoch nicht zuerst suchen?

Von schräg gegenüber erklang aus einem Haus Musik. »Es ist ein Ros entsprungen«, live gesungen von krächzenden Erwachsenen, einschließlich Musikbegleitung von mehreren Blockflöten. Die vielen falschen Töne zerrten an seinen Nerven. Wahrscheinlich waren da Kinder am Werk, die den Gesang der Eltern eifrig unterstützten.

Ganz nah schlich er an die Terrasse heran und konnte tatsächlich ins Wohnzimmer blicken. Ein ordentlich aufgeräumtes Museumswohnzimmer. Vor dem Fenster standen die Sommerfeld und ein älterer Herr, wohl der Hausbesitzer Schröder, nahm er an. Ein Belgischer Schäferhund lief nervös hechelnd vor dem Fenster auf und ab. Nun fing er auch noch an zu bellen, was wohl Kluges Herumschleichen im Garten geschuldet war. Kluge zog vorsichtshalber die Waffe aus seiner Jackentasche.

Sommerfeld griff zu einem Glas und gönnte sich einen kräftigen Schluck Rotwein, soweit er es aus der Entfernung erkennen konnte. Da hatte sie es wirklich gut getroffen, wurde verköstigt und getränkt, spielte dem Mann die völlig erschöpfte Verfolgte vor. Was werden die blöd gucken, wenn ich gleich zum Wohnzimmerfenster hineinschaue, dachte Kluge. Die Sommerfeld wird einen Herzinfarkt erleiden und der Schröder wird den Hund auf mich hetzen, den ich erschießen müsste. Und dann? Schröder würde wohl niemals zulassen, dass ich die Sommerfeld mitnehme. Also auch ihn umnieten?

Der Hund wurde immer unruhiger. Und was tat der Herr Hausbesitzer? Löschte im Wohnzimmer das Licht und öffnete die Terrassentür, was Kluge dazu veranlasste, den Rückzug anzutreten. Wieder nach hinten in den Garten, Schutz hinter einer Tanne suchend.

Wie ein Wahnsinniger stürzte der Hund, der auf den Namen Aron hörte, in den Garten, schnüffelte hier und schnüffelte da, markierte an sämtlichen Bäumen, suchte anschließend weiter.

Schlussendlich hatte er Kluge aufgespürt, blieb vor ihm stehen und schaute ihn aus neugierigen Augen an. Er fixierte ihn, ohne Laut zu geben, hechelte Kältewolken.

Eigentlich mochte Kluge Hunde, hatte selbst einmal einen Schäferhund besessen. Hasso hatte er geheißen. Lang war es her. Als seine Eltern sich trennten, hatte man den Hund ins Tierheim gegeben. Das hatte Kluge nie verwunden.

Plötzlich fing Aron an, leise zu fiepen und leckte sich über seine Lefzen. Was wollte er ihm sagen? Wieso schlug er nicht an und stellte ihn? Aron wurde von seinem Herrchen gerufen. Wieder und wieder bekam er den Befehl »Such«.

»Verschwinde«, zischte Kluge dem Hund zu und stampfte mit dem Fuß auf. Das passte dem Tier nicht und es begann zu bellen. Kluge kehrte ihm den Rücken zu, wollte zurück durch das Loch im Zaun. Das versuchte der Hund zu verhindern, und so schnappte er nach seiner Jacke. Kluge schlug nach ihm und setzte seinen Weg fort. Als Aron ihm in die Hose biss und nicht aufhörte zu knurren, zog er die Waffe und schoss auf ihn. So leid es ihm plötzlich tat, er musste Aron kampfunfähig machen. Er zielte bewusst nicht auf sein Herz, sondern auf einen Hinterlauf. Aron jaulte auf und ließ sich in den Schnee fallen. Als Kluge sich durch das Loch im Zaun schob, blickte er sich noch einmal um. Das Licht im Wohnzimmer der Villa ging an. Die Sommerfeld schrie hysterisch und beweinte den Hund. Schröder kam angerannt, um nach seinem Hund zu suchen. Wie besorgt er klang! Diese weinerliche Stimme. Aus dem rechten Augenwinkel konnte Kluge erkennen, dass Schröder Aron vorsichtig ins Haus trug. Er wird überleben, sagte er sich. Er wollte nicht, dass der Hund starb. Er wollte doch nur die Tasche mit dem Geld.

Er kehrte zurück zur Straße, sah, als er abermals zurückblickte, dass im Obergeschoss des Hauses das Licht anging. An einem schmalen Fenster, wohl das des Badezimmers, konnte er die Silhouette einer Person erkennen.

Der alte Daimler mit den fünf Gestalten stand noch immer am Straßenrand. Hatten diese Leute etwa kein Zuhause?, fragte er sich und ging ratlos vor dem Haus auf und ab. Nach einer gefühlten Ewigkeit zog er sein

Handy erneut aus der Tasche und wählte zum zweiten Mal Schröders Festnetznummer.

»Das mit Ihrem Hund war nur eine Warnung. Die Sommerfeld soll herauskommen. Ich gebe ihr zehn Minuten.« Voller Hass warf Kluge Schröder diese Worte an den Kopf.

Schröder brüllte ihn durchs Telefon an. Dass man seinen Hund verletzt hätte, ginge zu weit. Die Sommerfeld würde nicht herauskommen. Niemals. Er würde jetzt die Polizei rufen, sagte er und legte auf.

Kluge atmete tief durch und begab sich auf die andere Straßenseite, dorthin, wo die zwei Bänke an der Bushaltestelle standen. Die beiden mit Schnee bedeckten Sitzgelegenheiten mit den tief hängenden Ästen darüber, beladen mit weißen Massen, wirkten mystisch. Kluge musste schmunzeln, als er den Gesäßabdruck auf einer der beiden Bänke entdeckte. Welcher Vollidiot hatte sich bei diesem Wetter, bei Minusgraden hier in den Schnee gepflanzt? Aber er tat es ihm gleich und setzte sich, obwohl nur wenige Meter weiter sein Wagen stand. Doch von hier aus hatte er den besseren Blick auf Schröders Anwesen.

Sein Magen knurrte. Er hätte jetzt gerne ein Bier getrunken und ein schönes Stück Fleisch gegessen. Schließlich war Weihnachten.

Plötzlich meldete sich sein Handy. Wer mochte das sein? Etwa Ursel, die ihn reumütig nach Hause bitten und Besserung geloben wollte? Er blickte aufs Display.

Jessi!

Er konnte es kaum glauben.

Sein Herz schlug höher, als er freudig erregt das Gespräch annahm. Sie wäre jetzt zurück, wäre bei ihrer

Mutter gewesen, blubberte sie drauflos und erzählte ihm haarklein, was dort über die Feiertage los gewesen wäre. Ihr Duktus war dabei unterste Schublade, was Kluge gar nicht wahrnahm oder wahrnehmen wollte. Jessis Intellekt war das Letzte, was ihn an dieser Frau reizte. Wenn er Lust hätte, könnte er jetzt zu ihr kommen, ein bisschen Weihnachten feiern, meinte sie zweideutig.

»Ja, ja, ja, ich komme«, rief er ins Telefon. »Gib mir eine Stunde. Ich bringe dir auch was Schönes mit.«

Er stand von der kalten Bank auf, straffte die Schultern, grinste übers ganze Gesicht und freute sich wie ein Kind. Sicherlich würde Jessi ihm was Ordentliches auf den Tisch bringen.

Wenn er sich da mal nicht täuschte.

Sommerfeld, zieh dich warm an! Ich brauche das Geld! Jetzt, sofort! Jessi würde staunen, wenn er ihr die Tasche mit den Scheinchen unter den Tannenbaum stellen würde.

Er wechselte die Straßenseite, ging bis direkt vor Schröders Haus, zog die Waffe und feuerte auf die Haustür.

Die Warnung eines Vollidioten!

23.

Sepp Kowalski, Kapellmeister des Hessen-Trios, einer Combo ältlicher Musiker, schaute am Nachmittag des zweiten Weihnachtstages ganz schön dumm aus der Wäsche. So hatte er sich das nicht gedacht, als Waltraud ihn über die Feiertage zu sich nach Hause einlud. Na ja, direkt eingeladen hatte sie ihn nicht. Er stand mit Sack und Pack bei ihr auf der Matte, nachdem seine Gudrun ihn zu Hause rausgeschmissen hatte. Immer die alte Leier. Ihr war zu Ohren gekommen, dass er mal wieder seine Griffel nicht von irgendeiner Alten hatte lassen können und sie mit seiner für sein Alter wahnsinnigen Potenz beglückt hatte. Mehrmals hatte die nämlich bei ihm zu Hause angerufen, als er die Liaison längst beendet hatte. Hinzu kamen seine Schulden, die leere Kasse zu Hause, was Gudrun gar nicht witzig fand. So musste er das Haus im beschaulichen Nidda in der gemütlichen Adventszeit verlassen. Trotz Treue- und Besserungsschwüren. Eigens für seine Angetraute sang er abends in seinem Heimstudio im Keller: »Du hast mich tausendmal belogen« von Andrea Berg, schmachtete sie dabei an. Auch als er sich anschließend an ihren faltigen Hals andockte, was sonst immer Wunder wirkte, kannte sie keine Gnade.

Bei Eis und Schnee von Nidda nach Gelsenkirchen zu gelangen, war kein Vergnügen gewesen. Doch wo sollte er sonst hin? Beim letzten Mal, als seine Gattin ihn vor die Tür gesetzt hatte, hatte Kirsten ihn aufgenommen. Doch von dort hatte er nach nur zwei Tagen das Weite gesucht. In der Fastdunkelheit des Tanzcafés Zillertal in Bad Nauheim hatte sie gar nicht schlecht ausgesehen, war lustig und voller Pläne gewesen, hatte von ihrem ach so tollen Zuhause geschwärmt. Bei Tageslicht, in ihrer vollgestopften Wohnung zwischen zwei großen Hunden auf dem grünen Plüschsofa sitzend, hatte sie dann irgendwie asozial gewirkt. Sorgenfalten durchzogen ihr runzliges Gesicht, ihr Haar war so schütter, dass man niemals hätte darin etwas verstecken können, und ihre Zähne konnte man eher als Ruinen bezeichnen. Von Fröhlichkeit war keine Spur mehr zu entdecken. So war er einem Kollegen ganz tief irgendwohin gekrochen und war mit dem geschnorrten Geld, 500 Euro, nach Hause gefahren, machte dort Kniefälle ohne Ende und wedelte mit den grünen Scheinen um Gudruns spitze Nase, die ihn gnädig wieder aufnahm. Sein Kollege hatte das Geld noch immer nicht zurück, Sepp dafür einen Schneidezahn weniger.

Bei Waltraud hatte er sich sofort wohlgefühlt. Sie war tageslichttauglich, sah genauso aus wie im Tanzcafé Zillertal und war für ihr Alter noch gut drauf, wirkte völlig unverkrampft und natürlich. Er musste an die letzte Nacht denken, als er in dem Doppelbett auf Waltrauds Seite gekrochen war und seine Nase in ihre nach Marzipan duftenden Brüste gepresst hatte. War keine Schlechte, die Waltraud, bis ihre Tochter, die den Weihnachtsfrieden immens störte, aufgetaucht war.

Nun war es schon 15 Uhr durch, und er hatte noch keine warme Mahlzeit auf dem Tisch. Immer wieder schritt er zum Kühlschrank, schaute auf die nackte

Gans, streichelte ihren weißen pockigen Rücken und fragte sich, wann er sie wohl, natürlich gebraten, verspeisen könnte. Vielleicht um Mitternacht? Alles war bestens gewesen, bis diese dämliche Margareta-Tochter auf der Bildfläche erschienen war mit diesem Stadtstreicher, der bei ihr Unterschlupf gefunden hatte. Über ihn, den coolen Sepp, lustig gemacht hatte sie sich am Heiligen Abend, über seine Autogrammkarte, seinen ganzen Stolz und für ihn ein Zeichen seiner Professionalität, hatte sie gelacht. Dann war sie plötzlich verschwunden, und Sepp hatte schon aufgeatmet, dass nun endlich Ruhe einkehren würde in Waltrauds weihnachtlichem Haushalt. Doch weit gefehlt. Der Penner Felix war gestern hier aufgekreuzt. Allein. Mit der Beute aus dem Bankraub in Buer. Und was planten Waltraud und Felix? Wollten selbst auf Margareta-Suche gehen. Zogen auch noch diese beiden Weiber mit ins Boot, die frivole Nachbarin Hildchen und Waltrauds fromme Freundin Anna, beziehungsweise in seinen tollen Wagen, um damit bei diesem unmöglichen Winterwetter durch die Gegend zu fahren und die Verschwundene zu suchen. Ihn ließen sie ganz alleine zu Hause, was er zuerst ja noch lustig fand. Er hatte den Fernseher eingeschaltet und sich eine Dose Würstchen aufgemacht, fiel außerdem über seinen und Waltrauds bunten Teller her. Später hatte er in sämtlichen Schubladen gewühlt und Aktenordner durchstöbert, um festzustellen, dass seine neueste Errungenschaft finanziell nicht schlecht dastand. Gegen Mittag hatte er endlich seinen Opel Admiral vorfahren gehört, um den er sich schon große Sorgen gemacht hatte. Schließlich war er nicht mehr der Jüngste, hatte schon 40 Jahre auf der Haube. Sepp hatte am Schlafzimmerfenster gestanden, hatte die Scheibe mit seinem Würstchenatem vollgeatmet und sich gefreut. Endlich würde die Gans in den Backofen geschoben, hatte er gehofft. Doch Pustekuchen. Die vier Vermummten waren gar nicht erst ins Haus gekommen, sondern liefen Richtung Friedhof davon, obwohl es gerade wieder angefangen hatte zu schneien. Fassungslos war er vom Schlafzimmerfenster zum Wohnzimmerfenster gerannt, von wo aus er sie noch eine Zeit lang beobachten konnte. Was für ein blödes Quartett, drei alte Weiber und ein rausgeputzter Penner. Der Wolf im Schafspelz sozusagen. Vielleicht spielte er nur den braven gefälligen Mann und hatte Margareta längst um die Ecke gebracht, fantasierte er in seinem hungrigen Kopf.

Wütend hatte er durch die Programme gezappt und sich dann ein Stündchen aufs Ohr gelegt.

Sie wird schon wiederkommen, dachte er jetzt, als er sich aus Waltrauds Kammer einen Christstollen holen wollte. Sein Blick blieb an der alten karierten Reisetasche hängen. In dieser museumsreifen Tasche befand sich das Geld, auf das er aufpassen sollte. Er zog sie vom Regal und nahm sie mit ins Wohnzimmer. Dort stellte er sie neben sich auf das Mohairsofa. Und während Oberst Böckl wie ein Irrer über den TV-Bildschirm fegte und Sissi bewunderte, begann er mit funkelnden Augen, das Geld nachzuzählen.

Tatsächlich! 150.000 Euro! Diese Summe würde viele seiner momentanen Probleme mit einem Schlag in Luft auflösen. Gudrun, die geldgierige Frau, würde ihn mit offenen Armen wieder aufnehmen, ihm seine Untreue verzeihen und endlich akzeptieren, dass diese Fremdgeherei eine Berufskrankheit war. Zwar noch nicht anerkannt, aber vielleicht irgendwann. Er könnte die

Schulden bei seinem Kumpel bezahlen und sein Konto endlich ausgleichen sowie die vielen Kleinkredite ablösen. Sicherlich würde das Geld reichen, bis er endlich mal in so einem düsteren Tanzlokal für das ältere Semester auf eine reiche Dame stieß, die ihn durchfüttern würde.

Sein Blick ging zu dem Weihnachtsmann, der auf dem Sideboard unter dem Fester stand. Böse blickte dieses altertümliche Teil ihn aus blauen Augen an, als ahne es sein Vorhaben.

»Du hast ja keine Ahnung! Das ist eine einmalige Chance, die sich mir nie wieder bieten wird. Ich habe das Geld schließlich nicht gestohlen, habe niemanden umgebracht, blöder Weihnachtsmann.« Sepp streckte dem Typen in seinem verfilzten Mantel die Zunge raus.

Wie weit ist es mit mir gekommen, dass ich mich schon mit einem versifften künstlichen Weihnachtsmann unterhalte?

Plötzlich erwachte neuer Lebensmut in Sepp. Er sprang vom Sofa auf, tauschte seine Jogginghose gegen Jeans, zog seinen wärmsten Pullover über seinen Rolli, stopfte seine wenigen Klamotten in seine Reisetasche, rannte zum Schlafzimmerfenster und schaute hinaus. Nur wenig Neuschnee bedeckte sein Auto. Er brauchte es noch nicht mal abzufegen. Der Fahrtwind würde das für ihn erledigen.

Ob ich Gudrun anrufen soll, dass ich komme? Besser nicht, beschloss er. Notfalls konnte er noch immer ins Hotel, falls sie ihn nicht hineinlassen würde. Geld hatte er ja jetzt. Im ›Ortenberger Hof‹ könnte er sicherlich unterkommen.

Gleich 16 Uhr, sagte ihm ein weiterer Blick auf die Uhr. Wenn er sich jetzt auf den Weg machte, könnte er in drei bis vier Stunden daheim sein. Etwas besorgt starrte er in den Himmel. Langsam setzte die Dämmerung ein. Weiterer Schneefall war jedenfalls nicht angesagt, meldete die Wetter-App seines Smartphones. Auch keine Störungen auf der A45, der sogenannten Sauerlandlinie, wollte die Verkehrs-App wissen. Was hält mich dann noch hier? Nichts wie los. So springt man nicht mit einem Sepp Kowalski um! Würde sie schon sehen, wenn sie endlich heimkommt, die gute Waltraud, dass er das Weite gesucht hatte. Die Glatteiswarnung für Teilstücke der A45 ignorierte er.

Bevor er seine helle Thermojacke von der Garderobe nahm, die Pudelmütze über seine 30 fettigen Strähnen zog und den Schal um seinen mageren Hals schlang – schließlich war seine Stimme sein einziges Kapital –, schaute er noch in den Wellensittichkäfig, der neben dem Weihnachtsmann stand. Irgendwie mochte er Jockel. Der gelb-grüne Vogel schien mit sich und der Welt zufrieden, würgte zur Feier des Tages ordentlich Körner hoch und verteilte sie an dem kleinen Spiegel, nicht ohne sie tüchtig einzusabbern. Aus seinen winzigen Augen schaute er Sepp neugierig an.

»Du olles Ferkel«, sprach Sepp, nahm die zwei Reisetaschen und verließ Waltrauds Wohnung.

Doch keine so gute Idee, bei diesem Wahnsinnswetter eine weite Fahrt anzutreten, dachte Sepp, als bei Schwerte der Verkehr fast zum Erliegen kam. Noch dazu mit einem kurzgeschlossenen Fahrzeug, da diese Bande ja den Schlüssel mitgenommen hatte. Gut, dass das Lenkradschloss defekt war, sonst stände er jetzt immer noch in der Alleestraße.

Nur noch im Schritttempo ging es auf der vereisten Autobahn voran. Die Streufahrzeuge kamen gar nicht nach, die Fahrbahn von Eis zu befreien. Trotzdem erreichte er nach fast zwei Stunden die Raststätte Siegerland West und freute sich, nun fast die Hälfte der Strecke hinter sich gebracht zu haben. So entschloss er sich, eine Rast einzulegen, seine Blase zu entleeren und einen Kaffee zu trinken. Er griff nach hinten zu der ollen Reisetasche mit dem Geld, um ihr einen Hunderter zu entnehmen. Mit Geld sah die Welt schon anders aus, dachte er im finanziellen Glückstaumel. Ordentlich zog er die alte Wolldecke wieder über seine beiden Taschen, bevor er den Wagen verließ. Im Kofferraum war kein Platz für die Taschen, da er außer seiner umfangreichen Auftrittskostümierung sämtlichen Hausrat wie Wolldecken, Besen, Eimer, alte Kleidung und uralte Medikamente mit sich führte, den er längst hätte entsorgen sollen. Da Sepp nicht der Ordentlichste und zudem der Meinung war, »Nur kleine Geister halten Ordnung«, blieb es bei dem Vorhaben. Im neuen Jahr würde alle anders werden, schwor er sich. Nach dem Silvesterauftritt im Bürgerhaus in Bad Salzhausen – praktisch ein Heimspiel, und er hätte sowieso in der nächsten Woche nach Nidda gemusst – würde er ein neues Leben beginnen. Neues Jahr – neues Glück! Zuerst einmal würde er die Auftrittshonorare erhöhen. Das bekannte Hessen-Trio würde nicht mehr für ein Paar Euro zu haben sein. Qualität hatte schließlich ihren Preis. Wer war er denn? Er dachte an die bevorstehende Silvesternacht und schüttelte mit dem Kopf. 1.000 Euro für einen Neun-Stunden-Auftritt. Was blieb denn da, wenn man es durch drei teilte? Abzüglich der Steuern so gut wie nichts. Neun Stunden singen und Gitarre spielen, zwischendurch Witze für das ältere Publikum vom Stapel lassen. Das war schon nicht so einfach. Jetzt hatte er Geld im Rücken. Eine ganz andere Ausgangslage war das.

Nach einem längst überfälligen Toilettengang saß er wenig später mit einem Kaffee in der überheizten Raststätte. »Frohe Weihnachten«, hatte die grell geschminkte Servicekraft genuschelt und ihn gefragt, ob er zum Kaffee vielleicht noch etwas essen wolle, eine Wurst oder ein Schnitzel. Er lehnte dankend ab.

Geld regiert die Welt, dachte er und beobachtete die Menschen vor der Raststätte, die um ihre Fahrzeuge herumwuselten, ein- und ausstiegen, ihre Wagen starteten und davonfuhren. Andere Autos kamen an, parkten ein, Menschen verließen ihren Pkw. Nie hätte er gedacht, dass an einem Weihnachtsfeiertag so viele Leute unterwegs sein würden. Hatten die eigentlich alle kein Zuhause?

Ob sich Gudrun freuen würde, ihn zu sehen? Wahrscheinlich erst, wenn er ihr die Tasche mit dem Geld gezeigt hätte.

Was Waltraud wohl gerade machte? Ob sie noch immer mit dem Volk unterwegs war, Margareta zu suchen? Oder hatte sie sein Verschwinden bereits bemerkt und die Polizei verständigt? Das würde sie sicherlich erst wagen, wenn Margareta in Sicherheit war. Sein schlechtes Gewissen quälte ihn, sich einfach davongeschlichen zu haben, wo sie ihn doch so liebevoll aufgenommen hatte. Er trank seufzend seinen Kaffee aus und verließ die Raststätte mit einem letzten Blick auf den kitschigen Weihnachtsbaum im Eingangsbereich. Wenn er gut durchkäme, könnte er vielleicht schon in zwei Stunden gemütlich vor dem Fernseher sitzen und »Traumschiff« im ZDF schauen.

Er setzte sich in seinen Opel Admiral und wollte ihn gerade starten. Doch außer einem irren Geheule sagte die alte Karre nichts. Wieder und wieder versuchte er, sie anzulassen. Doch nichts geschah. Wenig später verstummten auch die Orgelgeräusche.

»Du dämliche Karre! Was soll das? Wieso musst du mich gerade heute im Stich lassen? Habe ich nicht 40 Jahre lang alles für dich getan?«

Eine Antwort bekam er nicht.

Er zog sein Handy aus der Hosentasche und suchte nach dem ADAC. Er war zwar kein Mitglied, doch er war sich sicher, dass sie ihm auch so zu Hilfe kommen würden. Schließlich hatte er Geld genug, um die Reparatur zu bezahlen. Vielleicht könnte er ja auch nachträglich Mitglied werden.

Eine freundliche Dame versprach, bald jemanden vorbeizuschicken. Er möge jedoch die schwierigen Straßenverhältnisse und den Feiertag berücksichtigen.

Nach einer Stunde Warten in seinem ausgekühlten Auto wollte er gerade die Raststätte aufsuchen und sich einen Platz mit Blick auf sein Fahrzeug suchen, als plötzlich ein Service-Fahrzeug des ADAC auf ihn zufuhr. Wild gestikulierend machte er auf sich aufmerksam. Ein gut gebauter Techniker entstieg seinem Fahrzeug und bestaunte belustigt Sepps altes Gefährt. Im Schlepptau hatte er einen zarten Jüngling, wohl seinen Sohn. Seit wann kommt der ADAC zu zweit raus?, fragte Sepp sich.

»Mann, so 'ne alte Karre, die ist reif für den Schrottplatz«, meinte der Techniker und wollte ebenfalls sein

Glück versuchen, das Fahrzeug zu starten. Er sah irritiert auf die heraushängenden Kabel des Zündschlosses.

»Schlüssel vergessen«, kommentierte Sepp nur.

Der Jüngling hing schon mit dem Kopf unter der Motorhaube, um wenig später grinsend wieder aufzutauchen.

»Kühlwasserpumpe kaputt. Da können wir nichts machen. Nur abschleppen lassen.«

Der stabile Kollege bestätigte wenig später die Diagnose.

»Haben Sie denn keine Ersatzteile dabei?« Sepp war völlig fertig. Das hatte ihm gerade noch gefehlt. Wie sollte er nun nach Nidda kommen? Mit den beiden Taschen!

»Sie sind lustig. Was sollen wir denn noch alles dabeihaben? Und diese alte Karre. Das wird ewig dauern, bis man die passende Pumpe irgendwo aufgetrieben hat. Wir lassen Ihr Fahrzeug zur nächsten Werkstatt schleppen. Sie können bis dorthin mit dem Abschleppwagen mitfahren.«

»Ich wohne in Nidda und bin Kunde in der ›Auto-Galerie‹. Das ist ein Opel-Betrieb. Da können Sie mein Auto hinbringen lassen.«

Der Dickere setzte sich auf den Beifahrersitz des alten Admiral und zog sein Handy aus der Tasche, nachdem er sich die Fahrzeugpapiere von Sepp hatte geben lassen.

»Das können Sie vergessen. Nidda, das sind gute 100 Kilometer.«

»Ich zahle auch dafür«, meinte Sepp großspurig und zog die Decke weiter über die Taschen auf dem Rücksitz.

Der Techniker schaute skeptisch nach hinten. »Zahlen, zahlen, als ob es nur ums Geld ginge! Heute ist

Weihnachten und Glatteis auf den Straßen. – Was haben Sie denn da unter der Decke? 'ne tote Oma?«, spöttelte er.

Sepp blieb ihm eine Antwort schuldig, stieg wieder aus seinem Fahrzeug und lief draußen nervös auf und ab. Wer weiß, wann der Abschleppwagen, der auch ihn mitnehmen würde, hier auftauchte. Und wie käme er von der Werkstatt in Hintertupfingen nach Nidda? Wäre er doch bei Waltraud geblieben, die wahrscheinlich schon den Vogel in den Ofen geschoben hatte!

Er ging in die warme Raststätte, bestellte sich noch einen Kaffee und setzte sich ans Fenster. Sollten die Kerle sich doch draußen einen abfrieren, dachte er. Er würde schon sehen, wenn der Abschleppwagen vorfuhr.

Die beiden Männer, groß und klein, diskutierten miteinander.

Wann würde er die Taschen am besten aus dem Wagen nehmen, fragte Sepp sich. Wenn er in den Abschleppwagen steigen würde? Oder später, auf dem Gelände der Reparaturwerkstatt? Wann würde es am wenigstens auffallen?

Die Antwort auf diese Frage erledigte sich von selbst, als ein Polizeiwagen mit Blaulicht hinter dem ADAC-Fahrzeug hielt, zwei uniformierte Polizeibeamte ausstiegen, sich mit dem großen Techniker unterhielten, zu Sepps Fahrzeug eilten und, genau wie vor einigen Minuten zuvor der gute Mann vom ADAC, dem die Fracht auf dem Rücksitz verdächtig vorgekommen war, einen Blick in die alte Reisetasche warfen. Erschwerend kam hinzu, dass Sepp ohne Autoschlüssel unterwegs war.

So fuhr Sepp nicht mit dem Abschleppwagen zur Werkstatt, sondern stattdessen auf dem Rücksitz des Polizeiwagens zur nächsten Wache.

24.

Waltraud, die im Fond des Daimler neben Anna und Hildchen direkt hinter Alfred saß, hatte Nasenbluten, drückte sich ein altes Taschentuch, das sie in der Jackentasche fand, ins Gesicht und jammerte zum Herzerweichen. Was das denn alles hier sollte?, beklagte sie. Sie könnte jetzt gemütlich zu Hause mit ihrem lieben Sepp vor dem Fernseher sitzen, statt sich hier in der stinkigen ollen Karosse wer weiß was abzufrieren. Ihr Blutdruck wäre mit Sicherheit auf 200 angestiegen, deshalb auch das Nasenbluten. Voll gefährlich, hätte ihr Hausarzt gesagt.

»Mein Auto stinkt nicht. Vorsicht mit solchen Äußerungen. Sie können gerne aussteigen und verschwinden. Ist es nicht Ihre Tochter, wegen der wir das hier veranstalten?« Mandel-Alfred blickte auf die Uhr und schnaufte genervt. »Gleich 18 Uhr. Ich hatte heute noch nichts Warmes und fahre jetzt nach Hause. Was ihr hier macht, ist doch Wahnsinn. Räuber und Gendarm spielen. Lasst uns die Polizei holen!«

»Recht hat er«, gab nun Felix, der auf dem Beifahrersitz saß, seinen Senf dazu. »Mir ist mittlerweile alles egal. Soll die Kripo mich doch vernehmen und von mir aus einsperren. Da hab ich es wenigstens warm. Margareta geht es anscheinend gut. Hat Mandel-Alfred doch gesagt. Sie ist mit in das Haus gegangen. Übrigens vor etlichen Stunden, und lässt sich von dem Mann verwöhnen.«

»Du bist an allem schuld«, wetterte nun Waltraud wieder los. »Hättest du sie nicht im Stich gelassen, sähe die Sache ganz anders aus.«

Anna schlug ihrer Freundin auf den Arm, sodass Waltrauds blutverklebtes Taschentuch durch die Gegend flog. »Waltraud, du nervst. Bevor jetzt wieder die alte Leier losgeht, dass Sepp und du kuschelnd auf dem Sofa sitzen könntet: Sepp hat sich garantiert längst vom Acker gemacht. Lass dir das gesagt sein. Der ist mit der Kohle ab nach Hause zu seiner Alten. Meinst du, der ist blöd?«

»Versaut mir hier nicht mein Auto! Hebt die blutige Rotzfahne auf. Aber sofort! Meine Geduld ist langsam am Ende.« Mandel-Alfred hatte die Pappe auf. So hatte er sich den zweiten Weihnachtstag nicht vorgestellt.

Waltraud fing an zu weinen und zog ihr Handy aus der Tasche. Wieder und wieder versuchte sie, Sepp zu erreichen. »Vielleicht ist er eingeschlafen. Der arme Mann hatte auch noch nichts Warmes. Die Gans liegt noch roh im Kühlschrank.«

»Wie soll er auch ans Telefon gehen? Der ist auf der vereisten Autobahn und fährt Richtung Nidda. Heim zu seiner Alten. Was wird die sich über das Geld freuen!« Anna konnte es nicht lassen, ihre Freundin weiter zu reizen.

Hildchen starrte aus dem Fenster in den Wald, fixierte in der Ferne auf der Wiese vor dem Emil-Zimmermann-Heim einen einsamen Schneemann und schmunzelte. »Ich glaube, Anna hat recht. Sepp wird das Weite gesucht haben.«

Bevor Waltraud vor Wut um sich schlagen konnte, schrie Hildchen auf. »Da kommt ein Auto! Dort auf der anderen Straßenseite. Schaut mal. Ein großer Geländewagen.«

»Das ist Kluge. Kluge ist zurück!«, rief Mandel-Alfred.

»Jetzt wird es spannend«, meinte Felix.

Waltraud umklammerte ängstlich ihren Rucksack, als wenn Kluge es darauf abgesehen hätte. Angst kroch ihr den Nacken hoch. Sie wäre jetzt lieber zu Hause in ihrer warmen Wohnung gewesen und hoffte, dass Sepp bei ihrer Rückkehr noch da sein würde. Sollten die beiden Weiber recht behalten und Sepp war tatsächlich mit dem Geld geflüchtet? Waren seine überschwappenden Weihnachtsgefühle nur geheuchelt gewesen? Sie zitterte vor Erregung. Und auch vor Wut. Wut auf Margareta hatte sie. In was für eine Lage hatte ihre Tochter sie mal wieder gebracht? Erneut nahm sie ihr Handy in die Hand und überlegte, die Polizei anzurufen. Irrsinn ist das, was wir hier veranstalten, sagte sie sich ein ums andere Mal. Und doch steckte sie ihr Telefon wieder in die Jackentasche.

Vielleicht hat das ja hier jetzt schnell ein Ende, hoffte sie. Dann würde sie zu Hause erst einmal die Heizungen voll aufdrehen, sich einen heißen Kakao kochen, Sepp an sich drücken und mal nur an sich denken.

Aber tat sie das nicht sowieso ständig?

Das Quintett beobachtete Kluge, der an Alfreds Fahrzeug vorbeilief. Wo wollte er hin? Wieder verschwand er in den Stadtwald.

»Der wird sich von hinten an die Villa anschleichen und versuchen, durch den Garten ins Haus zu gelangen«, mutmaßte Felix.

»Und dann wird er Margareta die Knarre an den Kopf halten und sie mitnehmen, damit sie ihn zu seinem Geld führt. Jede Wette!« Waltraud jammerte erneut drauflos. »Das lasse ich nicht zu. Ich rufe jetzt die Polizei.«

Hildchen entriss ihr das Handy, sodass es zu Boden fiel. »Warte doch erst einmal ab.«

»Bist du verrückt? Mein neues Handy! Wenn das jetzt kaputt ist?« Waltraud versuchte vergeblich, sich in dem engen Fond des Wagens zu bücken, um es aufzuheben.

»Neu vielleicht, aber der letzte Dreck. Pah! Von Aldi! Viel zu winzig für deine groben Hände.« Hildchen kicherte wie ein Backfisch und hätte am liebsten noch mit dem Fuß auf Waltrauds Handy getreten.

»Halt die Klappe. Hat eben nicht jede so eine dicke Rente wie du.« Nun war Waltraud beleidigt.

»Vielleicht sollten wir hinterher?«, schlug sie jedoch nur Sekunden später vor.

»Bist du bescheuert? Ich soll mir von dem Mörder ins Bein schießen lassen?« Anna drückte sich demonstrativ in die Rückbank des Wagens.

»Da müsste er schon mit einem Zielfernrohr arbeiten, um deine dürren Beinchen zu treffen«, giftete Waltraud.

»Hört auf«, schrie Hildchen.

Ruhe kehrte in den alten Wagen ein. Alfred drehte den CD-Player leiser, was die anderen Insassen aufatmen ließ. Endlich mussten sie nicht mehr Helene Fischers Weihnachtslieder mitanhören. Die CD von Sepps Konzert-Mittschnitt einzulegen, die Waltraud stolz aus ihrem Rucksack gezogen hatte, hatte Alfred strikt abgelehnt.

»Jetzt sitzen wir hier frierend herum und wissen nicht, was wir tun sollen. Zum Glück schneit es nicht. Was ist nun, steigen wir aus?« Alfred sah erst zu Felix, drehte dann seinen bemützten Kopf nach hinten zu den Frauen.

»Aussteigen? Ja, geht es noch? Ich bin doch nicht lebensmüde.« Felix verschränkte die Arme und schüttelte den Kopf. »Der durchgeknallte Kerl ist doch nicht zurechnungsfähig. Wie sollen wir ihn ohne Waffe überwältigen?«

Plötzlich hallte ein Schuss durch die dunkle Winternacht. Waltraud schrie wie eine Wahnsinnige auf, wollte die Tür aufreißen und aus dem Wagen steigen, was Alfred im letzten Moment durch die Betätigung des Sperrknopfes verhindern konnte.

»Er hat Margareta erschossen! Meine Tochter ist tot! Nun macht was, ihr Bekloppten!« Wieder begann ihre Nase zu bluten. Etwas tropfte auf ihren weißen Schal.

»Wie ekelig. Bäh«, blökte Anna ihre Freundin an und rückte ganz nah zu Hildchen, die sie mit dem Ellbogen schroff wegstieß.

»Was soll der Scheiß? Mir mein Auto vollbluten. Aussteigen! Sofort!« Wieder betätigte Alfred den Verriegelungsknopf und gab die Türen frei.

Anscheinend hatte Waltraud es sich anders überlegt und blieb bitterlich weinend sitzen.

Felix ließ die Scheibe herunter und lauschte in Richtung Wald. »Seid mal still! Vielleicht hört man was. Ich glaube, er hat einen Hund getroffen. Da jaulte jedenfalls einer auf.«

»Wir sollten nachschauen gehen«, meinte Waltraud nun mutig.

»Ja, lauf schon. Kluge wird sich vor Angst in die Hose machen, wenn er dich sieht mit deinem vollgebluteten Schal und dem verschmierten Gesicht.« Hildchen kicherte wieder, als hätte sie Alkohol zu sich genommen.

Felix steckte den Kopf aus dem Wagenfenster und atmete die kalte Winterluft ein. »Alles ruhig.« Er ließ die Scheibe wieder hochfahren.

Einige Minuten später sah er Kluge den Weg heraufkommen, den Tirolerhut tief ins Gesicht gezogen.

»Mal sehen, was der Kerl vorhat. Ob er mit seinem Auto davonfährt?« Felix reckte seinen Kopf, um auch alles verfolgen zu können.

Nein, Kluge fuhr nicht mit dem Auto davon. Er ging auf die andere Straßenseite und pflanzte sich dort auf eine der verschneiten Bänke unter den schneebehangenen Bäumen an der Bushaltestelle.

»Der ist total bescheuert. Setzt sich bei Minusgraden auf eine vollgeschneite Bank. Was hat er bloß vor?« Felix schnaubte.

»Was soll das heißen? Muss man bescheuert sein, wenn man sich da auf eine Bank setzt? Ich habe da vorhin auch gesessen. Schon vergessen? Ich bin also bescheuert, oder was? Sei vorsichtig, was du sagst, sonst spürst du gleich mal meine Faust in deinem Gesicht. Dann kannst du dir mit Waltraud die Hand geben. Ihr steigt gleich sowieso alle aus. Mein Auto ist keine Wartehalle.« Alfred war mehr als wütend und fragte sich, wieso er sich das hier eigentlich antat. So toll fand er Margareta nun auch wieder nicht. Da würde sich bei ihm zu Hause in seinem heimeligen Dorf mit Sicherheit noch was Besseres finden. Vielleicht sollte er mal wieder zur Chorprobe gehen oder zum Treffen des Schützenvereins. Und hatte die Eierfrau, die einmal die Woche vor dem elterlichen Einfamilienhaus hielt und nicht nur Eier, sondern auch die neuesten Nachrichten dalief, nicht erzählt, dass ihre Tochter auf Männersuche war? Na ja, man konnte nur hoffen, dass die Tochter – 40 Jahre sollte sie alt sein – nicht so eine rote Besenreiserschnute hatte wie ihre Mutter. Jetzt werde ich erst einmal das dämliche Quartett aus dem Auto schmeißen und heimfahren. Sollten sie doch sehen, was Kluge mit ihnen machen würde.

Felix musste einsehen, dass er zu weit gegangen war mit seiner unüberlegten Äußerung. Wie ziehe ich bloß die Karre aus dem Dreck?, fragte er sich.

»Das kannst du aber jetzt gar nicht vergleichen, Alfred«, versuchte er, die Situation zu retten. Ihm fiel auf, dass er ihn geduzt hatte. Doch duzten sich nicht mittlerweile alle? War das der misslichen Lage, in der sie sich – auch noch halbwegs freiwillig – befanden, geschuldet? »Du hast am helllichten Tag dort gesessen, Kluge hingegen mitten in der Nacht. Hättest du vorhin nicht da gehockt, wüssten wir gar nicht, wo Margareta sich aufhält.« Versöhnlich legte er dem Mann seine Hand auf den Unterarm.

Alfred grunzte nur und drehte den CD-Player wieder lauter. Schließlich hatte er hier in seiner Karre Hausrecht. Er betätigte die Vorlauftaste bis Titel 12 und zog sich zum gefühlten 100. Mal »Tochter Zion« rein. Das Stöhnen der Mitinsassen ignorierte er grinsend.

Plötzlich ein kurzes elektrisches Knistern. Alfred drehte an den Knöpfen herum, drückte auf sämtliche Schalter. Wieder dieses Knistern. Dann herrschte Stille.

Die Frauen und Felix atmeten erleichtert auf. Helene Fischer hielt die Klappe. Es hatte sich ausgetochtert. Die Zion war gestorben. »Freueueue dich!«, aus und vorbei.

Mit der Faust donnerte Alfred auf seinem Uraltgerät herum. Vergeblich!

»Was macht unser Weihnachtsmann in Zivil?«, fragte Felix nach hinten, um das Thema zu wechseln und Alfred nicht noch mehr in Rage geraten zu lassen.

Waltraud hatte den besten Blick auf die winterlichen Bänke. »Sitzt da und glotzt in die Gegend. Weiß wohl selbst nicht so genau, was er tun soll. Und was ist, wenn er endlich das Geld hat? Denkt er wirklich, er kann so einfach verschwinden? Hoffentlich tut er Margareta nichts an! Umgekehrt natürlich genauso. Margareta besitzt eine Waffe und ist ja auch nicht ohne. Was, wenn sie ihn niederschießt?«

Was Waltraud zu dem Zeitpunkt nicht wissen konnte: Die Knarre war längst in Kluges Hand. Soeben zog er sie aus der Jackentasche, nachdem er auf die andere Straßenseite gegangen und sich dort vor Schröders Haus postiert hatte, und feuerte damit auf die Haustür.

Waltraud mit ihrer kräftigen Stimme ließ mal wieder einen markerschütternden Schrei heraus, was ihr einen Rippenstoß von Anna einbrachte.

»Was schreist du so? Willst du, dass er herkommt und *uns* die Knarre an den Kopf hält?«

»Hebe du mal lieber mein Handy auf. Dich kranken Altvogel hätten wir niemals mitnehmen sollen. Du Nichtsnutz!« Waltraud schaute ihre Freundin Anna wütend an.

»Na ja, den Nutzen, den du uns bisher gebracht hast, kann ich auch nicht gerade sehen«, meinte Felix mit einem verschmitzten Lächeln um den Mund. »Jaja, nun kommt gleich wieder: › Nur wegen dir machen wir das alles hier.‹ Ich weiß, Waltraud, ich weiß!«

Statt einer Antwort öffnete Waltraud die Tür im Fond des Wagens und stieg aus. Ob aus Mut oder purer

Dummheit, wusste sie wohl selbst nicht so genau. Sie bückte sich hinunter in den Fußraum, um ihr Handy aufzuheben. Als sie sich gerade wieder hineinsetzen wollte, um die Polizei anzurufen, spürte sie einen Atemhauch in ihrem Nacken.

»Was wird das hier? Ein Treffen der Heilsarmee? Habt ihr kein Zuhause?« Kluge stieß ihr die Waffe in den Rücken.

Mit zitternden Knien drehte sie sich um und schaute in Kluges verzerrtes Gesicht, das sich nur von der spärlichen Straßenbeleuchtung erhellt zeigte. Alt ist er geworden, dachte Waltraud. Schließlich hatte sie ihn mindestens 20 Jahre nicht gesehen. Sie linste zu den Insassen des Daimler, um festzustellen, dass keiner von ihnen ihr zu Hilfe eilte. Sie saßen einfach nur da und glotzten.

Waren sie insgeheim froh, dass die Sache nun endlich vorangetrieben wurde und sie bald nach Hause konnten? Auch wenn Waltraud dabei draufging? Fragten sie sich nicht, wer nach Waltraud an der Reihe wäre?

»Du meine Güte! Das darf doch nicht wahr sein«, fing plötzlich Anna an zu weinen. Während Waltraud neben dem Wagen um ihr Leben bangte, Alfred überlegte, einfach durchzustarten und Gas zu geben, um mit offen stehender Tür und draußen stehender Waltraud davonzubrausen, hatte sich Anna vor Angst in die Hose gemacht.

»Igitt, die hat sich bepisst«, schrie Hildchen und konnte ein Würgen nicht unterdrücken. »Wenn ich eins nicht abkann, dann den penetranten Geruch von Urin.«

»Die pinkelt mir die Sitze voll?« Wütend drehte sich Alfred nach hinten. Vergessen war die Flucht mit durchdrehenden Reifen. »Das kostet, Alte. Die Reinigung zahlst du!«, zischte er die arme Anna an.

»Wenn auch die Tür so lange aufsteht und es so kalt ist, kann das schon mal vorkommen«, versuchte Anna, sich zu verteidigen.

»Also, was wollt ihr hier?« Kluges Hand, in der er die Waffe hielt, zitterte.

»Ich bin Waltraud Sommerfeld, die Mutter von Margareta Sommerfeld. Die Frage ist doch wohl, was *Sie* hier wollen. Meiner Tochter den Garaus machen? Das Geld ist in Sicherheit. Das können Sie vergessen. Also, worauf warten Sie? Erschießen den Hund und ballern auf die Tür. Schon krank genug, die Bank in Buer auszurauben und den armen Azubi umzubringen.« Waltraud wuchs geradezu über sich hinaus. Von Angst war bei ihr keine Spur mehr.

»Die Ähnlichkeit ist verblüffend. Du weißt also, wo das Geld ist? Dann führst *du* mich dahin. Jetzt sofort. Los, komm mit zu meinem Wagen.« Mit festem Griff packte Kluge sie am Kragen ihrer Jacke und stieß sie vor sich her.

»Und Margareta?«

»Die lässt sich vom Vater des toten Bankazubis verwöhnen.« Ein dreckiges Lachen verließ Kluges Mund. »Da staunste, was?«

»Da – in dem Haus wohnt der Vater des Ermordeten?« Waltraud konnte es nicht fassen, was sie da eben gehört hatte.

»Es gibt schon Zufälle, oder?« Angewidert starrte Kluge auf den vollgebluteten Schal um Waltrauds Hals.

Hilfesuchend drehte Waltraud sich ein letztes Mal um und schaute zu den Insassen des Daimler, die immer noch regungslos dasaßen. »Warum hilft mir denn keiner? Anna? Hildchen? Felix? Alfred? Ich will keine Geisel sein!«

Die vier Gestalten schauten tatenlos zu, wie Waltraud von Kluge abgeführt wurde.

25.

»Felix, wo bist du bloß?«, flüsterte Margareta und hielt sich die Hände vors Gesicht.

Wohin soll ich gehen? Hierbleiben? Bei einem fremden Mann, der schon genug eigene Probleme hat? Ihr Blick suchte Aron, der mit seinem Bauchverband zu Herrchens Füßen lag und genüsslich auf einem Knochen herumkaute. Dieser stammte aus der Weihnachtstüte, die André noch vor seinem Tod für seinen vierbeinigen Freund liebevoll gepackt hatte.

Der Hund hatte Glück gehabt. Wäre er tot, hätte Margareta sich das nie verzeihen können. Dann hätte sie endgültig das Weite gesucht und die Zuflucht der Schrödervilla verlassen.

Schröder saß ihr gegenüber in seinem Sessel und rauchte genüsslich eine Zigarre.

»Tja, wo ist Felix? Ob er da draußen in dem alten Daimler sitzt? Man kann die Personen so schlecht erkennen. Ich frage mich echt, auf was die warten. Kluge muss direkt an ihnen vorbeigegangen sein.« Schröder lachte leise. »Wir alle warten auf Godot. Kennen Sie ›Warten auf Godot‹? Das Theaterstück von Samuel Beckett? Dabei habe sogar ich mich, als großer Theaterfreund, zu Tode gelangweilt.«

Margareta musste schmunzeln und nickte. »Bescheuertes Stück!«

»Im Gegensatz zu den beiden Landstreichern Estragon und Wladimir, die auf Godot warten, den sie nicht einmal kennen, wissen wir wenigstens, auf wen wir warten. Nicht auf Godot, sondern auf den Verbrecher Kluge. Um was mit ihm zu machen? Ja, das wissen wir noch nicht. Die Aktion abbrechen wollen wir aber auch nicht, oder?«

»Nein, das ziehen wir jetzt durch. Er soll noch heute, am zweiten Weihnachtstag, seine gerechte Strafe erhalten.« Du meine Güte, was rede ich denn da, fragte Margareta sich, als sie die Worte bereits ausgesprochen hatte. Ich muss verrückt sein. »Meine Mutter sitzt auf alle Fälle dort in der alten Karre. Wahrscheinlich ist sie die Initiatorin dieser Aktion. Jede Wette, dass Felix auch dabei ist. Wo soll er auch sonst sein?«

Schröder trank einen Schluck von seinem Rotwein und beobachtete Margareta. »Sie sind mir eine komische Person. Ich überlege die ganze Zeit, wieso Sie nicht die Polizei rufen. Wirklich wegen Felix? Oder will die ehrgeizige Hobbydetektivin mal wieder einen Pluspunkt einheimsen und es diesem Kommissar Blauländer zeigen?«

»Wenn ich das wüsste. Ich wollte gehen. Sie haben gesagt, ich soll bleiben. Ich muss schon zugeben, je später der Abend, desto mehr steigt mir die Angst den Rücken rauf. Die große Frage ist: Was hat Kluge vor? Was sollen wir mit ihm machen? Ich hoffe nur, von den Personen im Auto kommt niemand zu Schaden. Vielleicht sollte Felix ihm das Geld geben und den Kerl verschwinden lassen. Den Rest überlassen wir dann der Polizei.«

»Nix da, Andrés Tod soll nicht sinnlos gewesen sein. Kluge muss büßen.«

»Und das aus dem Munde eines Staatssekretärs a. D.«, lachte Margareta.

Matthias Schröder war Margareta mehr als nur sympathisch, was wohl auf Gegenseitigkeit beruhte. Die Ruhe, die dieser Mann trotz allem ausstrahlte, faszinierte Margareta. So stellte sie sich einen richtigen Vater vor, und nicht wie den Choleriker, den sie daheim gehabt hatte, überlegte sie, während sie an seinen Lippen hing und sich Lobeshymnen über seinen Sohn anhörte.

Irgendwann wechselte er abrupt das Thema. »Wenn alles vorbei ist, was wird dann aus Ihnen und diesem Felix? Sind Sie in ihn verliebt?«

Margareta schaute ihn verwundert an und dachte nach. »Nein, ich bin nicht in ihn verliebt. Vielleicht war ich es ganz kurz mal am Anfang. Ich wollte ihn resozialisieren, ihm helfen, wieder ein geregeltes Leben zu führen. Doch das wird mir, ehrlich gesagt, viel zu kompliziert. Es ist mir eine zu große Verantwortung, so ein großes Kind praktisch zu adoptieren. Es ist an der Zeit, dass ich mal jemanden finde, an dessen Schulter ich mich anlehnen kann.«

»Vielleicht haben Sie den ja schon gefunden«, sprach Schröder mit glasigen Augen und schaute Margareta lange an.

Die sentimentale Stimmung, die kurzzeitig aufgekommen war, verflog schlagartig, als Schröder vorschlug, den ersten Stock aufzusuchen, um vielleicht dort von einem Fenster aus eine bessere Sicht auf die Straße zu haben.

So stiegen sie die breite Treppe in den ersten Stock hinauf, Aron hinter ihnen her, der sich trotz Verwundung für sein Herrchen und dessen Besuch verantwortlich fühlte. Schröder betätigte nur den Lichtschalter in der Diele und öffnete die zweite Tür auf der rechten Seite. Sein Schlafzimmer.

»Von hier aus kann man am besten auf die Straße blicken. Es hat zwei Fenster, eines zur Seite hinaus und eines nach vorne zur Straße.« Das Licht ließ er aus.

Etwas mulmig war Margareta schon zumute, das Schlafzimmer dieses Mannes, den sie heute Morgen noch gar nicht kannte, zu betreten. Die Situation war ihr irgendwie zu intim, obwohl sie Schröder mochte.

Er musste eine solide Putzfrau haben, denn auch hier war alles sauber und ordentlich, soweit sie das im Halbdunkel erkennen konnte. Ein helles Eichenschlafzimmer aus den 1980er-Jahren mit passendem Kleiderschrank und einer Kommode. In der Ecke ein Schaukelstuhl aus der Biedermeierzeit. Arno machte einen Satz, sprang auf das gemachte Bett und rollte sich auf der Tagesdecke ein. Die Straßenbeleuchtung reichte aus, um alles in dem Raum erkennen zu lassen. Margareta stellte sich ans Fenster, das zur Seite hinaus blicken ließ. Eine wunderbare Sicht. Nicht nur die Straße in Richtung Resse konnte sie übersehen, sondern auch den Stadtwaldeingang bis hin zur großen Wiese am Emil-Zimmermann-Heim, auf der ein einsamer Schneemann vergessen sein Dasein fristete.

»Was für ein gigantischer Blick. Würde ich hier wohnen, würde ich nur am Fenster stehen.«

»Das gibt sich mit der Zeit. Normalerweise sind um diese Zeit schon die Rollläden unten. Ich weiß nicht, wieso ich ausgerechnet heute die Zeitschaltuhr abgestellt habe. Habe ich etwas geahnt?«

»Da ist das Auto, in dem die Leute sitzen. Und da soll meine Mutter dabei sein?« Margaretas Pulsschlag beschleunigte sich, als sich ihr Blick an dem alten eiterfarbenen Daimler, der keine acht Meter vom Haus entfernt stand, festbiss. Die Insassen konnte sie allerdings nicht erkennen.

»Ich weiß nicht, ob Ihre Mutter dabei ist. Es sind Frauen und Männer in dem Wagen, insgesamt fünf Personen. Mehr konnte ich, als ich mit Aron Gassi ging, nicht erkennen.«

Schröder stellte sich hinter Margareta. Sie konnte seinen Atem in ihrem Nacken spüren. Wie gut er roch, dachte sie, als sie den schweren Touareg auf der anderen Straßenseite entdeckte, der soeben vom Linienbus überholt wurde. »Da steht der Wagen von Kluge. 100 Prozent, dass es sein Auto ist. Im Parkverbot abgestellt. Pah! Das ist so typisch für ihn. Ich habe ernsthaft gedacht, der Kerl hätte sich vom Acker gemacht. Der schleicht hier ums Haus und sucht mich.«

Ängstlich drehte sie sich zu Schröder um, der sie daraufhin zärtlich an sich drückte.

»So schnell kommt der hier nicht rein. Zur Not können wir immer noch die Polizei rufen. Mir wäre aber lieber, wir locken ihn in einen Hinterhalt und stellen ihn.«

Margareta hatte sich in Schröders starken Armen beruhigt und wandte sich wieder neugierig dem Fenster zu. Kaum vorstellbar, dass ihre Mutter dort in dem Daimler sitzen sollte. Unbegreiflich für sie, dass sie anscheinend den ganzen Tag unterwegs gewesen war, um sie zu suchen. Lag ihr tatsächlich so viel an ihrer Tochter?

»Felix hat kein Auto, der neue Freund meiner Mutter, der irre Schlagerfuzzi, von dem ich Ihnen erzählt habe, fährt einen hellblauen Oldtimer, Anna Bienert hat auch keinen Wagen, ebenso wenig ihre verrückte Nachbarin, die mit dabei sein könnte.«

»Vorne saßen zwei Männer, wenn ich das richtig erkannt habe.«

Wieder starrte Margareta auf das Auto, dessen Auspuffrohr dampfende Schwaden in die frostige Nacht ausstieß. »Diese Umweltverschmutzung. Dass sich keiner der Nachbarn beschwert, wundert mich.«

»Der nächste Nachbar bin ich. Die Karre läuft ja nicht ununterbrochen, sonst wäre der Tank längst leer.«

Nun blieb ihr Blick an dem Autokennzeichen, welches man bis hier oben lesen konnte, hängen. »RE AM 65. Die Karre kenne ich doch! Die alte Karre und den Kerl, dem sie gehört. Ich saß sogar schon mal da drin. Was will der denn hier, verdammt noch mal?«

»Wer ist es denn? Ein Bekannter von Ihnen?« Nun war Matthias Schröder neugierig geworden.

»Ich kann es kaum glauben, dass er es tatsächlich ist. Dieser Wagen gehört dem Mann, der auf dem Weihnachtsmarkt in Buer Mandeln und Obst verkauft. Man nennt ihn auch Mandel-Alfred. Ein großer ungehobelter Klotz, der sich im letzten Jahr an mich ranmachte und es sogar geschafft hat, mich einige Male einzuladen. In diesem Wagen fuhr er mich dann auch nach Hause. Er weiß also, wo ich wohne, und wird irgendwie dort in der Siedlung auf meine Mutter und Felix gestoßen sein. Vielleicht wollte er mir in sentimentaler Stimmung einen Besuch abstatten und eine Weihnachtsüberraschung bereiten. Was weiß ich?«

»Aber sonst haben Sie nichts mit ihm zu tun? Ich meine, Sie sind nicht mehr mit ihm befreundet?« Skeptisch schaute Schröder sie aus zusammengekniffenen Augen an.

»Nein, natürlich nicht. Was soll das? Meinen Sie, das

wäre ein abgekartetes Spiel, und ich hätte ihn hierherbestellt? Ich habe damals schnell bemerkt, dass der Kerl nichts für mich war, dieser Choleriker. Besser alleine, als so einen Mann seinen Freund zu nennen. Allein schon wie er seine Angestellte behandelt.«

»Ein bisschen viele Zufälle, finden Sie nicht?« Schröder beäugte Margareta nun äußerst misstrauisch. Bereute er vielleicht schon, sie in sein Haus gebeten zu haben?

Sein offensichtlicher Argwohn traf Margareta plötzlich tief. »Vielleicht ist es besser, wenn ich jetzt gehe«, flüsterte sie. Mit Tränen in den Augen verließ sie den schönen Ausguck und marschierte schnurstracks die imposante Holztreppe der Jugendstilvilla hinunter. Nein, das hatte sie nicht nötig, sich jetzt noch von diesem Matthias Schröder blöd von der Seite anquatschen zu lassen. Es war schließlich sein Vorschlag gewesen, dass sie bleiben sollte.

»Warten Sie doch, so habe ich das nicht gemeint. Ich weiß nicht, wie es weitergeht. Meine Nerven sind zum Zerreißen gespannt. Die Angst um Aron …« Unten in der Diele angekommen, hielt er Margareta am Arm fest. »Bleiben Sie! Bitte! Wir haben noch gar nicht aus dem anderen Fenster geschaut. Vielleicht entdecken wir Kluge.« Schröder wusste, wo er ansetzen musste.

Margareta setzte sich erschöpft auf die unterste Treppenstufe und hielt sich die Hände vor ihr Gesicht.

»Alfred hat zwar einige Macken, ein schlechter Mensch ist dieser Hektiker jedoch nicht. Dass er mit Kluge eventuell unter einer Decke steckt, kann ich nicht glauben. Da glaube ich eher, dass er mich gesucht hat, um sein Glück noch einmal zu versuchen. Wahrscheinlich ist ihm zu

Weihnachten in seinem düsteren Haus bei seinen halbtoten Eltern am Ende der Welt die Decke auf den Kopf gefallen, und er hat sich in sein Auto gesetzt und ist nach Buer gefahren. Hat sich gedacht, schau mal nach, was Margareta so macht. Zuzutrauen wäre es ihm. Böse Absichten unterstelle ich ihm nicht.«

»Tut mir leid. So habe ich es wirklich nicht gemeint!«, sprach Schröder fast flüsternd.

Margareta hob den Kopf und sah ihn an. Als sie sein schüchternes Lächeln bemerkte, musste auch sie lächeln. Gemeinsam stiegen sie die Stufen ins erste Obergeschoss wieder hinauf. Aron lag noch immer zusammengerollt wie ein Kätzchen auf dem Bett und öffnete nur kurz sein rechtes Auge, um gleich wieder weiterzuschlafen.

Schröder ging zum Fenster, das zur Straße zeigte, kratzte sich sein Kinn und zog die Augenbrauen zusammen. Die Haare standen ihm zu Berge, was Margareta irgendwie an ein aus dem Nest gefallenes Vogelküken erinnerte.

»Da sitzt unser Verbrecher. Auf der Bank im Schnee und spielt mit seiner Waffe. Schauen Sie sich das an.«

Margareta stellte sich neben Schröder und sah hinunter zu der verschneiten Bank hinter der Bushaltestelle, auf der sie tatsächlich Kluge in seiner grauen Winterjacke und mit dem Tirolerhut auf dem Kopf entdeckte. »Der ist total durchgedreht. Wer weiß, was der vorhat. Vielleicht erschießt er eine Person aus dem Daimler? Der wird sich doch auch fragen, was die hier wollen?« Margareta biss sich nervös auf ihre Lippen. Sie dachte an Waltraud und Felix.

»Jetzt steht er auf. Wo will er hin?« Schröder schien ebenfalls mit seinem Latein am Ende.

»Die Sache entgleitet uns. Lassen Sie uns die Polizei rufen!«

»Abwarten«, sagte Schröder nur.

Margareta setzte sich zu Aron aufs Bett und kraulte sein dichtes Fell. »Du armer Aron, du. Ich bringe euch bloß in Gefahr, dein Herrchen und dich.«

Aron schaute sie aus dunklen Augen, in denen das Weiße aufblitzte, an und grunzte zufrieden.

»Sag uns, was wir tun sollen, Aron.« Margareta legte ihr Gesicht an Arons Hals und küsste ihn zärtlich. Am liebsten hätte sie sich zu ihm ins Bett gelegt und die Bettdecke über sich und den Hund gezogen. Alles vergessen und abwarten, bis es vorbei ist, ja, das wäre schön.

Während immer noch Händels Weihnachtsoratorium durchs Treppenhaus hallte, donnerten plötzlich zwei laute Schüsse zu ihnen herauf. Aron sprang vom Bett, wollte zur Tür hinaus, durchs Treppenhaus nach unten. Sein Herrchen verstelle ihm jedoch den Weg. »Nix da, Junge! Du bleibst hier!«

Margareta fasste sich mit der rechten Hand an den Hals und fing an zu jammern. »Der holt mich. Bei dem ist jetzt Schluss mit lustig!«

»Keine Angst, so schnell kommt der hier nicht rein. Wir bleiben hier oben und schauen erst mal, was er macht.« Er zog seine Waffe, die er sich vorne in den Hosenbund geklemmt hatte, und schritt damit zum Fenster.

Kluge hatte inzwischen die Straßenseite gewechselt und stand direkt vor der Villa.

»Komm raus, Sommerfeld. Sei vernünftig. Ich will mein Geld!« Er vermutete die beiden nicht im Obergeschoss, sein Blick war stur auf die Haustür gerichtet.

»Vernünftig! Dass ich nicht lache. Der blöde Kerl spricht von Vernunft.« Margareta schaute zu dem Daimler einige Meter weiter. Die Insassen mussten sich doch mittlerweile vor Angst in die Hose machen, dachte sie.

»Die beste Lösung wäre, wenn ich ihm von hier oben eine Kugel in den Kopf jage. Dann hat der Spuk ein Ende.« Schröder meinte es tatsächlich ernst und hatte die Hand bereits am Fenstergriff.

»Das Thema hatten wir schon. Dann ist Ihr Leben auch zu Ende. Ist er das wert?« Margareta war bewusst, dass sie sich mitschuldig machte, wenn Schröder Selbstjustiz üben würde. Das einzig Richtige wäre, sofort die Polizei zu holen. Und dennoch tat sie es nicht.

Plötzlich steuerte Kluge auf den alten Daimler zu. Margareta traute ihren Augen nicht und wähnte sich in einem Action-Thriller. Ihre Mutter Waltraud stieg hinten aus dem Fond des Autos und bückte sich nach irgendetwas im Fußraum, das ihr wohl heruntergefallen war. In dem Moment, in dem sie sich wieder aufrichtete, trat Kluge hinter sie und hielt ihr die Knarre an den Kopf. Sekunden später zerrte er sie an ihrer Jacke über die Straße zu seinem Wagen.

»Er entführt meine Mutter«, kreischte Margareta. »Wir müssen ihn stoppen. Los, machen Sie was!«

Schröder drückte Margareta fest an sich. »Ganz ruhig. Wir müssen abwarten, was er vorhat. Auf die Entfernung aus dem Fenster auf Kluge zu schießen, wenn Ihre Mutter in der Nähe ist, könnte verheerende Folgen haben.«

Margareta schluchzte verzweifelt auf. »Er wird meine Mutter umbringen!«

26.

Zu spät. Eine halbe Stunde zu spät fand Helmut Blauländer sich am zweiten Weihnachtstag zum Abendessen am heimischen, viel zu überladenen Tisch ein. Ein strafender Gisela-Blick traf ihn. Am liebsten hätte er seiner Schwiegermutter die Zunge herausgestreckt. Anni schwieg, was sie am liebsten tat, wenn Helmut sich in ihren Augen eine grobe Verfehlung hatte zuschulden kommen lassen. Hole die Waffe aus deinem Arbeitszimmer und jage ihr eine Kugel in den Kopf, sagte eine Stimme in ihm. Er würde mildernde Umstände bekommen, wenn er schildern würde, was er in den letzten Jahrzehnten mitgemacht hatte mit diesem Weibervolk, besonders zu Weihnachten.

Obwohl er Hunger hatte, hemmte diese üppige Tafel eher seinen Appetit. Woanders verhungerten Kinder, und Anni gab wieder einmal alles. Warme Platten mit Schweine- und Rindfleisch, dazu Kroketten und Rosenkohl, obwohl erst zum Mittagessen eine wahnsinnige Völlerei stattgefunden hatte. Dazu ein Brotkorb mit verschiedenen Brötchen, den Anni hundertmal mit den Worten »Habe ich alles selbst gebacken«, kommentierte. Das Schweinefleisch stammte vom Iberischen Schwein, welches nur mit Eicheln gemästet wurde. Eine riesige Wurstplatte mit diversen geräucherten und frischen Wurst- und Schinkensorten stand direkt unter seiner Nase. Die Aufschnittscheiben waren zu albernen Tüten gerollt. Dazu hatte Anni kleine Nikoläuse aus Käse ausgestochen und zwischen die Wurstsorten geklemmt. Fleisch- und Geflügelsalat in neuen Designerschälchen komplettierten diese Wahnsinnstafel, die mit fünf Pfund Silbersternchen berieselt worden war. Silberne Kerzen brannten in Hülle und Fülle zwischen Fleisch und Wurst und leuchteten Annis und Giselas Gesichter gespenstisch an. Die goldenen Leuchter vom letzten Jahr befanden sich sicherlich bereits im Frauenhaus, wie jedes Mal, wenn wieder was ausrangiert worden war.

Wo bin ich hier gelandet? In einem Irrenhaus? Wer soll diese Mengen herunterbekommen? Da werden die bekloppten Nachbarn von nebenan mal wieder helfen müssen. Noch bevor sie ihre Mahlzeit beendet hatten, würde Anni jede Menge von den Fressalien in andere, billige Schalen kratzen und rüber zu den Nachbarn tragen. Nein, nicht um denen etwas Gutes zu tun, sondern ausschließlich um zu zeigen, was sie doch für eine tolle Hausfrau war und auf den Tisch des Hauses Blauländer gezaubert hatte. Warm und kalt am Abend des zweiten Weihnachtstages. Wer hatte das schon? Waren die Reste erst vertilgt, herrschte wieder Schmalhans Küchenmeister. Pellkartoffeln mit Quark und Brot mit Schmierkäse würde es in den nächsten Tagen im Wechsel geben.

Während Anni und ihre Mutter sich mit Rotwein immer wieder zuprosteten, schnitt Blauländer sich ein großzügiges Stück von der Hessischen Ahle Wurst ab, entfernte geschickt die Pelle und biss genussvoll hinein. Gleich würde Anni losschreien, dass dieses Stück nur zur Zierde dalag und sich genügend davon bereits aufgeschnitten daneben befand. Sein wütender Blick ließ seine Gattin schweigen. Wer hatte dieses ganze Zeug schließlich bezahlt?

Während er sich ein Zwiebelbrötchen durchbrach und dick mit Butter bestrich, dazu einen Löffel Fleischsalat hineingleiten ließ, spulte sich wieder und wieder der gleiche Film in seinem Kopf ab. Er sah die Sommerfeld-Mutter in dem alten Daimler, der am Stadtwald stand, sitzen und mit verzweifeltem Blick aus dem Fenster starren.

Große Unzufriedenheit machte sich in ihm breit. Hier lief alles ganz gewaltig schief. Wie sollte er bloß diesen Abend überstehen? Er hatte keine Lust, sich die gefühlte 300. Folge des Traumschiffes anzusehen. Gestern Abend hatte er sich einen Film mit dem Titel »Weihnachtsmänner« gefallen lassen müssen. Eine Verwechslungskomödie, bei der seine beiden Damen sich köstlich amüsiert und sich beim Lachen dermaßen verschluckt hatten, dass sie Dominosteine und Lebkuchenherzchen in zermalmter Form durch die Gegend rotzten. Mitten im Film hatte Gisela ihr Gebiss aus dem Mund geholt, weil ein Nussstückchen sich darunter festgesetzt hatte. Das war für ihn der Zeitpunkt gewesen, das Wohnzimmer zu verlassen und zwangsläufig sein Bett aufzusuchen. Sein Arbeitszimmer war schließlich blockiert.

Gerade als Anni Schälchen für die Nachbarn befüllte, wurde ihm sonnenklar, dass er nicht unter Halluzinationen litt und Waltraud Sommerfeld tatsächlich in dem Daimler gesessen hatte. Er sah ihr pausbäckiges Gesicht und diesen jammernden Blick wieder und wieder vor sich. So sprang er auf, lief eilig in sein Arbeitszimmer, um aus dem Safe seine Dienstwaffe zu holen, zog seine warme Winterjacke an und verließ das Haus. Auf Annis

Frage, wo er denn hinwollte, bekam sie wieder einmal keine Antwort.

Er fuhr nicht den Wetterverhältnissen angepasst, sondern viel zu schnell, schlitterte in den Kurven und hatte beim Bremsen einen viel zu langen Bremsweg. Er musste sich davon überzeugen, dass am Stadtwald alles in Ordnung war. So hoffte er, dass der Wagen mit den zwielichtigen Gestalten inzwischen von der Resser Straße verschwunden war. Er wusste jedoch bereits, dass dem nicht so sein und er mitten in ein heilloses Chaos geraten würde.

Er schaltete das Radio ein. Weihnachtsklaviergeklimper. Was wollte er hören? Nachrichten: dass der Bankräuber bereits gefasst worden war? Irgendwo in einer anderen Stadt? Woher wusste er überhaupt, dass der alte Daimler und Margaretas Mutter in den Fall Weihnachtsmann-Mörder involviert waren? Er konnte es nicht wissen, und doch war er sich sicher, dass dem so war. Er überfuhr die Kreuzung an der Vom-Stein-Straße/Ecke Nordring und fuhr weiter geradeaus. Noch bevor er den Stadtwaldeingang erreicht hatte, sah er den Daimler am rechten Straßenrand hinter der Villa, in der Schröder, der Vater des erschossenen Bankazubis, wohnte, stehen. Die linke hintere Wagentür stand offen, der alte Daimler pustete jede Menge nebliger Abgase in die weihnachtliche Nacht. Was er dann auf der linken Straßenseite sah, ließ ihn sein viel zu cholesterinhaltiges Blut in den verkalkten Adern gefrieren. Ein dunkler Touareg, knapp dahinter ein Mann mit einer Pistole in der Hand, der eine Frau in einer hellen Thermojacke durch die Gegend stieß. Die Scheinwerfer seines BMW erfassten die Frau, und er erschrak einmal mehr. Die Frau war keine andere als Waltraud Sommerfeld, die Mutter der Hobbydetektivin Margareta Sommerfeld. Hatte er es doch geahnt. Noch hatte er die Zusammenhänge nicht begriffen, registrierte nur, dass man die Frau per Waffengewalt in den Wagen zwingen wollte. Eine Entführung! Doch wozu sollte diese dienen? Wer war dieser stämmige Mann mit dem Tirolerhut? Wer die anderen Personen in dem alten Daimler? In einer wollte er vorhin den Obdachlosen von der Hochstraße erkannt haben. Hatte es ebenfalls auf Halluzinationen geschoben, wusste jetzt aber plötzlich, dass es keine waren.

Er parkte seinen Wagen hinter dem Daimler, parallel zu dem Touareg. Bevor er ausstieg, zückte er sein Handy und forderte Verstärkung an. Dann holte er die Waffe aus dem Halfter und zögerte kurz, bevor er die Autotür öffnete. Wahnsinn, wenn du nicht wartest, bis die Polizeistreife hier ist, wusste er, schaffte es jedoch nicht, untätig herumzusitzen. Du bringst dich in Gefahr, wenn du das jetzt hier alleine durchziehst, sagte er sich immer wieder. Wer weiß, wer da noch in dem Daimler sitzt, eventuell noch so ein bewaffneter Vollidiot.

Mutter Sommerfeld schrie wie eine Wahnsinnige um Hilfe. Der Mann mit dem Tirolerhut öffnete bereits die hintere rechte Tür seiner Karosse und wollte die Frau dort hineinstoßen. Wo wollte er bloß mit ihr hin? Was wollte Waltraud Sommerfeld überhaupt hier in der Dunkelheit im Stadtwald?

Trotz seiner Fülle gelang es ihm, in Windeseile auf den Beifahrersitz zu klettern und aus der dortigen Tür das Auto zu verlassen. So hatte er Schutz durch sein Fahrzeug.

»Polizei! Lassen Sie die Waffe fallen«, schrie er dem Entführer entgegen, der sich jedoch überhaupt nicht angesprochen fühlte und weiterhin mit aller Gewalt versuchte, die Sommerfeld-Mutter in den Wagen zu verfrachten. Mit sicherer Hand hielt Blauländer die Waffe über das Autodach hinweg auf den Mann gerichtet.

Direkt neben Blauländer ging die hintere rechte Tür des Daimler auf, und zwei alte Frauen stiegen aus dem Fahrzeug, liefen schreiend durch den Stadtwald davon.

Blauländer wähnte sich im falschen Film. Was ging denn hier vor sich?

Doch dann sollte ihn endgültig fast der Schlag treffen. Aus der Schröder'schen Villa rannte Margareta Sommerfeld direkt über die Straße zu dem Wagen, in den der bewaffnete Fremde ihre Mutter verfrachten wollte.

»Waltraud! Waltraud! Ich habe das nicht gewollt!«, schrie Margareta durch die Eiseskälte.

Im Gefolge hatte sie einen älteren Herrn, ebenfalls bewaffnet, sowie einen Schäferhund mit einem Bauchverband. Der Herr rief laut und überdeutlich: »Bleib stehen, Margareta, bleib stehen. Es ist nicht deine Schuld!«

Doch Margareta war schon auf der anderen Straßenseite und baute sich wenige Meter vor dem bewaffneten Tirolerhutmann auf. »Kluge, du Schwein, lass meine Mutter gehen. Hast du nicht schon genug Schaden angerichtet?«

Der Schäferhund wurde zurückgepfiffen. »Aron! Hiiier! Ab zurück ins Haus«, ordnete sein Herrchen an. Der Hund folgte und trottete zum Haus zurück.

Blauländer wähnte sich noch immer im falschen Film. Was wurde hier gespielt? War das eine Aufführung der Theatergesellschaft Preziosa? Spielten die nicht sonst schräg gegenüber in der Aula des Max-Planck-Gymnasiums? Gab es heute mal eine Freiluftaufführung?

Und was hatte die Sommerfeld in der Villa des Herrn Schröder verloren? Wer, um Himmels willen, war dieser Kluge? Alle wussten mal wieder Bescheid, nur ihn, den Ersten Hauptkommissar des KK 11 in Buer, ließ man im Dunkeln stehen, im wahrsten Sinne des Wortes.

Margareta hatte den bewaffneten Kluge erreicht und stellte sich furchtlos vor ihn. »Du lässt sofort meine Mutter gehen. Wo willst du überhaupt mit ihr hin?«

»Sie weiß, wo das Geld ist, und wird mich jetzt dahin führen. Sie diente als Ersatz für dich. Jetzt, wo du da bist, Sommerfeld, könnte ich deine Mutter tatsächlich gehen lassen.« Kluge, der nervös sabbernd auf Margareta starrte, schien zu überlegen, ob er die alte kreischende Waltraud Sommerfeld wirklich gegen ihre Tochter tauschen sollte. Kurz spielte er mit dem Gedanken, einfach beide Frauen mitzunehmen, was ihm jedoch zu kompliziert erschien. Man konnte sein Gehirn hinter der schwitzenden Stirn regelrecht rattern hören. So gab er der Mutter einen Stoß, der sie zu Fall brachte, und krallte sich Margareta.

Damit schien Matthias Schröder überhaupt nicht einverstanden zu sein. Er hechtete Margareta hinterher, hielt dem verschwitzten Kluge, der sich seinen Tirolerhut weit in den Nacken geschoben hatte, seine Knarre entgegen.

»Es ist vorbei, Kluge! Sieh das ein. Nimm die Pistole von Margaretas Kopf. Es reicht schon, dass du meinem einzigen Sohn das Leben ausgehaucht hast. Ich hatte nur noch ihn. Das kostet, Kluge. Okay, auch wenn du zuerst schießt und ich dabei draufgehe. Für dich ist das Leben ebenfalls zu Ende. Der Kommissar dort drüben hat seine Waffe auf dich gerichtet. Du kommst aus der

Nummer nicht mehr raus. Dein Flittchen wirst du jedenfalls nicht mehr wiedersehen.«

Ein schmutziges kehliges Lachen verließ Kluges Rachen. »Ach richtig, du kennst sie ja, meine Jessi. Sie war mit deinem Sohn befreundet. Tja, deshalb musste ich ihn leider beseitigen. Das musst du verstehen. Er stand mir im Weg.«

»Du bist so bescheuert, Kluge. Ein junger Mann, kaum 20 Jahre alt, stand einem Kerl wie dir im Weg? Was bist du doch für eine jämmerliche Gestalt. Jessi hat dich längst vergessen. Ohne Geld bist du für sie so interessant wie eine Fleischwurst.«

»Jessi ist Vegetarierin, du Schwachkopf!«, höhnte Kluge.

»Eben«, meinte Schröder.

»Jessi wartet bereits auf mich. Du irrst dich also.« Kluges Hand, in der er die Waffe hielt, begann zu zittern.

Schröder fragte sich, wie ein erwachsener Mann, ein Autohausbesitzer, so mit Dummheit gepudert sein konnte. Hatte man vergessen, seinen leeren Schädel mit Hirnmasse aufzufüllen? Oder waren es seine Triebe, die ihn so durchdrehen ließen?

Margaretas Augen wurden größer und größer. Warum greift denn Blauländer nicht ein, fragte sie sich verzweifelt. Ihre Mutter saß immer noch weinend auf dem eiskalten Boden und bejammerte ihre Beine, die nach dem Sturz zu schmerzen schienen.

Helmut Blauländer wirkte nervös. Wo blieb bloß die Streife? Die Wache war keinen Kilometer von hier entfernt. Wo war Jenny Gehrke? Es war zu riskant, von hier aus auf Kluge zu zielen. Im letzten Moment, praktisch gleichzeitig, könnte der einen Schuss auf Schröder abgeben. Das konnte er nicht riskieren. »Die Waffen fallen lassen, alle beide«, schrie er zum wiederholten Male über die Straße und kam sich zu Recht äußerst albern vor.

Nun ging die rechte Vordertür des Daimler neben ihm auf, und ein großer Mann im karierten Mantel mit Wollmütze auf dem Kopf entstieg ihm. Blauländer erkannte in ihm tatsächlich den Tippelbruder aus Buer. Wie passte der hier ins Spiel, überlegte er kurz und wies den Typen an, sich wieder in den Wagen zu setzen. Überhaupt überforderte die ganze Situation Blauländers Denkvermögen. Die Sommerfeld würde ihm einiges erklären müssen.

Felix ignorierte die Anweisung des Kommissars und rannte über die Straße zur jungen Sommerfeld. »Margareta, ich habe das alles nicht gewollt. Kluge kam heim, da musste ich verschwinden. Das Geld habe ich mitgenommen. Das hätte ich nicht tun sollen. Scheiß was auf das Geld.«

Kluge wurde nervös. Zugleich Schröder, dann die Sommerfeld nun auch noch den Mann, der auf ihn zusteuerte, in Schach zu halten, schien ihm viel zu kompliziert. So viele auf einmal. Zudem geisterte auch noch Jessi in seinem Kopf herum. War sie tatsächlich nur scharf auf sein Geld?

»Wo ist die Knete jetzt?«, rief er dem Mann mit der Wollmütze entgegen.

»In Sicherheit. Margareta weiß jedenfalls nicht, wo es sich befindet. Also lassen Sie sie gehen«, rief Felix, der Margareta fasst erreicht hatte und nach ihrem Arm greifen wollte.

»Lass Margareta gehen. Du hast doch gehört: Sie weiß nicht, wo das Geld ist. Lass sie gehen, damit wir beide abrechnen können.« Matthias Schröder hielt mit ruhiger Hand die Waffe auf Kluge gerichtet.

Felix, der Margareta nun erreicht hatte, baute sich vor Kluge auf und versperrte diesem die Sicht auf Schröder, was ihn in Angst versetzte. Kluge fürchtete tatsächlich um sein Leben, hörte plötzlich das Klicken seiner eigenen Pistole. Wie ferngesteuert drückte er ab. Schoss auf den im Weg stehenden Felix, traf ihn von vorne in die Brust, noch bevor sich dieser Margareta greifen konnte, um sie zu beschützen.

Felix ging in die Knie, starrte von hier unten Margareta an, wollte noch etwas sagen, bevor er zusammensackte.

Die Blaulichter zweier Streifenwagen, die sich näherten, flackerten gespenstisch durch die Winternacht, die Sirenen waren meilenweit zu hören. Mitten auf der Straße hielten die Fahrzeuge und spuckten uniformierte Polizeibeamte aus. Einige von ihnen kümmerten sich auf Blauländers Anweisung hin um Kluge, nahmen ihm – und natürlich auch Schröder – die Waffen ab und verfrachteten Kluge in einen Polizeiwagen. Blauländer kam endlich hinter seinem Fahrzeug hervor. Es fing heftig an zu schneien. Margareta brach schreiend zusammen und stürzte sich auf den am Boden liegenden Felix, rüttelte ihn an den Schultern.

»Felix! Nun sag doch was ... Felix!« Tränen liefen ihr übers Gesicht. Sie beugte sich über ihn, wollte hören, was er ihr noch hatte mitteilen wollen. Doch aus seinem Blick war jedes Leben gewichen.

Verzweifelt warf sich Margareta auf seinen Körper, krallte sich mit beiden Händen in seinen Mantel und vergoss bittere Tränen. »Ich habe das nicht gewollt!«

Von weit her drang eine weihnachtliche Melodie an Felix' Ohren: »Schneeflöckchen, Weißröckchen, wann kommst du geschneit ...«

War er schon im Himmel? Wer sang da? Waren es die Engel? Die vernichtenden Schmerzen in seiner Brust ließen nach. Wieder erklang das »Schneeflöckchen«-Lied, das er als kleiner Junge schon so gern gehört hatte. Eine wohlige Ruhe machte sich in seinem Körper breit. Die Angst wich und er spürte nur noch Wärme. Dann wurde es Nacht um ihn.»Es ist meine Schuld«, schluchzte Margareta. »Ich habe ihn auf dem Gewissen. Hätte ich ihn am Heiligen Abend nicht mitgenommen, würde er noch leben. Warum hat er mir auch von diesen blöden Budapester Schuhen erzählt!«

Blauländer verstand nur Bahnhof, zog Margareta vom Boden hoch und drückte sie tröstend an sich.

Der Notarzt konnte wenige Minuten später nur noch den Tod von Felix feststellen. Ein Sanitäter kümmerte sich um Waltraud, die schon wieder auf beiden Beinen stand.

Blauländer stützte Margareta, die inzwischen auch von Schröder flankiert wurde. »Mädchen, was hast du dir denn da wieder aufgeladen? Wieso hast du mir gestern am Telefon nichts erzählt?«

Weinend zog Margareta bloß die Schultern hoch. Es hatte ihr die Sprache verschlagen, was selten genug vorkam. Ihr Blick klebte an dem am Boden liegenden Felix. Nein, das hatte sie nicht gewollt! Zwei Menschen hatte Kluge auf dem Gewissen. Zwei so sinnlose Morde. Der überwältigte Kluge wurde im Polizeiwagen abtransportiert. Mit dämlichem Blick glotzte er aus dem Fenster des Fahrzeugs. Margareta und Schröder gingen zurück in die Villa, wo Blauländer ihnen noch ein paar Fragen stellen wollte.

Gerade als Jenny Gehrke, die inzwischen eingetroffen war, Mandel-Alfred in seinem alten Daimler befragen wollte, gab dieser Gas und fuhr mit offen stehenden Türen in Panik davon. Ein Streifenwagen nahm die Verfolgung auf.

Waltraud Sommerfeld lehnte die psychologische Betreuung, die ihr angetragen wurde, ab, ebenso die Fahrt ins Krankenhaus wegen ihrer schmerzenden Beine. Sie wollte nach Hause, dort wartete ihr Liebhaber und auch das Geld aus dem Bankraub, erzählte sie völlig aufgeregt Helmut Blauländer.

Dieser nahm Margaretas Mutter erst einmal mit in Schröders Haus. Ein weiterer Streifenwagen wurde in die Alleestraße geschickt, um nachzusehen, ob Anna Bienert und Hildchen Steins wohlbehalten zu Hause angekommen waren. Verhört werden sollten sie erst am nächsten Tag.

»Wieso wurde denn keine Polizeistreife zu mir nach Hause geschickt? Dort wartet doch mein Sepp mit dem Geld, auf das er die ganze Zeit aufgepasst hat.« Waltraud hatte sich nach einer Tasse Kaffee erstaunlich schnell erholt.

»Das war nicht mehr nötig. Sepp Kowalski wurde vor drei Stunden an der Raststätte Siegerland-West festgenommen, nachdem er den ADAC gerufen hat, weil sein Wagen nicht mehr ansprang. Die Gelben Engel fanden ihn mehr als verdächtig. Nicht nur die alte Reisetasche mit dem Geld auf dem Rücksitz, sondern vor allem, dass er ohne Fahrzeugschlüssel fuhr, sein Fahrzeug einfach kurzgeschlossen hatte.«

»Den Schlüssel hatte ja noch Felix, weil wir mit dem Wagen heute Morgen losfuhren, um Margareta zu suchen«, verteidigte Waltraud ihren angeblichen Freund.

»Nichtsdestotrotz hat er mit dem Geld das Weite gesucht.« Den Kommentar, dass die Liebe demnach nicht so groß sein konnte, verkniff Blauländer sich. Er fand diese ganze Geschichte, die er sich jetzt nun anhören musste, mehr als haarsträubend.

»Zufall oder Schicksal, dass Sie ausgerechnet hier Hilfe gesucht haben?«, fragte Blauländer abschließend Margareta, die eng an Schröder geschmiegt auf dessen Sofa saß und sich von ihm trösten ließ.

»Wer weiß?« Margareta konnte trotz herunterlaufender Tränen schon wieder lächeln.

EPILOG

Markantes Profil, fast schon eine Adlernase, dachte Margareta, als sie Matthias Schröder, der aus dem Dachfenster seines Hauses den Buer'schen Himmel mit dem farbenprächtigen Feuerwerk beobachtete, von der Seite betrachtete. Und doch gefiel er ihr. Er hatte das gewisse Etwas.

Er nippte vorsichtig an seinem Sekt und schaute weiter auf die aufsteigenden und sich über Buer ergießenden Raketen.

»Hoffen wir, dass dieses Jahr besser wird als das alte.« Er wandte sich lächelnd Margareta zu, der Tränen über die Wangen liefen.

»Ja, es kann nur besser werden. Ich weiß nicht, wie ich die letzten Tage ohne dich überstanden hätte, Matthias.«

»Ach was! Anstatt hier, bei einem alternden Herrn, zu sitzen, der seinen Sohn verloren hat, hättest du sicherlich mit deiner Mutter den Silvesterabend verbracht.«

»Hör bloß auf. Ihre Freundinnen hätten mich in den Wahnsinn getrieben, der Fernseher hätte überlaut irgendwelchen Schund in ihr Wohnzimmer gesendet, und ich wäre über ihr viel zu fettes Essen hergefallen. Nein, lass mal, die zwei Tage bei ihr haben mir gereicht. Zuerst spielte sie die betrogene verlassene Geliebte und war ja sooo enttäuscht. Dann plötzlich fährt sie mir nichts dir nichts zu diesem Gig nach Bad Salzhausen. Ausgerechnet mit Anna Bienert, die nach der Verfolgungsjagd vom zweiten Weihnachtstag noch immer Husten und Fieber hatte. Waltraud ist nicht zu helfen!«

»Was für ein Ding? Ein Gig?« Matthias schien scharf nachzudenken.

»Sepp tritt heute Nacht mit seiner Combo, dem angeblich weltbekannten Hessen-Trio, im Bürgerhaus in Bad Salzhausen auf. ›Gig‹ nennt man einen einzelnen Auftritt einer Band oder eines Künstlers. Ich wusste allerdings nicht, dass man Konzerte, bei denen steinalte Opas auftreten, auch Gig nennt, dachte, der Ausdruck träfe nur auf jüngere Darsteller zu. Zum Glück gibt es Google.«

Ein Schmunzeln verzog Matthias' Mund. »Deine Mutter hat wirklich Nerven. Nachdem ihr Liebhaber sie sitzen lässt und mit dem Geld aus dem Bankraub, welches er beaufsichtigen sollte, flüchtet, reist sie ihm auch noch hinterher. Wie kam sie überhaupt dorthin?«

»Mit dem Zug. Stell dir vor, sie wollte mich überreden, mitzukommen, damit Madame bequem mit dem Auto hätte fahren können. Erstens war mir nicht nach Tanz und Fröhlichkeit. Zweitens wüsste ich was Besseres, als in so einer Kaschemme beim Mumienschieben zuzuschauen. Dass man diesen Sepp bis zur Verhandlung freigelassen hat, wundert mich.«

»Wie lange bleibt Waltraud?«

»Morgen ist sie wieder da. Länger hat die Bienert keinen Ausgang bekommen. Meister Geppetto hat so schon am Rad gedreht.«

Matthias Schröder musste herzhaft lachen. »Margareta, du bist einfach köstlich. Hat Anna so eine lange Nase, dass du ihren Gatten so nennst?«

»Nase kann man das schon nicht mehr nennen. Wie ein Starfighter kurz vor dem Start schießt sie aus ihrem Gesicht hervor.«

»Wusste dieser Sepp denn, dass deine Mutter zum Silvesterball anreisen würde?«

»Nein, ich glaube nicht. Silvesterball? Pah! Allerhöchstens ein Silvesterkügelchen ist das. Die beiden Frauen haben sich ein Zimmer in einer billigen Absteige in der Nähe des Bürgerhauses gesucht. Meine Mutter kommt mir schon fast wie ein Groupie vor. Reist diesem Penner hinterher.«

»Und was ist mit Mandel-Alfred? Hat er sich noch mal gemeldet?«

»Er hat mir heute Mittag eine SMS geschickt. Den bin ich los, nach dem, was er mitgemacht hat am zweiten Feiertag.«

Margareta ging in die Knie und streichelte Aron, der sich fest an ihr Bein drückte. »Toll, dass Aron diese Knallerei nichts ausmacht.«

»Ja, Aron ist schussfest. Da gibt es kaum Probleme. Hier oben scheint er sich jedoch nicht wohlzufühlen. Er vermisst André.« Mitfühlend blickte Herrchen auf seinen Hund. Ihm gefiel, dass Margareta und Aron sich so gut verstanden.

»Ich hätte nicht gedacht, dass ich so schnell nach Andrés Tod hier oben seine Wohnung betreten kann. Das habe ich dir zu verdanken. Du tust mir gut, Margareta. Wir haben uns gegenseitig getröstet, nicht wahr?«

»Ja, es war ein schöner Silvesterabend. Tolles Essen, gute Musik und wunderbare Gespräche. Und geweint haben wir auch. Allerdings auch gelacht.«

»Hast du über meinen Vorschlag nachgedacht?« Matthias sah sie lange an. Sein Blick war voller Hoffnung. Hoffnung, dass sie sein Angebot annehmen würde.

Obwohl Margareta durch Felix' schrecklichen Tod ziemlich durcheinander war und sich noch immer mit Schuldgefühlen herumplagte, keimte auch in ihr Hoffnung auf, bald ihrem ungeliebten Klamottenladen Adieu sagen zu können. In wenigen Wochen würde ihre Filiale sowieso schließen, und Margareta würde in eine andere Stadt versetzt werden. Schlimmstenfalls würde sie bald arbeitslos. So hatte sie sich entschlossen, endlich den schon lange geplanten Schritt zu wagen, zur privaten Ermittlerin umzuschulen und sich später selbstständig zu machen. Wenn nicht jetzt, wann dann?, fragte sie sich. Felix' Tod hatte ihr gezeigt, dass das Leben nicht endlos war. Schließlich träumte sie schon so lange davon, als Detektivin zu arbeiten, suchte nur nach dem passenden Sponsor, den sie nun gefunden zu haben schien. Doch konnte sie Matthias' Angebot trauen? Erwartete er wirklich keine Gegenleistung dafür? Sie mochte diesen stillen Mann. Sehr sogar. So war sie mehr als glücklich, ihn durch Zufall zum Freund gewonnen zu haben. Sie waren sich in den letzten Tagen gegenseitig zur Stütze geworden, machten mit Aron lange Spaziergänge über den nahe gelegenen Friedhof, besuchten die Gräber ihrer Angehörigen, erzählten sich die passenden Geschichten dazu. So führte der Weg sie auch zur Familiengruft der Schröders, in der in wenigen Tagen André seine ewige Ruhe finden würde.

Selten hatte Margareta sich so geborgen gefühlt wie in Matthias' Haus, in dem sie seit zwei Tagen zu Gast war. Sie schätzte sein tadelloses Benehmen und war froh, dass er nicht der Trikotagen-Mafia angehörte. Er erschien schon beim Frühstück perfekt gekleidet, nicht im Doppelripp-Unterhemd. Abends im Wohnzimmer trug er ebenfalls ein Oberhemd und eine Hose, statt es sich im Baumwolljogger gemütlich zu machen. Ein durch und durch distinguierter Herr. Sie wollte seine Gastfreundschaft allerdings nicht allzu sehr strapazieren und sich heute Abend wieder auf den Weg nach Hause machen.

»Ja, habe ich. Eine große Verlockung, dein Angebot. Am liebsten würde ich mich nach den Feiertagen sofort anmelden. Für den IHK-Zertifikationslehrgang Fachkraft Detektiv wäre sogar noch ein Platz frei, sagte man mir am 22.12. Eine innere Stimme zwang mich dazu, dort einfach mal anzurufen. Als hätte ich es geahnt. Da bis zum 9. Januar Ferien sind, dürfte er auch weiterhin noch frei sein. Leider findet diese Ausbildung in Berlin statt und dauert sechs Monate. Im günstigsten Fall gibt mir das Arbeitsamt die Hälfte der Gebühren dazu. Da mein Gehalt wegfiele, stände ich ein halbes Jahr im Regen. Das wäre natürlich toll, wenn du mich da unterstützen würdest. Ich werde dir hinterher alles zurückzahlen, auf Euro und Cent. Waltraud schießt sicherlich auch noch was hinzu. Beim Jobcenter bot man mir sogar schon eine Stelle ab Juli an. Eine große Firma sucht ständig Ermittler für Beschattungen. Fange ich also erst einmal klein an. Aber trotz allem – ich fühle mich schon komisch dabei, dein Geld anzunehmen.«

»Ich denke, wir sind Freunde geworden? André hätte es so gewollt. Da bin ich mir sicher. Sein Mörder sitzt hinter Gittern, was letztendlich dein Verdienst war. Okay, Felix fand dabei seinen Tod. Das ist mehr als tragisch. Ich investiere also in eine äußerst vielversprechende Sache. Du bist mir zu nichts verpflichtet, Margareta. Auf

Deutsch: Ich erwarte keine Gegenleistung der horizontalen Art. Du brauchst nicht mit mir in die Kiste zu steigen, wie du immer so schön für Sex zu sagen pflegst. Oder denkst du etwa, ich wäre darauf aus?«

»Nein, das wäre nicht dein Niveau.«

»Eben«, antwortete Matthias ernst. »Mein Hausanwalt wird einen Vertrag aufsetzen. Alles wird rechtlich abgesichert, sodass du deine Ausbildung auf alle Fälle zu Ende machen kannst, falls mir mal etwas passieren sollte.«

»Wird mir schwerfallen, nach Berlin zu gehen.«

»Du wirst doch zu Besuch nach Hause kommen, hast du versprochen. Zu deinem väterlichen Freund Matthias.«

»Du bist gerade mal 18 Jahre älter als ich. Übertreibe nicht immer so. Natürlich komme ich zweimal im Monat nach Gelsenkirchen. Zu dir und Aron.«

Wie zur Bestätigung gab Aron zweimal kräftig Laut, was die beiden zum Lachen brachte.

»Außerdem würde ich auch mal gerne wieder Berlin sehen. Also werde ich dich besuchen. Das allein ist schon ein Grund, dich zu unterstützen.«

Margareta fing an zu lachen. »Mein Vater hat mich früher als Kind immer Berlin sehen lassen. Weißt du, wie das funktionierte? Er zog mich einen halben Meter mit seinen beiden Händen am Kopf hoch und ließ meinen Körper baumeln. Das fanden dann alle witzig. Meine HWS-Beschwerden kommen garantiert daher. Dafür hasse ich ihn heute noch.«

»Das hört sich wirklich nicht lustig an. Komm, lass uns runter ins Wohnzimmer gehen. Ich mache uns noch einen Glühwein warm.« Matthias legte den Arm um Margaretas Schulter und führte sie zur Tür, gefolgt von Aron.

Der Hund würde ganz schön dumm gucken, wenn Margareta am nächsten Nachmittag ihre Sachen packte, wo er sich doch schon so an sie gewöhnt hatte, was natürlich auf Gegenseitigkeit beruhte.

In wenigen Tagen würde Felix beerdigt werden, teilte Helmut Blauländer Margareta am folgenden Tag mit. Seine von ihm getrennt lebende Ehefrau und seine Geschwister würden für ein anständiges Begräbnis aufkommen, wusste er noch zu berichten. Wenigstens etwas, dachte Margareta und nahm sich vor, an der Beisetzung teilzunehmen.

ENDE

*Weitere Titel finden Sie auf den
folgenden Seiten und im Internet:*

WWW.GMEINER-SPANNUNG.DE

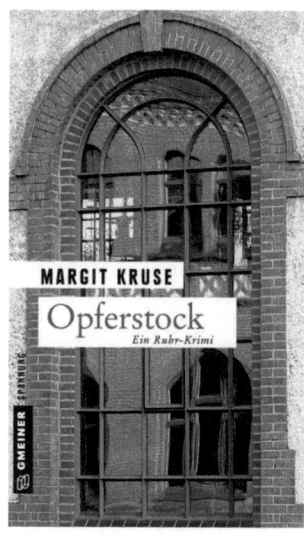

MARGIT KRUSE
Opferstock
....
978-3-8392-2136-5 (Paperback)
978-3-8392-5513-1 (pdf)
978-3-8392-5512-4 (epub)

DIE VERSCHWORENEN

Als der Pfarrer der St.-Michael-Kirche in Ückendorf ermordet aufgefunden wird, werden bei Jens Eigenhardt unliebsame Erinnerungen wachgerüttelt. Gemeinsam mit seinen drei besten Freunden hatte er sich geschworen, niemals über das zu sprechen, was damals in der Sommerfreizeit 1985 im Bergischen Land geschah. Doch was, wenn einer der drei Freunde etwas mit dem Tod des Pfarrers zu tun hat? Gemeinsam mit Hobbydetektivin Margareta begibt Jens sich auf die Suche nach der Wahrheit.

GMEINER SPANNUNG

WWW.GMEINER-VERLAG.DE
Wir machen's spannend

MARGIT KRUSE
Rosensalz
....
978-3-8392-1924-9 (Paperback)
978-3-8392-5105-8 (pdf)
978-3-8392-5104-1 (epub)

DER CLUB DER TOTEN KÖCHE Vier Frauen, alle in der alten Zechensiedlung aufgewachsen, gründen einen Koch-Club und treffen sich regelmäßig, um füreinander so wie in den TV-Serien zu kochen. Deftige Ruhrpottgerichte kommen auf den Tisch. Nach einem Kochabend findet man Barbara tot, mit einem Gläschen Rosensalz in der Hand, unter dem Wohnturm, in dem Margareta Sommerfeld wohnt. Als nach einem weiteren Abend Inge spurlos verschwindet, geraten die anderen Damen in Panik. Sie bitten Margareta um Hilfe …

MARGIT KRUSE
Wer mordet schon im
Hochsauerland?

. . . .

978-3-8392-1780-1 (Paperback)
978-3-8392-4823-2 (pdf)
978-3-8392-4822-5 (epub)

BEDROHLICHE BERGWELT

Wer schlug dem Förster des Alten Forsthauses in Rehsiepen den Schädel ein? Wieso gab es einen Toten am Hundegrab der Isolde von der Hunau? Warum hat der Heilstollen Nordenau dem smarten Guide den Tod gebracht? Weshalb landete der Knappenchorleiter aus dem Kohlenpott vor der Duisburger Hütte mit dem Kopf im Grillfeuer?

Mord und Totschlag im Hochsauerland. Begleiten Sie die Autorin auf ihrer mörderischen Reise in ihre zweite Heimat. Wälder und Täler, forellenklare Bäche und Flüsse sowie malerische Fachwerkdörfer wollen entdeckt werden.

WWW.GMEINER-VERLAG.DE
Wir machen's spannend

DIE NEUEN Lieblingsplätze

ISBN 978-3-8392-2628-5 — Schwarzwald

ISBN 978-3-8392-2615-5 — Donau Passau–Wien

ISBN 978-3-8392-2620-9 — Lahntal

ISBN 978-3-8392-2635-3 — Zwischen Nord- und Ostsee

ISBN 978-3-8392-2618-6 — In und um Passau

ISBN 978-3-8392-2623-0 — Regensburg und Oberpfalz

ISBN 978-3-8392-2630-8 — Tölzer Land – Tegernsee – Schliersee

ISBN 978-3-8392-2631-5 — Vogelsberg und Wetterau

ISBN 978-3-8392-2632-2 — Von der Eifel bis in die Ardennen

ISBN 978-3-8392-2405-2 — Romantischer Rhein Bingen – Bonn

ISBN 978-3-8392-2622-3 — Ostfriesische Inseln

ISBN 978-3-8392-2545-5 — Weinviertel

ISBN 978-3-8392-2629-2 — Spreewald

ISBN 978-3-8392-2634-6 — Wesermarsch und Unterweser

GMEINER KULTUR

WWW.GMEINER-VERLAG
Mensch, Kultur, Region